安部龍太郎　隆 慶一郎 ほか

龍馬の生きざま

実業之日本社

龍馬の生きざま　《目次》

坂本龍馬の写真

伴野 朗

伴野朗（ともの ろう）（一九三六～二〇〇四）

朝日新聞記者を経て、一九七六年『五十万年の死角』で第二二回江戸川乱歩賞、一九八四年『傷ついた野獣』で第三七回日本推理作家協会賞を受賞。ミステリー、冒険小説分野でも活躍。主著に『さまよえる湖の伝説』『落陽曠野に燃ゆ』『砂の密約』『謀臣列伝』『呉・三国志』『中国・鬼謀列伝』など多数。

一

夕暮れの街に、風が吹いている——。

慶応元年師走の風である。だが、妙に生暖かかった。南国長崎でも、異例のことであった。騒然とした世相を反映したかのような異常気象に、人々は不吉なものを感じていた。

石橋の上を、落葉がカサカサと音をたてて走っていった。橋のたもとの、すでに火のはいった紅灯が、柳の影でゆれていた。

その男に気付いた時、彦馬は思わず足を停めた。

鍛冶屋町筋から本石灰町にかかる思案橋の上であった。橋を渡り、金剛院を抜けると、弦歌さんざめく遊里丸山である。江戸の吉原、京の島原と並ぶ日本三遊里の一つ。「長崎に丸山という処なくば、上方の金銀無事に帰宅すべし」と、西鶴が嘆いた色里であった。

男は、立ち止っている彦馬に眼もくれず、懐手のままその脇を通り抜けていった。

異形であった。歳のころは、三十歳前後。身丈は、五尺八寸はあろう。色が黒く、額が異様に広い。眉は太く、口元は真一文字に引き締っていた。

蓬髪、羊羹色の紋服に、よれよれの袴。紋は、桔梗のようである。腰には大小を落し差しにしている。

特徴は、眼である。近視のためなのか、いつも眼を細めている癖があった。だが、双眸から発する眼光は、炯々としていた。人を射竦めるというより、心の奥を見抜くような光の輝きが、そこにあった。

――只者ではない。浪士の風体をしているが……。

彦馬は、振り返って男の後姿を見詰めた。

もちろん、知った顔ではない。初めて会った男だ。それは間違いない。それなのに、なにか、人の心に深い印象を焼き付ける風貌であった。

――撮ってみたい顔だな。

彦馬の頭に、ちらっと職業意識が過ぎった。

――でも、あの風体では、撮影料は払えまい。

三年前の文久二年暮、中島川に沿った新大工町に開店した、彦馬の「停車園撮影処」の写真撮影料金は、一枚につき二分であった。貧乏浪人が、記念のために叩く金額としては、法外なものであった。二分は、職人一人が一カ月十分に食っていける金額である。

彦馬は、雑念を払って歩き出した。橋を渡り切った時、二人の男が足早にすれちがった。二人とも、町人姿であった。鋭い目つきをしていた。長崎の人間ではない。

「見失うなよ」

「合点だす」

二人の交した言葉が、かすかに耳に入った。あとの男には強い上方訛があった。でっぷりとした相撲とりのような大男である。

──あの二人、さっきの浪人を追っているのではないか。

ちらっと、そんな考えが頭を掠めた。

だが、彼には、無縁のことであった。ゆっくりと歩き出した。生暖かい風が、彼の羽織の裾をふくらませた。

丸山は、目の前にあった。無尽灯と呼ばれるランプの灯が、彼を招いているようであった。

上野彦馬、二十七歳。

日本最初のプロ写真家である。先駆的科学者、俊之丞を父とし、蘭学、舎密学（化学）を修めた俊英である。フランス人写真家、ロッシェに学んだ新技術は、彼を時代の寵児とするに十分であった。

ポトガラフィー──。

恩師、ファン・メーデルフォルト・ポンペに学んだ蘭書の片隅にあった未知の単語。彼自身が「撮形術」と名付けた、その言葉が、彼の一生を変えることになったのである。

この新技術によって、津藩主藤堂高猷の知遇を得、江戸へ出た。二十二歳であった。江戸、津と続いた二年間の遊学生活に終止符を打ち、故郷長崎へ戻ってきたのは、文久二年の秋であった。

彼は、食うために撮影処の看板を掲げた。だが、開店当初は、閑古鳥が鳴くありさまであった。西洋文明に大きく窓を開いている長崎でさえ、写真は、まだ〝人の魂を吸いとる〟キリシタンバテレンの魔法と考えられていた。

写真撮影後、たまたま病気になり、「写真に祟られた！」と絶叫して死んだ知人もいた。同じ九州の薩摩藩でも、君命で写真の被写体になるべく命じられた家臣二人が、「大和魂を吸いとられては、祖先に申訳ない。さりとて君命にも抗えず」と、切腹して果てたという一笑に付すことのできぬ事件も起っていた。

だが、グラバー邸を建てたトーマス・グラバーや、オランダ商人ボードウィンら、長崎在住の外国人が、進んで平然とカメラの前に立つうちに、長崎の人々にも次第に、この新技術は理解されていった。

伊勢宮の神社の森が見通せる彼の撮影処は、徐々にではあるが、目新しいもの好きの長崎っ子の興味の対象に成長しつつあった。

「停車園撮影処」の名は、父俊之丞（しゅんのじょう）の雅号からとったものである。もともと俊之丞が、唐の詩人、杜牧（とぼく）の七言絶句『山行（さんこう）』からとり、自分の蘭学諸薬製煉所（せいれんじょ）に「上野停車園」とこの名をつけた。

『山行』は、

遠く寒山に上れば、石径斜（ななめ）なり
白雲生ずる処、人家あり
車を停めて坐（そぞろ）に愛す楓林の晩（くれ）
霜葉は二月の花よりも紅（くれない）なり

である。

彦馬は、当時の中島川畔の住居の風景から父の雅号をとったのである。彼自身、のちにこの雅号を自分のものとしている。

二

丸山は、筑後屋の奥座敷――。

彦馬は、馴染の遊女、梅香枝の酌で盃を傾けていた。座敷には、もう一人の客がいた。彼とは、幼馴染の医師、宮井玄斎である。ともに、ポンペのもとに学んだ、気のおけない友人である。

この男、医者のくせに、人相をよく見る。また、国内の政情、外国情報にも通じている。それに三味線を持たせても、なかなかの腕でもある。

近くの座敷から端唄が流れてきた。

「彦さん、あの唄を知っているか？」

肩にしなだれかかった敵娼からなみなみと注がれた盃を口に運びながら、玄斎が訊いた。

「おお、知っちょるよ。『春雨』じゃろう」

彦馬は、膳の肴に箸を走らせている。時代の最先端をゆく化学者で、芸術家としてプロカメラマン第一号となったこの男は、旺盛な好奇心と探求心の持主でもあった。

春雨に、しっぽり濡るる鶯の
羽風に匂う梅が香や
花にたわむれ、しおらしや
小鳥でさえも一筋に
寝ぐら定めぬ気は一つ

肥前小城藩士で国学者の柴田花守が、長崎勤番で滞在中、丸山に遊び、作詞し、芸妓おかつが節付けしたこの歌は、いま長崎で流行っていた。

「梅香枝に習ったのじゃな」

「まあ、そんなところだ」

二人は、笑って盃を干した。

「商売の方は、どうだ？」

「なんとかやっちょるよ」

「それにしても、あのころは面白かったな。良順さんが、鬼瓦と間違えられたもんな」

良順さんとは、ともにポンペ門下の同窓、松本良順のことである。写真にこり、手製の写真機をつくりあげた彦馬が、人物被写体の第一号としたのは、良順だった。彼は、白粉を顔一面にぬられ、興福寺の屋根瓦の上で五分間も直立不動の姿勢をとらされたものだ。道行く人は、良順を新種の鬼瓦と見間違えた。良順は、のちに軍医総監となる。

「そんなことがあったっけ」

手探りで写真術をきわめようとしていた時代の苦労の一つ一つを、彦馬はいまも鮮明に思い出すことができる。だが、それを口にするのは、あまり好きでなかった。過去の苦労は、過去の苦労に過ぎないのだ。

——だが、あん時は参った……。

写真を撮すには、ガラス板に感光液を塗った湿板をつくらなければならない。感光液は、沃化コロジオンである。アルコール、硫酸、アンモニア、エーテル、カドミウムなどを混合して、沃化コロジオン液をつくるわけだが、彦馬は原材料の一つ一つをつくり出していかねばならなかった。

アルコールは、焼酎から採出しようとしたが、不純物があり、結局、ポンペ秘蔵のゼネフル（ジン）から抽出した。

硫酸は、もっと大変だった。二メートル角の板箱のなかに、鉛板の箱を置き、なかに硫黄と硝石を入れる。これを熱して、一種のガスをつくり、箱外の小穴から蒸気を送り続ける装置をこしらえた。三人の手伝いを使って、六昼夜、不眠不休で作業した。

彦馬はほとんど眠らなかった。手伝いの男たちが居眠りするのを、叱咤しながら頑張った。七日目、蓋をあけると、硫酸液ができていた。精製して約一ポンドの硫酸を得た。

一番困ったのは、アンモニアであった。いまでいう「環境汚染」を誘発したのだ。生肉が付着している一頭分の牛骨を土中に埋めて腐敗させ、釜で蒸留して、アンモニアを採取するのだが、作業中は、強烈な悪臭が、彼を悩ました。彼自身、悲鳴をあげて逃げ出したくなったこともある。

「彦馬は気狂いんなった――」

こんな噂が、近所にぱっと広がった。腐敗臭にたまりかねて、奉行所へ訴える者まで出た。ポンペが、奉行岡部駿河守になんとかとりなしてくれたのでことなきを得たが……。

そして、あのコロジオン液の合成に成功した時の喜び。興福寺山門に初めてカメラを向けた時の興奮。森羅万象ことごとくを写しとれる新技術を自分のものにしたという誇らしさ……。

ホロ苦い感傷が、彦馬を捉えた。

彦馬は、冷えた盃をゆっくりと口元へ運んだ。新しい時代に生きる感慨が、胸に染みてきた。

その時であった。

廊下で発せられた野暮な声が、彼の胸を擽っていた感傷を破った。

「奉行所の部屋改めである！」

「お役人さま、このお部屋は、お馴染さまで、決して怪しいお方ではございませぬ――」

聞き慣れた番頭の声のようだ。

「馴染であろうと、なかろうと、役儀によって改める！」

どこかで聞き覚えのある胴間声だ。彦馬は、玄斎と顔を見合せた。

「あの声は――」

「伝の字だ！」

「下郎、下れ、下れ。この俺をだれと心得る。京都所司代同心、陣内左膳である。構わぬ。神谷氏、それ――」

廊下の、もう一人の声は、冷々とするくぐもった響きを持っていた。

声と同時に、境の襖がさっと開いた。先頭に立っているのは、長崎奉行所同心下役、神谷伝八郎であった。彦馬、玄斎とは、銀屋町の寺子屋、松下文平塾で、机を並べていた仲である。

「やや、これは、彦さんに、玄さん……」

伝八郎が、間抜けた声をあげた。

「どうした、伝の字！」

玄斎は、わざと敵娼の胸元に手を差し入れながら、鳩が豆鉄砲を食ったような顔をしている伝八郎を、面白そうに見上げた。

「何者でござる！　神谷氏――」

後ろから、そういって顔を覗かせたのは、目つきの鋭い男だった。面ダコが、この男の剣術の習練の度合いを物語っていた。

――見たことのある奴だ。

彦馬は、一瞬そう思った。

――さきほど、思案橋ですれちがった二人連れの町人のうちの一人ではないか
――？

武士の姿に戻っているので、思い出すのに時間がかかったが、思案橋の男に間違いはなかった。

――京の役人が、なぜ長崎に……？

彦馬の頭を、その疑問が捉えた。

「……出島の阿蘭陀屋敷お出入りの医師、宮井玄斎、新大工町で撮影処を営む上野彦

馬の両人です。二人とも、拙者の幼馴染でございまして、決してご詮議の不逞浪人の輩とはかかわりのある者ではございませんが――」

「医師に、撮影処……」

陣内左膳は、二人の顔と、敵娼の遊女の顔を等分に見やった。

「撮影処とはなんだ？」

左膳の声は、不機嫌で尖っていた。

「写真でござる。小さな箱の前に立っていると、不思議にも、自分のありのままの姿が、箱のなかに仕掛けたタネ板に写るという、あれでござるが……」

「うむ――」

左膳は、首を捻ってみせた。

「バテレンの魔法か？」

「馬鹿な！　写真は、感嘆な舎密学の応用にすぎんよ」

彦馬が、吐き出すようにいった。左膳は、そんな彦馬に、冷たい一瞥をくれただけであった。まったく無視していた、といってよい。

「伝の字、まんざら知らぬ仲でもない。ちょうどいいや。突っ立っていないで、その旦那ともども座ったらどうだ。一杯やっていかんか」

玄斎が、伝法な口調でとりなすようにいった。だが、調子は、寺子屋時代の劣等生、神谷伝八郎を頭から完全になめていた。

「そ、そうはしておれぬ――」

伝八郎は、横の左膳の顔を盗み見た。

「なにしろ、陣内さまは、京から直々に出張って参られたのだ。不逞の土佐浪士のあとを追ってな……」

伝八郎の言葉をみなまでいわさず、左膳が命令を下した。

「神谷氏、次の店へ参る！」

それは、決然たる調子だった。座敷の二人には、入ってきた時と同じ、冷たい視線を投げかけただけだった。くるりと背を見せた時、彼はもう歩き出していた。伝八郎は、慌ててそのあとを追った。

「どうも、不調法なことで……」

番頭が、敷居に頭をこすりつけていた。

「野暮な人たちだ。番頭さん、厄払いじゃ、なかへ入って、盃を一つ受けておくれ」

「へえ――。そいつは、どうも……」

「遠慮はいらねえ。俺と彦馬のことだ」

「さよでございますか。それでは、お一つだけ……」

「さあさあ、近う寄って下せえ。白菊、なみなみと注いでさしあげな」

番頭は、いける口とみえて、盃を一気に干した。

「玄斎先生、ご返盃――」

「ありがとうよ。おい彦馬、不景気なツラをするな」

「俺は、役人というのはどうも虫が好かんな。権力をカサにきたやり口を見ると、胸がむかむかする」

「気分のいい奴はいないさ。さあ、番頭さん、もう一つやっておくれ」

「あっ、こいつはどうも……」

「土佐浪士だとかいっていたな。奴らの捜していた男？」

「へいへい、確か……坂本龍馬（さかもとりょうま）とかいっておりました」

「なに、坂本龍馬――」

「へいへい、なにしろ、小耳に挟（はさ）んだだけでございますから……。なんでも、その坂本という男が、長崎に潜伏しているとかで……。天下転覆の陰謀を企（たくら）んでいるとか……それで、京から親分衆をお供にお役人が出張ってこられたとかで、ございまして……」

「坂本龍馬――」

彦馬は、二人の会話に出た男の名を口のなかで呟（つぶや）いた。

「彦馬。知っているのか、龍馬を――」

玄斎が、敵娼白菊の胸元をまさぐっていた手を停めていった。

「いや、知らぬ。名を聞くのも初めてだ。しかし、坂本龍馬――なんとなく、耳によい響きを持った名ではないか」

彦馬は、盃の中味をぐいと干した。

「どんな男か、知っているのか。玄斎？」

「ああ、一応は知っている。土佐藩郷士、のち脱藩。江戸の千葉道場で北辰一刀流免許皆伝の腕前だ」

「剣客かい――」

彦馬の声には、多分に軽蔑的な響きがあった。

「違うな。一介の武辺ではない。そこが、奴の面白い点だ。幕府の勝海舟とも親しい。といって、親幕府ではない。いや、むしろ、倒幕論者だ。それも、土佐藩だけの力ずくでやろうというのではない。外様の雄藩である薩摩と長州をなんとか一つにまとめ、その力を合せて倒幕に踏み切ろうと骨折っているという。犬猿の仲の、あの薩長をな。まったく夢のような話だが……。とにかく変った男だというぞ。そんなところが、幕府にとっては、目障りだろうよ」

「面白い男だな――」

「そのうえ、海軍にえらく興味を持っておる。長崎の亀山に、奴の本拠がある。街の連中は、亀山社中（しゃちゅう）と呼んでいる……」

「うむ――」

「えらく感心しているな。とにかく、捉えどころのない男という、もっぱらの評判だ」

彦馬は、夕暮れに思案橋で会った、異形の浪人を思い出した。

――あの男が、坂本龍馬では……。

その印象は、まだ残っていた。

あとを追っていたあの眼つきの鋭い二人が、京都の役人なら、辻褄（つじつま）は合うわけだ。

だが、彦馬は、一介の写真家であった。目まぐるしいばかりに移り動く昨今の政争とは、無縁の存在であった。彼の方からも、首を突っ込むのはご免であった。

「さて、私めは、これで……」

番頭が、頭をさげて廊下へ退いた。

「玄斎、今夜は呑（の）もうぞ！　厄払いじゃ、厄払いじゃ！」

「おう、そのこと、そのこと。さあ、ぐっと干せ！　彦馬――」

三

その翌日、彦馬の撮影処に客があった。

大浦屋のお慶である。長崎の商人の街、油屋町に店を構える女豪商として知られている。日本茶の輸出で大身代を築きあげた。

長崎の人々は、

——のんのか顔ばしちょるばってん、大仏のごと太か料簡者。

と、お慶のことを呼ぶ。「のんのか」は、可愛いという方言である。

文政十一年の生まれであるから、満で三十七歳。小作りで色白、ぽっちゃりとした愛嬌のある顔をしているから、どう見ても、二十二、三にしかみえない。気に入らない婿養子を婚礼早々に追い返し、上海まで単身密航を企てた女傑とは、どうしても思えない風情があった。

それに、もう一つ、彼女には、風評があった。婿養子を追い出して以来、独身を通してはいるが、男なしでは寝られない浮気者。それも、ただの男では気に入らぬ。

——削ぎ竹のように、鋭い男が好か。

これが、彼女の口癖であった。気に入った男を見れば、前後の見さかいない強引さで、ものにする。その代り、数千両の大金を、ぽんと積んでやる豪気さも兼ね備えていた。

長崎切っての名物女が、着飾って写真を撮りにきたのである。

「私は、いままで誰もせぬことをいろいろやったばってん、写真だけはまだじゃった」

お慶は、彦馬の顔を見るなり、そういってのけた。

「私ゃ、おーちと初めてな？」

彼女は、可愛い顔を傾げてみせた。「おーち」は、貴男という意味の女言葉の方言だ。

「そのようでありますな。じゃが、私は、貴女をよう知っちょります。大浦屋のお慶さまで」

彼女は、口に手を当てて笑った。お慶は、着道楽である。金にあかせて、豪奢な衣裳をあつらえる。どちらかというと、玄人のような、仇っぽいものを好む。この日は、黒縮緬に金刺繡の牡丹の花を散らした豪華な着物を着こなしていた。

「では、それなる椅子へ」

彦馬は、真面目な顔でいった。彼の表情は、すでに化学者のそれに変っていた。儒者風のまげ、伊賀袴が、その場の雰囲気にぴたっと決っていた。脇差を一本だけ差している。

撮影処の写場は、北向きにあった。最初この家を手に入れた時、ここは納屋であった。それを彦馬が改造した。

北向きの方が、直接日光が当たらないため、一日中の光の変化が少ないから均一した明るさを得ることができる――彦馬は、そう考えたのである。

広さは、間口四間、奥行六間ほどの土間である。窓を大きくとっている。横窓のほかに、白い布を天幕のようにかけた天窓があった。彼は、「採光窓」と呼んでいた。工夫をこらしたつもりだが、光の角度は、どうしても被写体に真上から当たることの方が多かった。いわゆるトップライトである。

研究熱心な彦馬は、いま、この採光窓の改良を考えていた。

彼は、採光窓を按配した。欄間はもちろん全開にしてある。採光窓からの光が、お慶の顔をくっきりと浮きあがらせた。

「この玉鏡をご覧になって下さい。大きく息を吸って、息を止めたまま……。ゆっくり十五数えるほどですから――」

さすがに、お慶は緊張した顔つきになった。玉鏡は、レンズのことである。彼女は、大袈裟に深呼吸して、レンズを睨みつけた。

しばらく、そうさせていた方が、本番の時によい結果を生むことを、彦馬はこれまでの経験から知っていた。

彼は、写場の脇に設けた暗室へ入った。タネ板と呼ぶ湿板をつくるためである。注意深く、ガラス板を取り出した。このガラス板を磨（みが）きあげるのが一苦労なのだ。眼（め）に見えないようなゴミや疵（きず）が、致命的ミスにつながることになる。

ロウソクに火をつけた。筆の穂先でガラス板のゴミを払ってから、板の角を左手の親指と人指し指で持ち、右手で沃化（ようか）コロジオン液の入ったビンを慎重に傾け、液をガラス板に滴（たら）した。ガラス板を左右に傾け、万遍なく液がゆきわたるようにする。余った液は、ビンのなかへこれまた慎重に戻してやる。

ロウソクの火には注意せねばならない。あまり近づけると、液に含まれたエーテルが引火することがあるからだ。

次は、コロジオン膜に感光性を与える操作である。硝酸銀液の入った細長いバットのなかへ、ガラス板をゆっくりと入れる。コロジオン膜は、二、三分経（た）つうちに、化学変化を起し、表面に油のような薄皮が生じてくる。沃化銀ができあがったのだ。沃化銀は、湿っている時、感光性を帯びている。それを利用するわけだが、ムラなく沃化銀の膜をつくるのには、熟練した腕がいる。

彦馬は、まだぬれているガラス板を木製の取枠（とりわく）のなかへ納めた。これで暗室での撮影の準備は完了した。彼は、ロウソクの火を消して、暗室を出た。

　お慶は、まだレンズを睨みつけていた。

　彦馬は、三脚の上にとりつけた箱型カメラのピントグラスを手早く抜き、湿板の入った取枠を挿入(そうにゅう)した。レンズにキャップをはめ、取枠の引き蓋(ぶた)を引きあげた。

「では、参りまする。いままでの要領で結構です。大きく息を吸って、息を止める……」

　彦馬は、カメラがぶれないように注意して、レンズのキャップをはずした。

　十四年前の一八五一年、英国で発明された湿板写真で、最も難かしいのが、露光時間である。光線の種類、季節、天候、時間によって、強弱に著しい差がある。使用しているコロジオン液、硝酸銀液の性能、種類によっても、湿板の感光性が変ってくる。その場合場合の、最も適当な露光時間を、自分の体験によって弾(はじ)き出さねばならない。

　彦馬は、ゆっくりと十二数えたところで、キャップをレンズに戻した。

「はい、ご苦労でした」

　お慶は、ほっとしたように大きく肩で息をした。

「これで、ええんじゃやねェ――」

「できあがるまで十五日ほどかかります」

「うつくしゅう仕上げてくだされや」

　もう、いつもの闊達(かったつ)なお慶に戻っていた。彼女は、控えの間に待たせていた御殿女中風に着かざらせた、供の二人の美しい娘に声をかけて、撮影処を出ていった。

「大浦屋のお慶か——。たいした女ではあるな」

彦馬は、独り言ともつかぬ言葉を洩らした。

彼は、和紙を綴じた小型の手帳を取り出した。

表紙には、

「撮影控　上野彦馬」

と、書いてあった。

大浦屋お慶　色白く、すこぶる愛嬌あり。四十に近い大年増とは見えず。はたまた、男を凌ぐ豪胆な気性、商才も、その脂粉に紛れて見せず。しかれども、一代の侠女の風格を隠さず。余、初めて女傑を見たる思いなり。
されど、女房殿とすれば、如何。玄の字などには、もっともふさわしき嫁御ならん。

四

季節はずれの驟雨であった。

いまにも泣き出しそうだった雨雲から激しい雨が降ってきた。硬質の雨足が、容赦なく屋根瓦を、石畳を叩いている。石畳が雨幕に煙って見えた。昼下りである。

「こいつは、ひでえや」

彦馬は、西浜町のとある一膳飯屋の店先に駆け込んだ。

朝から、どんよりした、はっきりしない天気の日だった。だが、こんなに土砂降りになるとは思っていなかった。

西浜町は、油屋町と並ぶ商人街である。彦馬は、唐人荷物蔵に務める清国商人を訪ねての帰りであった。上海から従来のものより明るい玉鏡が入った、と聞いたからだった。あいにく、目当ての商人が留守で、手ぶらで帰る途中だった。

縄暖簾の向うから、旨そうな焼魚の匂いが漂ってきた。彦馬は、まだ昼食をとっていないことに気がついた。

——雨宿りしていくか。

彼は、暖簾をくぐった。店は、こぢんまりしていた。時分時をすぎているためか、土間の入れ込みの床几には、客は二人しかいなかった。奥に小さい座敷があり、衝立で仕切られている。

「奥へ入るよ」

彦馬は、座敷の右側にあがり、酒と鰯の塩焼を注文した。芋を煮ころがしたのを肴に、熱燗を手酌でちびりちびりやり始めた。

雨は、まだ激しく降っていた。雨足が、屋根を叩いている。二本目の銚子を半分ほど空けた時、衝立の向う側に、客が入った。二人づれらしい。一人は武士、もう一人は上方弁である。

彦馬は、別に気に留めていなかった。三本目を女中が運んできた時、隣の話が小耳に入った。

「源蔵、おきみはよい娘だな……」

機嫌のよい声であった。

「旦那……」

上方弁の男の声が、低くなった。さきの声とは対照的な追い詰められた調子である。

「この左膳とは似合いじゃろうが」

男の声が、威圧的に響いた。聞き覚えのある声だった。左膳と名乗ったことが、彼に京都所司代同心、陣内左膳の陰険な顔を思い出させた。

——源蔵というのは、あの時の上方訛の男。

彼は、そう判断した。所司代同心といっしょに長崎くんだりまで探索にきているところをみると、十手持ちに違いなかった。

隣の声は、低くなった。彦馬がいることに気がついたのか、内緒話になったのか。

その時、注文の鰯がきた。彦馬の関心は、当然のように旨そうな匂いのしている塩焼に引き寄せられていた。彼は、隣を気にすることもなく食事を終えた。

雨は、やはり通り雨だったとみえ、きれいにあがっていた。

「彦さん、さっき宮井の玄斎さんがみえましたよ」

帰ってきた彦馬を認めると、母親のお以曾(いそ)がいった。

「玄斎が？」

「ちょっと、通りかかったといってね。ちょうどにわか雨が降ってきたもんだから、雨宿りしていったけどね……。ああ、これをお前に渡してくれ、ちゅうて」

お以曾は、袂(たもと)から一通の封書を取り出した。彦馬は、頷(うなず)いてそれを懐(ふところ)へ捩(ね)じ込んだ。

「お前、お昼は？」

「西浜町で雨に出会い、飛び込んだ飯屋ですませてきましたよ」

「ああ、そうかい――」

彼は、黙って自室へ入った。

机の前に座ってから、懐の玄斎の手紙を取り出した。中味は、やはり梅香枝からの恋文であった。

――おーちに一日会わないと気が狂いそうだ。なんとか、暇をつくって会いにきて欲しい。

そんな趣旨のことが連綿と書きつらねられている。いつものことだ。

彦馬は、やり切れない気になった。

――どうして女は、男女のことにこれほど燃えあがるのだろう。

それが、彼には不思議であった。彼とても、梅香枝の気持ちがわからないわけではない。彼女との情熱的な抱擁は、なにものにもかえがたい快楽である。だが、その感情をずっと持ち続けることは、彼には不可能であった。

――撮影術の完成。

彼には、大きな目標があった。聞くところによると、下岡蓮杖(しもおかれんじょう)なる人物が、彼と相前後して写真館を、横浜で開業したという。

――負けてはならぬ。

そう思うと、彼の血は滾(たぎ)るのである。未知の分野を切り開いているという自負が、全身を駆け回っていく。

――女には、この気概がわからないのであろうか。

わけもなく、そう思うことがある。なにも、梅香枝に限ったことではない。母のお以曾にしてもそうだ。このところ、母親の口癖は「嫁をもらえ」である。持ち込んできた縁談も五つや六つではない。

――いいかげんにしてくれないか。

彦馬は、梅香枝からの恋文を、まるめてゴミ籠のなかへ放り込んだ。

――玄の字め、いらぬ手紙を仲立ちしやがって……。

彦馬は、大きく舌打ちすると、畳の上に大の字に寝ころがった。

裏の路地を煤払いの声が流れていく。

ことしも、あと数日に迫ったことを、彦馬は思い出した。

五

その男が、撮影処を訪ねてきたのは、にわか雨にあった翌日の昼下りであった。

蓬髪、羊羹色の紋服に、よれよれの袴。先日、思案橋ですれちがった異形の浪人は、そのままの姿をしていた。

「写真、とっちくれんか――」

男は、ぶっきらぼうにいった。

彦馬は、男の風体をもう一度改めて見直した。

決して櫛を入れたことのない頭。びん髪はそそけ立ったままである。襟元は、アカじみたうえに乱れている。小倉袴にはのし目がまったくなく、よれよれであった。

「写真、とっちくれんか――」

男は、前と同じ台詞を繰り返した。その様子が、たまらなくおかしかった。彦馬は、破顔した。

「よろしゅうございます。こちらへ――」

男は、懐手のまま上へあがった。確かに大男である。

「さて、どのような格好をお望みでございましょうか？」

「どうでもかまわんきに」

男は、相変らずぶっきらぼうだ。言葉にははっきりした土佐訛がある。

「全身を写しますか。それとも上半身……」

彦馬の言葉を途中で遮って、男がいった。

「全身をとっちくれ」

「かしこまりました。では、これへ――」

彦馬は、頭のなかで構図を練っていた。撮ってみたい男である。なんとか、平凡な構図は避けたかった。

――あれを使ってみるか。

頭に閃いたのは、先ほど注文してできあがってきたばかりの黒の飾り台であった。ガッシリした造りで、被写体が寄っかかることができる。

――ちょっと高すぎたのではないか。

できあがった飾り台を見て、そう思った。高さが一メートル二十センチほどある。小柄な日本人には、使いものにならない。

――外国人の客にでも使ってみるか。

そう思って物置きへ入れたままになっていた。彦馬は、小僧を呼んで、飾り台を拭いてから写場へ運ばせた。

男には、ちょうど釣り合いがとれた高さであった。

「お腰のものを立てて、飾り台に寄りかかった図は、いかがなもんでございますかな」

「おもしろいな。じゃが、刀はいらんきに」

男はいった。

「お腰のものが不用?」

彦馬は、思わず訊き返した。

「これからの時代は、刀を振り回す時代ではないけん。わしは、刀はいらん」

男は、腰の大刀を抜くと、傍の椅子にたてかけた。初めて懐手を抜いた。左手の甲に赤いミミズ腫れが走っていた。

――この傷を隠すための懐手かな。

彦馬に、いたずら心が生じた。

男は、また元の懐手に戻っていた。

「懐手は、胸が張ります。格好があまりよくありません。手を出していただけますか」

「うん――」

男は、苦笑いした。なにか照れたような笑いであった。意外と素直に懐手を抜いた。右の人指し指で鼻の下を一つ擦（こす）った。子どもっぽい仕草だった。ニヤッと笑うと、両手を後ろに組んだ。

「これならよかろうが」

男はいった。

彦馬も、思わず釣り込まれて、白い歯を見せた。

「けっこうでございます」

そこまで話をしておいて、彼はタネ板をつくるため、暗室へ入った。

「ちくと見せてくれんかや？」

大男が、にゅうと入ってきた。

「どんな仕掛けか、ちくと見せてくれや」

男は、いいわけじみたいい方をした。ロウソクの灯のなか、悪気のない眼（め）が、好奇心で輝いていた。

「ご説明しましょう――」

彦馬にとっても、客に暗室に潜り込まれたのは初めての経験である。まして、タネ板の説明をするなどということも。

――憎めない男。それに、子どものように旺盛（おうせい）な好奇心。

説明を聞き終ったあと、男は、もう一つ注文を出した。

「俺（おれ）にも、つくらせてくれんか」

男は、最初にしては器用な手さばきで、タネ板を作製した。

「これでよいのかねや」

男は、鼻をうごめかせた。

「左様、ちょっと、この辺りがムラになっております。万遍なく膜をつくることが肝要で……」

「なるほど、おもしろいものだ」

それから、男は素直にカメラの前に立った。飾り台に寄りかかって、手は後手であった。

「できますれば、お名前を――」

彦馬は、男の顔を見ていった。

「土佐の坂本……」

男は、一度そこで言葉を切ってから、また続けた。

「……坂本龍馬」

「土佐の坂本龍馬さま」

やはり、この男は龍馬であった。

「撮影料の二分だ。写真ができたら、すまんが亀山社中へ届けてくれんか」

「かしこまりました。坂本さまは……?」

「俺か。俺は、間もなく京へ発つ――」

「京へ、でございますか」

「そうだ。京に俺の生命を賭けた仕事が待っちょるでな」

龍馬は、照れたように微笑した。

「お気をつけて。身辺くれぐれもお気をつけて」

彦馬は、京から龍馬を追ってきた陣内たちのことを思い出していた。初めて会った男に、いわずもがなのことをいってしまったのではないか。だが、後味の悪さはなかった。むしろ、いってよかった、と思った。

「ありがとう。上野先生、きょうはおもしろかった。今度は舎密学をちくと教えてくれや」

「いつでも」

「その代り、軍艦に乗せるきに。軍艦に乗ったことは？」

「ございません」

「それでは、決った。海軍を伝授する、と」

そこで、二人は、声を合せて笑った。

長崎の上空には、紺碧(こんぺき)の空を背景に、気の早い凧(はた)が舞っていた。

六

「彦馬、陣内左膳が殺されたそうだ。奉行所は、坂本龍馬を下手人とみて、追っている」

彦馬が入っていくなり、玄斎がいった。丸山の筑後屋の奥座敷である。珍しいことに、遊女の姿はまだ見えない。

その日の宵(よい)のことである。

「昼下り、龍馬は写真を撮りにきたぞ。いつ、どこで左膳は殺されたのだ？」

彦馬は、いつになく真剣な面差しで玄斎と向い合って座った。

「昨夜だ。伊良林(いらばやし)の光源寺の境内だ」

「光源寺——亀山のすぐ下ではないか！」

「そこだ。奉行所が、亀山社中の連中の仕業、特に左膳たちが追っていた龍馬に目星をつけたわけはな」

「詳しいことを知っているのか？」

「ああ、さっき、伝の字をつかまえて一応のことは聞き出してきた」

「話してみてくれ——」

「ああ、いいとも。俺も、そのつもりで待っていたのだ」


京都所司代同心、陣内左膳が長崎を訪れたのは、土佐浪士、坂本龍馬の不穏な動静を探知するためである。

龍馬は、長州の桂小五郎、薩摩の西郷隆盛を説き、薩長秘密同盟の基盤をすでにつくりあげていた。仕上げは、長州人にとっては敵地である京へ桂を送り込み、両者の手をがっちりと握らせることである。桂の上洛は、長州のこの秘密同盟に賭ける意気込みを薩摩に知らせるためにも不可避であった。

幕府も、指をくわえて見ていたわけではない。京都守護職、会津中将松平容保は、京都所司代、京都奉行所、伏見奉行所、新選組、見廻組などの警察組織を動員して、倒幕運動が密かに行われ、その中心に土佐の坂本龍馬がいることを察知していた。さらに、龍馬は長崎に入っており、年末か新年早々に長州人を伴って上洛、驚天動地の大仕事をやるらしいとの情報を入手していた。

眉太く、口元引き締りたる大男——。

これが、龍馬の人相書きであった。

京都所司代同心、陣内左膳と、その配下の大関の源蔵が、長崎に派遣された裏には、そんな事情があった。

二人は、長崎到着直後から、長崎奉行所の協力を得て、精力的に龍馬の動静を追っていた。

伊良林の光源寺の境内で、左膳の死体を発見したのは、源蔵である。彼は、「大関」の名が示す通り、若いころ草相撲の大関で鳴らしたことがある。四十歳を越えたいまでも、一斗樽を軽々と差し上げる腕っ節が自慢の、京男らしからぬ大男である。

左膳は、細引きで背後から首を絞められて死んでいた。かなりの力で一文字に絞めていた。これという抵抗のあとはなかったのが、不思議といえば、不思議であった。

二人は、丸山から龍馬らしい男を尾行していた。龍馬は、光源寺から亀山への道を抜けようとしていた。四ツ半（午後十一時）すぎ、辺りは真暗闇である。龍馬は、はやり歌を口ずさんでいた。二人も続いて境内に入った。しばらく行ったところで、源蔵は、境内の石につまずいた拍子に、草履の鼻緒が緩んでしまった。

――しまった。

彼は、暗がりにしゃがみ込んで鼻緒をすげにかかった。やっとできあがり立ち上った時、脾腹へ鋭い一撃を叩き込まれた。彼は、そのまま、気を失ってしまった。

気がついたのは、明け方近かった。襟元から忍び込む冷気に思わずくしゃみをしていた。長時間、光源寺の境内に長々と伸びていたことになる。脾腹にはまだ痛みが残っていた。よほど手練れた者の奇襲攻撃であったに違いない。

ようようの思いで立ち上ったが、鼻水が出てしかたがなかった。

――左膳の旦那は？

源蔵の頭をまず掠めたのは、そのことだった。草履の鼻緒を緩め、左膳に遅れたのはほんの煙草二、三服の間だ。彼は、龍馬のあとを追っていったのか。

歩き出した源蔵は、朝靄のなかに倒れている物体を認め、足を停めた。左膳であった。

左膳は、刀の鯉口を切ることもなく、虫のように縊り殺されていた。神道無念流免許皆伝の腕前の男がである。その首には、一本の丈夫な細引きが、なお執拗に食い込んでいた。

手掛りはなにもなかった。ただ、左膳が苦しまぎれに相手を引っ掻いたようで、その右の人指し指の爪先に皮膚の一部らしいものが引っかかっていた。

「神道無念流の遣い手が、刀の鯉口も切らず縊り殺される、というのは、ちと妙だな」

　彦馬が、まず疑問を口にした。

「俺も、そう思う」

「それに、龍馬も北辰一刀流の免許皆伝だ。相手を倒すのに絞殺という手段を用いるだろうか――」

「刀を使えば、斬り口から腕の方はある程度推測がつく。それを恐れたとも考えられるな」

「あの男、写真を撮る時、大刀を腰からはずしよった」

「手に持ったのか？」

「これからの時代には無用の物といって、脇差しだけの姿であった」

「刀を振りまわすことに嫌悪を覚えたのかな。それで絞殺した……」

「いや、あの男は、そんなこまかいことで人を殺める奴ではない。幕府の役人なんぞには眼もくれまい。いや、奴らが、いくら彼の周辺を飛び回っても、眼には入らんのだ。彼の眼は、もっと大きなものを見詰めているからな」

「なんだ、それは？」

「俺にもわからん。じゃが、きょうあの男と話してみて、それを感じた。しかし……」

珍しく彦馬は、口籠（くちごも）った。

「どうした、彦馬？」

玄斎は、なにかを思い出したらしい彦馬の気配を窺（うかが）った。

「玄斎、左膳の右の爪先に相手の皮膚のようなものが引っかかっていたといったな」

「いかにも」

「下手人は、どこかを引っかかれたことになるな」

「――」

玄斎は、彦馬の思考に追いつけず、沈黙することによって、説明を促した。

「どういう傷ができると予想できる？」

「どういう傷といって、まあ、ミミズ腫（ば）れのようなものだろうな」

「ミミズ腫れ――」

「なにか知っているのか、彦馬？」

「昼間、撮影処にきた龍馬は、左手の甲にミミズ腫れをつくっていた。彼は、それを隠すようにしていた……」

「と、いうことは、左膳を殺（や）ったのは、やはり龍馬ということになるが――」

「ちょっと待て。そう断定するのは、まだ早計だ。伝八郎に会ってもっと詳しい話を聞きたいものだが」

「伝の字は、おっつけ、ここにやってくる。俺がくるように話しておいた。新しい取調べの結果を持っててな。俺たちにかかわりがなくもない。無粋な左膳に座敷を荒されたのが初会だったからな」

「それは、好都合だ。一杯やりながら知恵を絞ってみるか」

長崎奉行所同心下役、神谷伝八郎が筑後屋の奥座敷に姿を見せたのは、それからしばらく後だった。

「伝の字、彦馬が、お主のくるのをお待ちかねだ」

玄斎が、いつものからかい半分でいった。

「坂本龍馬は捕まったのか？」

彦馬が、訊（き）く。

「いいや――」

伝八郎は、さされた盃（さかずき）を一気に干してから首を振った。

「どうも、薩摩屋敷へでも入ったらしい。彦さん、きょうの昼下り、あんたの撮影処へ現われたところまでは足がとれているのだが……」

「新しい手掛りはあったかい？」

と、玄斎。

「たいしたことはない。左膳殿の遺体を詳しく調べたところ、髷をほどいてわかったのだが、頭になにか固いもので打った傷があった。倒れた時、境内の石にでもぶつかったのだろう」

「それだけか？」

「いまのところはな。源蔵が、気狂いのようになって龍馬の跡を追っているが」

「源蔵という男は？」

腕を組んだまま彦馬が、訊いた。

「左膳殿が長く使っている御用の者だ。脾腹にアザをつくっていた。力でなら負けないが、闇のなかで襲われたので不覚をとった、と悔んでいた」

「左膳との関係がこじれていたとは思わないか？」

「そんなことはあるまい。左膳殿も源蔵をあてにしていたようだ。なにか知ってるのかい、彦さん？」

「きのうの昼下り、にわか雨にあって、西浜町の飯屋へ飛び込んだ。衝立の隣に二人がいて、話を小耳に挟んだのだが、なにやら左膳と源蔵の仲が女のことでしっくりいっていない感じがした」

「小者が、上役と女を争うというのも、妙な話だぜ」

玄斎が、横から口を挟んだ。

「そういえば、そうだが……」

彦馬は、納得のいかない表情をみせたが、口をつぐんだ。

「頭の傷は、どんな具合だ？」

玄斎が、伝八郎に酒を注ぎながら、訊く。

「石の角にでももろに当たったのだろうよ……」

伝八郎の言葉を遮るように、廊下にバタバタと人の走ってくる音がした。

「神谷の旦那、ここにいやはりましたのか」

顔を出したのは、大関の源蔵だった。でっぷりとした体格だが、身のこなしは、さすがに素早い。

「おお、どうした源蔵？」

伝八郎は、ちょっと間の悪そうな顔をしていた。

「薩摩屋敷の様子が、どうも慌しいよって、お知らせに――」

「わかった。出かけるぞ、源蔵」

伝八郎は、急いで立ち上った。大刀を鷲摑みにして、廊下へ出た。跡を追って源蔵が、座敷の彦馬と玄斎に一礼して立ち上った。

後に残った二人は、顔を見合せた。

「玄斎、左膳と源蔵は、龍馬を丸山からつけてきた、といったな？」

「ああ、伝の字から聞いた話だが、それがどうした？」

「わかってきたぞ、玄斎――」

彦馬は、手を鳴らして番頭を呼んだ。

「梅香枝さんたちをお呼びしますので……」

番頭は、したり顔で訊いた。

「今夜はこれで帰る。その前に一つ教えてくれ」

「はい、なんでございましょう？」

「丸山で薩摩藩が贔屓にしている家というと――？」

「それなら、引田屋さんでございますよ」

「引田屋か……。玄斎、帰るぞ」

あっけにとられた顔の玄斎を残して、彦馬はもう立ち上っていた。

七

――それから三日後の大晦日の夕方。

新大工町の撮影処へ神谷伝八郎が、風のように飛び込んできた。

「どうした伝の字？」

年越の蕎麦を手繰りながら、彦馬と呑んでいた宮井玄斎が、例によってこの闖入者をからかった。

「まあ、一杯やれよ、伝八郎」

彦馬の差出した茶碗の酒を一気に半分だけ干した伝八郎は、大きく息をついた。

「彦さん、やっぱり源蔵が吐きましたよ。左膳を縊り殺したのは、自分だったと――」

「やはりな」

彦馬は、大きく頷いて、旨そうに酒を呑んだ。彦馬の指摘で、伝八郎が源蔵を捕えて二日経っていた。それまで、どうしても口を割らなかった源蔵が、夕方になって、やっとすべてを自白したのだった。

「すべて、彦さんの考えていた通りだった。決め手となったのは、右の手首の上にあった傷跡だったよ」

伝八郎は、今度はゆっくりと味わって、茶碗の中味を干した。

「筑後屋の座敷で、伝の字を追って立ち上った時、源蔵の右腕にちらりと白い布巻きを見つけたなんぞは、浜松屋の店先で女装の弁天小僧を男と見破った日本駄右衛門ばりの眼力だったぜ」

玄斎が、まぜっかえす。

「ところで動機は、なんだったい？」

「源蔵が京の豪商、山城屋のごたごたにつけ込んで、大枚の金を脅し取っていた。その尻尾を摑んだ陣内左膳が、源蔵の娘を妾に出せば見逃してやる、と逆に脅していたわけよ。二人で組んで、かなりの悪さをやっていたらしいが、源蔵が、一人で山城屋をゆすったのに腹を立てたらしい。それに、源蔵の娘のおきみ、年は十七の可愛いのに目をつけたのが、ことの起りだ」

「なるほど、悪と悪との利害がぶつかったわけか。それにしても、所司代の同心がこの始末では、徳川の屋体骨にもガタがきているな」

玄斎が、悪態をついたが、伝八郎は聞かぬ振りをしている。

お以曾が、新しい銚子を運んできた。

「よか天気で、よか正月になりそうですね」

彦馬の推理は、こうだった。

玄斎と、伝八郎の話を聞いてみて、合点のいかぬ点があった。第一は、左膳が縊り殺された手口である。神道無念流の遣い手である彼が刀の鯉口も切っていない。暗夜とはいえ、すぐ後ろに忍びより、屈強の武士を縊り殺すことは不可能ではないか。

まず、手口が、武士らしくない。それに、背後に近づいても油断するような人物はいないか。

そのことを考えていた時、伝八郎が、頭の傷の話をした。

——頭の傷の方が、首を絞めるより先ではなかったのか。

——と、すると、凶器はなんだ？

——十手。

一つの連想が、思わぬ凶器に到達した。

なんらかの理由で、左膳に殺意を抱く源蔵が、龍馬の尾行に気をとられている左膳の背後に近づく。尾行者の神経が、常に前方にあることが、源蔵に幸いした。それに源蔵なら、当然後ろにいるのだという油断が、左膳にあった。

力自慢の源蔵が、十手を左膳の脳天に送り込む。倒れかかる左膳の後ろから用意した細引きで、力いっぱい首を絞めあげた。その時、なかば意識を失った左膳の右指が、源蔵の右腕を掻きむしった。

左膳が息絶えたのを見届けてから、源蔵は五十歩ほど離れた境内で、十手で自分の脾腹を突く。〝龍馬〟に襲われたと見せる偽装のアザをつくるためである。境内で一夜を明かし、なにくわぬ顔で、左膳の死体を見つけて騒ぎ出す。

二人は、龍馬を追って長崎までやってきた。そして龍馬を尾行中に、亀山社中に近い。

光源寺で、そのうちの一人が殺される。十中八九、龍馬の仕業と思うに違いない。先に当身をくらった忠実な十手者は、まったく嫌疑の外という計算であったに違いない

「なぜ、龍馬は犯人ではないと思ったんだい？」という玄斎の質問に、彦馬は、こう答えたものだ。

「後ろから首を絞めたのだ。下手人の両手は一文字に細引きを引いている。なかなか手の甲まで、左膳の指は届きにくい。それに、龍馬のミミズ腫れは、左手の甲だ。玉鏡を通して確かに見たのだから間違いない。正面から絞めたのならともかく、左膳の右指は、とてもそこまでは届かない」

彦馬は、言葉を続けた。

「龍馬は、丸山からの帰りだった。女に引っかかれた傷ではないか、とぴーんときたというわけだ。龍馬は、薩摩藩と関係が深い。藩邸の者が最初遊びに連れ出したのなら、龍馬のいきつけは、薩摩藩の馴染の家と見当をつけた。引田屋へ行って、話を聞くと、案の定だ。龍馬は、あの日、夕方から引田屋へあがり、馴染のお元という芸妓を呼んでいた。お元に会って事情を話すと、ふざけたはずみに、客の左手の甲を引っかいてしまったという。さすが丸山の芸妓、龍馬の名は一言も出さんじゃったよ。だが、これで疑問は氷解したわけさ」

「こいつ、梅香枝にやられたことがあるな。そうでないと中々思いつかぬことだぞ、彦馬――」

玄斎は、そういってカラカラと笑った。

八

明けて、慶応二年。明治維新を二年後に控えた波乱の年が始まった。

「彦馬、龍馬は、とうとう薩長の手を握らせたというぜ――」

玄斎が、珍しく興奮気味に撮影処へやってきたのは、梅の便りもちらほら聞かれようかという、二月末のことであった。

「龍馬は、薩摩の船で無事に上方へ着いたらしい。新選組の眼を盗んで首尾よく京へ入り、先にきていた長州の桂小五郎と薩摩の西郷隆盛を会わせ、ついに薩長同盟を成功させたそうだ。これで世の中は変るぞ」

「回天の事業――」

彦馬は、思わず口のなかで呟いていた。

「そうだ、龍馬の働きは、まさに回天の名に価する」

「玄斎、お主、龍馬の顔を見たことあるのか?」

「いいや、ない。そういえば、ここへ写真を撮りにきたのだったな」

彦馬は頷いて、龍馬の写真を捜した。龍馬以外、日本人では使いようのなかった黒の飾り台の前に龍馬が立っていた。

「これが、坂本龍馬か。いい面構え（つらがまえ）をしている――」

写真を眺めていた玄斎の顔が曇ったのに、彦馬は気づいた。

「どうした玄斎？」

「うーん、これはな……」

玄斎は呻（うめ）いた。

「これは、いかん。この顔には剣難の相がある。非業の死を遂げることになるやも知れん……」

玄斎は、絞り出すような声でいった。

「気にするな玄斎。人相は変ることもある。ましてや、これは写真だ。実物ではない」

「それは、そうだが……。いまの話は、ここだけのことにして欲しい」

最初の勢いはどこへやら、玄斎は元気なく帰っていった。

龍馬は再び、長崎を訪れ、彦馬のカメラの前に立った。今度は、大浦屋のお慶に連れられて、撮影処を訪れたのだった。お慶は、勤皇派（きんのうは）の若者たちを厚遇していた。

「軍艦に乗せる約束は、忘れとらんきに。今度きた時に必ず――」

龍馬は、そういって彦馬の手を握った。暖かい手であった。

彦馬が、龍馬の非業の死を知ったのは、慶応三年の暮であった。知らせてくれたのは、大浦屋のお慶であった。

「先月十五日の夜だったとです。いきなり不意を突かれ、坂本しゃんは、刀を抜く暇もなかったとですと……」

お慶は、そういって涙を流した。気丈な彼女にしては、まったく珍しいことであった。龍馬という、この時代の日本人としては規格外の男のために、お慶は泣いた。

お慶が帰ってから、彦馬は、撮影控を取り出した。龍馬の項を開き、次の言葉を付け加えた。


　慶応三年十一月十五日夜、京河原町三条下ル蛸薬師近江屋新助宅二階で、盟友中岡慎太郎とともに暗殺者の凶刃に倒る。享年三十三。不幸にして、玄斎の観相適中す。


――刀もとらず。

彦馬は、心のなかで呟いた。

佩刀陸奥守吉行を、腰から抜いてカメラの前に立った龍馬の姿が思い出された。
――たった二年ばかり前のことではないか……。
彦馬は、黙って撮影控を閉じた。

斬奸刀（ざんかんとう）

安部龍太郎

安部龍太郎（あべりゅうたろう）（一九五五〜）

福岡県出身。「師直の恋」でデビュー。一九九〇年に発表した、『血の日本史』で注目を集める。二〇〇四年『天馬、翔ける』で中山義秀文学賞、二〇一三年『等伯』で直木賞を受賞。主な作品に『関ヶ原連判状』『薩摩燃ゆ』『道誉と正成』など。

一

都の丑寅、賀茂川と高野川が合流する所に、糺河原が広がっていた。下鴨神社の参道の周囲に広がる森が糺森と呼ばれたことから、その南に位置する河原にも糺の字が当てられた。

都への入口に当たるために、南北朝時代からしばしば合戦の場となった所である。偽りを糺すという意味を持つこの河原に、異形の男が現われたのは、都が尊皇攘夷運動に沸き立っていた文久二年（一八六二）八月のことである。

手足に黒革の手甲脚絆を巻き、六尺ふんどしひとつという出立ちの男は、夜な夜な河原をさまよい歩き、手当たり次第に犬を斬った。

この時期、夏草におおわれた糺河原には、行き倒れの死体が放置されたままになっていた。昨年夏の猛烈な旱魃のせいで、都への食糧の搬入がとどこおり、餓死する者が続出したからである。

人が飢えれば獣も飢える。生きる糧を失った野良犬たちは、食べ物を求めて河原に集まり、野ざらしとなった死体をむさぼり食った。

その数は二百頭をゆうに越え、夜中になると獲物を争う犬の鳴き声が絶える間がなかった。

近くに住む者たちは野犬の群れを怖れ、昼日中でも河原に近づこうとはしない。下鴨神社への参詣客も、ぴたりと途絶えたほどだった。

その糺河原に単身乗り込み、犬を斬りまくるのだから、とても正気の沙汰ではあるまい。

物見高い都の者たちはそうささやき合い、やがては犬に食い殺されて骨一本も残るまいと噂したが、男はまるで行に励む僧のような律義さで七日七夜河原に現われ、野獣の叫びを上げながら犬を斬りまくった。

「その声は犬の鳴き声よりも余程怖ろしげで、背筋も凍るほどでございました」

下鴨神社の側の茶店の亭主は、後にそう証言している。

それが土佐の岡田以蔵、人斬り以蔵と呼ばれた男であったことを亭主が知ったのは、猖獗をきわめた尊皇攘夷熱がおさまり、ご一新と呼ばれる明治の御世になってからだった。


（七日）

岡田以蔵はそう決めていた。

己れの弱さを矯めるには、七日間犬を斬りつづける必要がある。誰に強いられるでもなくそう決し、驚くべき精神力を発揮して着実に実行していった。

今夜は満願の七日目である。

以蔵は糺河原に小舟をつけると、用意の握り飯をほおばった。喉につかえる飯を竹筒の水で流し込み、舟の中に小袖をぬぎ捨てた。

黒革の手甲脚絆と洗いざらしのふんどしという姿になると、迷いのない足取りで背丈ほどの茅（かや）におおわれた河原に踏み込んだ。

上背五尺二寸ほどの小柄な男で、肩幅も狭く腕もさして太くはない。だが褐色の肌の下には、鋼（はがね）のように鍛え上げられた筋肉が波打っている。右手には一尺五寸の脇差しを持つばかりだった。

夜空は晴れわたり、満天の星がこぼれ落ちそうなほどである。比叡山の上にかかった月があたりを青く照らし、川の面（おもて）が銀色に輝いている。以蔵の脇差しも、月の光を反射して白い光を放っていた。

以蔵は右手をだらりと下げたまま歩を進めた。

一見無防備な構えだが、体のどこにも力を入れない自然体だけに、どんな異変にも即座に対応できる。柳生新陰流にいう「無形の位（むぎょう）」である。

それを独学で習得したところに、以蔵の天才たる所以（ゆえん）があった。

暗い草むらの中で、以蔵の脇差しだけが光る。それと察した野犬たちは、風下に回って遠巻きにした。

二十頭、いや三十頭はいるだろう。いつの間にか強い犬のもとに群れをなした野犬どもは、一糸乱れぬ包囲陣を組んで迫ってくる。

風下に回るのは、臭いを敵に悟られないためだ。むろんうなり声ひとつ上げようとはしない。いっせいに飛びかかり、鋭い牙で以蔵を食いちぎろうと、ひたひたと間合いを詰める。

「うおぉぉ」

以蔵は腹の底から声をふりしぼると、風上に向かって走り出した。

犬たちは包囲陣を乱して後を追ってくる。以蔵は犬より速い。一町ばかりも走ると、犬たちは足の速い順に縦一列になる。以蔵はふいに踵（きびす）を返し、犬の群れに突進する。

犬は戦闘の体勢を取ることも出来ないまま、以蔵の手足や喉首めがけて飛びかかってくる。以蔵も犬の喉首を狙った。急所を確実につき、一刀で仕留めなければ、体力がつづかない。

正面から飛びかかって来る犬は身を沈めて喉を斬り、手足に来る奴は黒革の手甲脚絆をかませて項（うなじ）を斬る。人肉を食らった犬たちの獣臭い息を顔にあびながら、以蔵は脇差しを縦横にふるい、しかも走りつづけている。

後方の犬は以蔵の突進に驚いて道を開け、けたたましい声を上げながら迫ってくる。

その列が縦に長く伸びきった頃を見計らって、以蔵は再び向きを転じて挑みかかる。二度三度とくり返すうちに犬は数を打ち減らされ、残った犬もかなわぬと見て逃げ去っていく。

後には頭からつま先まで犬の血に染った以蔵が、荒い息を吐きながら立ち尽くすばかりだった。

こうした常軌を逸した行為に以蔵を駆り立てたのは、人を斬らねばならぬというあせりである。そのあせりを生んだのは、尊皇攘夷のためには邪魔者を次々に暗殺していく武市半平太の強硬な方針だった——。

以蔵は高知城下の七軒町に、足軽岡田義平の長男として生まれた。

義平はもともと香我美郡岩村郷で二十石ばかりを領する郷士だったが、嘉永元年(一八四八)に土佐藩が新たに足軽を募集した時、これに応じて城下に移り住んだ。

義平は足軽の家を以蔵に、岩村郷の郷士の家を次男の啓吉につがせた。

土佐では足軽は軽格と呼ばれ、郷士よりも格下だったが、山内家の家臣の末席に連なっていれば、能力次第では出世も可能である。

義平にそうした期待を抱かせるほど、以蔵の剣は天稟に恵まれていた。体格は人並みよりやや劣るが、動きが素早く勘がいい。教えたことはたちまちのうちに吸収して我物としてしまう。

城下の道場で師範代をつとめたほどの腕前だった義平は、幼い頃から我子に剣の修行を強いたが、以蔵が十五、六歳になった頃にはもはや太刀打ち出来なくなっていた。

時あたかもペリー提督来航の頃で、世は黒船騒ぎに動揺のきざしをみせていた。

アメリカやロシアの進出に日本中が危機感を強め、尊皇攘夷論をとなえる者が現われ始めた頃である。

この機に乗じて以蔵を世に押し出したいと願った義平が、城下に道場を物色していると、親戚筋に当たる武市半平太が新たに道場を開いたという。義平は勇躍して以蔵を新町の道場に伴い、一番弟子として入門させた。

安政元年（一八五四）のことで、武市半平太は二十六歳、以蔵は十七歳だった。

半平太の道場でも、以蔵はたちまち頭角を現わした。

安政三年七月に半平太は剣術修行のために江戸へ出府し、鏡新明智流の桃井春蔵の門に入ったが、以蔵も半平太の推挙によって入門を許された。

以後二年間、以蔵は天下の桃井道場で腕を磨き、中伝を許されるほどに上達した。

その動きの速さは門弟の中でも群を抜き、〈撃刺矯捷なること隼の如し〉と評されたほどである。

千葉道場に入門していた坂本龍馬と知り合い、肝胆相照らす仲となったのもこの頃のことだ。

以蔵は決して暗い男ではない。土佐人らしいカラッとした実直な気性で、笑うと八重歯がこぼれて少年のようなあどけない表情になる。

欠点といえば、性格が真っ直ぐで単純過ぎたことである。おだてられるとすぐ調子に乗り、怒るとカッと頭に血が上る。義に感じれば水火もいとわず飛び込んでいく。思慮分別を母の胎内に置き忘れてきたような男だが、思い込んだら一途に走るひたむきさがあった。

以蔵が尊皇攘夷の思想に目ざめたのは、武市半平太の教えを受けたからだった。

ペリーの来航以来、幕府はアメリカやロシアの圧力に屈して開国し、不平等な通商条約を押しつけられている。このままでは日本は欧米諸国に踏みにじられてしまう。

半平太はそうした危機感から土佐勤王党を結成し、尊皇攘夷運動を推し進めていたが、以蔵は手もなくこの思想の信奉者となった。

文久二年四月に吉田東洋(よしだとうよう)を暗殺して土佐藩の実権を握った武市半平太は、京都の政局に乗り出すべく、七月には藩主山内豊範(やまうちとよのり)を押し立てて大坂の蔵屋敷に着いた。

ところが十七歳の豊範が麻疹(はしか)にかかり大坂での滞在を余儀なくされたために、半平太は思わぬ窮地におちいった。

藩の下横目(したよこめ)(刑事)井上佐市郎(いのうえさいちろう)が大坂に現われ、吉田東洋暗殺の下手人を求めて、土佐勤王党の者たちへの聞きこみを始めたのである。

事が露見することを怖れた半平太は、以蔵に佐市郎を殺すように命じた。

以蔵は同志三人と共に佐市郎を呼び出し、酒場に誘って泥酔させた上で絞め殺し、遺体を橋の上から投げすてた。

この措置(そち)に半平太は激怒した。殺り(や)方が汚ない、武士ならばなぜ刀を用いぬかというのである。

後味の悪い仕事をさせられた上に、汚ないとののしられたのでは割に合わないが、半平太の主張にも一理あった。以蔵も佐市郎を斬ろうとしたが、どうしても刀を抜くことが出来なかったのである。

人を斬るには覚悟がいる。

殺人という天人(てんじん)ともに許さざる行為に手を染めることは、幼い頃からなじみ親しんできた道徳律に背を向けるということだ。

自己を否定し、一切の知己(ちき)を断ち、救われざる罪業(ざいごう)に身を沈めることである。

いかに尊皇攘夷のためとはいえ、二十五歳の以蔵にはその決心がつきかねたのだった。

「それは君の志が低いからだ。真にこの国のために命を捨てる覚悟があるのなら、正義のために剣をふるうことをためらったりはしないものだ」

半平太は以蔵を責めた。目的のためには手段を選ばぬこの男は、敵に対すると同様に身方に対しても冷酷だった。

（何くそ）

以蔵はカッと頭に血が上り、次は必ず人を斬って見返してやると決意した。

それにはまず生き物を斬る感触と、飛び散る返り血に慣れることだ。

以蔵が糺河原で七日七夜犬を斬りつづけたのは、そう考えたからだった。

二

機会は意外に早く訪れた。

病のいえた山内豊範は、八月二十五日に土佐藩兵をひきいて上洛した。これに同行した武市半平太は、三条木屋町の虎屋の一室を借り受け、薩摩藩や長州藩などとの折衝に当たった。

虎屋には土佐勤王党の者や、他藩の同志が足しげく出入りし、尊皇攘夷運動の拠点となった。

以蔵が同志数人と虎屋を訪ねたのは、閏八月十九日のことだ。半平太は留守だったが、同志の一人が猪肉を買ってきたので、牡丹鍋をつつきながらの酒宴となった。

土佐の男の酒は陽気で荒い。

互いに競うように茶碗酒を飲み、尊皇だ攘夷だ、いや倒幕だと口角から泡を飛ばして怪気炎を上げている所に、半平太が顔の浅黒いずんぐりとした体付きの男をともなって帰ってきた。

「これは先生、お帰りなされませ」

以蔵が真っ先に膝を正して迎えた。

道場主であり土佐勤王党の党首である半平太に、以蔵は頭が上がらない。他の同志たちも我れ先にと姿勢を改め、赤ら顔を神妙にしてかしこまっている。

「ほう、猪肉（ももんじ）か」

半平太は鍋をちらりと見やったばかりだった。

あごは張っているが、役者絵になりそうなほど顔立ちの整った男である。剣の腕は桃井道場の折紙付き、弁舌さわやかで不気味なほどに頭が切れる。

以蔵らが束になってもかなう相手ではなかった。

「こちらは薩藩の剣客、田中新兵衛（たなかしんべえ）君だ。これから国事のために共に働くことになった。皆もこの機会に、ご面識（めんしき）をいただくがよい」

半平太が新兵衛を鍋の側に誘った。

同志の一人があわてて二人に酒をつぎ、再び陽気な酒宴となったが、以蔵は膝をくつろげることも忘れて新兵衛の様子をうかがっていた。

二ヵ月前に九条関白家の家宰島田左近を斬った田中新兵衛の名は、洛中に鳴り響いている。その体からは人を斬った者のみが持つ不敵な自信と、名状しがたい瘴気のようなものが立ち昇っていた。

（人を食らった犬の臭いだ）

以蔵はそう感じながらも、人斬りによって半平太からさえ一目置かれるようになった新兵衛に、ひそかな競争心を抱いていた。

翌日の夕方、半平太は以蔵ら十人ばかりを集め、今夜田中新兵衛が本間精一郎を斬るので手伝うようにと命じた。

「本間は同志ではないのですか」

そうたずねる者がいた。

越後出身の志士である本間精一郎は、土佐に遊説に来たことがあるので、顔を見知っている者も何人かいた。

「本間は口先だけの勤王家で、薩長土藩の連携を妨げる工作をしている。それゆえ薩藩と談義の上、斬ることに決したのだ」

「その役は、わしにやらせて下さい」

以蔵が申し出た。本間が何者であれ、半平太が斬れというなら斬るまでだ。今度こそ修行の成果を見せてくれようと勇み立っていた。

その夜、本間精一郎は祇園の一力という茶屋に立ち寄った後、芸妓を連れて先斗町の大文字屋に入った。

密偵からの報告でそのことを知った以蔵らは、先斗町の露地の出口に身をひそめて精一郎が出て来るのを待った。

秋の雨がしとしとと降りつづいている。露地の木戸の脇には常夜燈が灯り、あたりをぼんやりと照らしている。黒い布で顔をおおった以蔵は、腰の刀を握りしめた。二月ほど前、坂本龍馬から借りた肥前忠広である。

露地での斬り合いには不向きな二尺八寸もの長刀を持参したのは、この試練を龍馬と共に乗り越えたいという思いが、心のどこかにあったからかもしれない。

「堅か堅か、肩の力ば抜きんしゃい」

側で田中新兵衛があざけるようにつぶやいた。

やがて一力の提灯をかざした男が、闇の中から近付いてきた。本間を迎えに行くのだと察した同志の一人が、男から提灯を奪い、一力の者になりすまして大文字屋へ向かった。

以蔵は大きく息を吸い、ゆっくりと吐いて体の強張りをほぐそうとした。

紀河原であれほど犬を斬ったのだ。同じ要領で無心に刀を振り下ろせばよい。自分にそう言いきかせ、肥前忠広の鯉口を切った。

灯りに先導され、芸妓の肩を抱いた本間が木戸を出てきたのは、四半刻ほど後のことである。その膝を目がけて、一人が手裏剣を打ち込んだ。傘を手にしたままよろめく本間に、別の二人が左右から飛びかかり、大刀を奪ってねじ伏せようとした。

だが本間は、容貌魁偉と評されたほどの巨漢で、腕も立つ。刀を奪われながらも、二人を組み伏せて当身を入れ、立ち上がって露地に逃げ込もうとした。

以蔵は隼のような速さで走り寄り、背中に向かって刀を振り下ろした。

凄まじい気合を発し、右の肩口を狙って斬り付けたが、気持が上ずって目測を誤まり、二尺八寸の刀の切っ先は木戸の横木に当たってぽろりと折れた。

あっと叫ぶ間もなく、新兵衛が以蔵の横をすり抜けて刀をふるった。

鋭い斬撃が肩口に食い込み、本間は血しぶきを上げながらぬかるみにつんのめった。

「こん男が刀を持っちょれば、おはんは今頃死んでおりもんそ」

新兵衛はにやりと笑うと、心臓目がけて背中を突き刺した。

〈以蔵ガ坂本龍馬ノ佩刀肥前ノ忠広ヲ借ツテ差シテ居ツタガ、コノ時、門ノ扉ニ切リ付ケテ鋩子ガ折レタト云フコトヲ聞キマシタ〉

土佐藩士五十嵐敬之は、後に『天誅見聞録』の中でそう回想している。

この失敗が以蔵にとって大きな負い目となったのだった。

本間精一郎の首は、翌日斬奸状をつけて四条河原にさらされた。

「この者の罪状今更申すまでもなく、第一虚喝を以て衆人を惑わし、その上高貴の御殿方へ出入致し、佞弁(ねいべん)を以て薩長土の三藩を種々讒訴(ざんそ)いたし、有志の間を離す謀(はかりごと)を相たくらみ、或は非理の財富を貪り、其外(そのほか)筆舌に尽し難く、このまま差置き候ては無限の禍害生ずべく候に付き、かくの如く梟首(きょうしゅ)せしむる者也」

斬奸状は半平太の手になるものだ。

以蔵は犯罪者が犯行現場に立ち戻るような心理に誘われて、一人で四条河原に出かけた。さらされた首のまわりには大勢の見物人が集まり、さまざまな噂を口にしている。

志士の間に仲間割れが起こり、薩摩の人斬り新兵衛に殺されたのだ。そうささやき合う者が多い。群衆の中には奉行所の目明しらしい者も数人いて、あたりに鋭い目を走らせている。

以蔵は早々にその場を離れ、河原町通りをとぼとぼと北に向かった。

競争者と目していた新兵衛の前で不覚をとったことが、胸にずしりとこたえている。

肝心の時に取り乱して目測を誤まるとは、剣術家にあるまじき失態だった。

「こん男が刀を持っちょれば、おはんは今頃死んでおりもんそ」

新兵衛のあざける声が耳底にこびりついている。

しかも龍馬から借りた肥前忠広の切っ先を折るへまを仕出かしたのだ。

（あ、わしは情けなか）

以蔵は頭を抱え、恥しさに胴震いしながら大股で歩きつづけた。

いつしか虎屋のある三条木屋町を通り過ぎ、荒神橋のたもとまで来ていた。鉛色の空から雨がぽつりぽつりと降り出し、車軸を流すほどの大雨となった。

雨に打たれて物思いからさめた以蔵は、傍の店の軒下を借りて雨やどりをした。荒神屋という刀屋である。

雨足はなかなか弱まらない。所在なさに店をふり返ると、連子窓（れんじまど）の向こうに三本の刀が並べてある。いずれも研（と）ぎに出したばかりらしく、鞘（さや）も鍔（つば）も柄（つか）もはずしたままだった。

以蔵は興味を引かれ、窓に歩み寄ってのぞき込んだ。

ほの暗い店の中で、一本の刀ばかりが異様に白く輝いている。長さは二尺六寸ばかり、地肌はやや青みがかり、乱れ刃の刃文がくっきりと浮き立っている。

以蔵はぞくりとした。

手足が鳥肌立つのを感じながら、窓に顔をつけて刀をのぞき込んだ。鉄をも斬り裂く鋭さと、しなやかで伸び伸びとした美しさを併せ持った一振りである。

「あの……、もし」

背後から遠慮がちに声をかける者があった。

小柄で柳腰の三十ばかりの女である。色白のほっそりとした顔立ちで、陰のある気弱そうな黒い瞳が印象的だった。

「どうぞ、中で見ていっとくれやす」

「はあ、じゃけんど」

以蔵には刀を買うほどの金はない。刀の良し悪しを見分ける目さえなかった。

「刀、気に入らはったんやろ。見ていくだけでも構しまへんよって」

女に誘われて、以蔵は店に入った。

縦長の土間と六畳ばかりの板の間があるばかりの小さな店である。土間の奥にはのれんが下がり、その奥が住居になっているらしい。板の間の刀掛けには、鞘におさめた十数本の刀が納めてあった。

ほの暗い店には、ほかに誰一人いない。

「うちはここのおかみで、いまと申します。どうぞ、上がっとくれやす」

差し出された円座の上に座ると、おいまが練色の着物の合わせから真っ白な懐紙を取り出した。

「これをお使い下さいませ」

差し出された懐紙を、以蔵は口にくわえた。刀身を唾で汚さないための心得である。懐紙は土佐では見たこともないほど上質のもので、何やらかぐわしい香りがする。

おいまは三本の刀の中から、以蔵が目に留めた刀を誤またず選び出した。刀の棟に懐紙をあて、拝むようにして運んでくる。

両手で受け取るとずしりと重い。だが均整がとれているためか、茎を持って正眼に構えてみると、嘘のように軽く感じられた。

以蔵は再び両手でささげ持ち、刀身に目を寄せた。

まるでうら若い乙女の肌のようにつややかで、しっとりとした気品がある。あまりの美しさに、刃に舌をはわせたい衝動が突き上げてくる。

茎の銘を調べてみると、金釘文字でうっすらと『斬』の一字が記されていた。

（斬奸の斬ではないか）

そう思ったとたん、以蔵はこの刀が欲しくて堪らなくなった。

「どないですやろ」

おいまが元の位置に刀を仕舞ってからたずねた。

「銘に斬とあるようじゃが」

学がない以蔵は、自分の読みに自信がなかった。

「ええ、そうどすな」

「あれは、どげな意味ですろか」

「この刀は大塔宮さまが、鎌倉幕府の軍勢に追われて吉野に身をひそめておられた時、大和の鍛冶にお命じになって物されたお品でございます。宮さまは奸物を斬るという意味で、この刀を斬奸刀と命名され、斬の一字を刻まれたのでございます」

おいまが急に改まった言葉づかいをした。

「それで、いくらですろ」

「二十両でございます」

「高いな」

以蔵はため息をついた。三人扶持の足軽の身では、手の届く額ではなかった。

「この刀には、菊の御紋の鍔がついとりますよって、決して高いことあらしまへん」

「わしには高いがやき。この身なりを見れば分りますろ」

以蔵は木綿の着物の袖を広げてみせた。はにかんだ笑顔は少年のようである。

「それなら、十日間だけお貸ししますよって、気に入ったら買うておくれやす」

「十日間？　ただですろか」

「はいな。刀も添うてみんことには、良し悪しが分らしまへんよって」

おいまが初めて笑みを浮かべた。どこか陰のある、頼りなげな笑みだった。

三

以蔵は斬奸刀の虜（とりこ）になった。

大塔宮護良（もりなが）親王は、後醍醐天皇による建武の新政のさきがけとなる働きをしながら、天皇と対立して鎌倉に流され、足利尊氏（あしかがたかうじ）の弟直義（ただよし）によって殺された悲運の皇子（みこ）である。尊皇攘夷の志士なら、大塔宮の崇高（すうこう）な志と過酷な運命に涙せぬ者はない。その皇子ゆかりの品となれば、単なる刀とは思えなかった。

以蔵はさっそく虎屋に戻り、中庭に出て斬奸刀に素振りをくれた。

振り上げる時には羽根のように軽く、振り下ろす時にはずしりと重い。振るたびに、青みがかった刀身が中空に稲妻（いなずま）のような軌跡（きせき）を描いた。

以蔵は刀を抱いて寝た。生涯の伴侶（はんりょ）を得たように愛（いと）おしい。この刀を手に入れるためなら、どんなことでもやり遂げようと心に決めた。

翌日の夕方、武市半平太はまたしても暗殺を命じた。

「宇郷玄蕃頭（うごうげんばのかみ）に天誅（てんちゅう）を加えよ」

玄蕃頭は前（さきの）関白九条尚忠（ひさただ）の家臣で、田中新兵衛に斬られた島田左近と共に、皇女和宮を将軍家茂に降嫁させる工作をした。

また、三年前の安政の大獄の時には、井伊直弼の手先となって梅田雲浜や頼三樹三郎ら勤王の志士を捕え、刑死に至らしめている。

島田や宇郷を斬るのは、安政の大獄で斃れた同志の仇を討つと同時に、朝廷内の公武合体派に圧力をかけるという狙いがあった。

「ならばわしがやりますが、ひとつたずねてもよろしゅうございましょうか」

「何だね」

「玄蕃とやらを斬ったなら、天誅金をはずんでいただけますろか」

以蔵は悪びれることなく問うた。

斬奸刀を手にしたせいか、物腰まで堂々としたものになっている。

「君は金のために人を斬るのかね」

半平太はさすがに不快な顔をしたが、要人暗殺のたびに天誅金だの誅罰金だのと称して賞金を出しているのは彼ら指導者だった。

一人五両という回答を得た以蔵は、夕方肥後の堤松左衛門ら四人を誘い、河原町通り丸太町の南にある九条家の下屋敷に向かった。

道端のお堂にひそんで表門の監視をつづけていると、魚屋が刺身の岡持を持って邸内に入っていく。これで玄蕃がいることを確信した以蔵らは、お堂の中で夜がふけるのを待った。

暗殺は夜、疾風の如き早さで果さなければならない。

本間精一郎を襲った二日前とちがって、以蔵は不思議なくらい落ち着いていた。

（大義のために、人を斬るのだ）

大塔宮ゆかりの斬奸刀が、ゆるぎのない信念を以蔵の肚に植えつけていた。

やがて戌の刻（午後八時）の鐘が鳴り、さらに半刻ばかりが過ぎた。どの屋敷の門も固く閉ざされ、灯も消えて、漆黒の闇が街をおおっている。

「そろそろ、行くがやき」

以蔵は先頭に立つと、九条家の表門を力任せに叩いた。

「御所より急の知らせだ。くぐり戸を開けてくれ」

番小屋で寝入っていた門番が、くぐり戸をわずかに開けて表をのぞこうとした。以蔵は間髪入れずくぐり戸を蹴り開けると、

「宇郷玄蕃の住居はどこだ」

斬奸刀を喉元に突き付けて迫った。

門番は驚きに声も出せないまま、侍長屋を指で差す。以蔵はみぞおちに当身を入れて気絶させ、宇郷の家の戸を叩いた。

「急の御用です。開けて下さい」

中で人が動く気配がして、閂をはずす音がした。

戸が一尺ばかり開き、五十がらみの女が行灯をかざして立っていた。

以蔵は無言のまま行灯を奪うと、女を突き飛ばして寝間に踏み込んだ。

奥に寝ていた玄蕃が、はね起きて逃げ出そうとした。五十六、七歳のやせた男である。

「天誅！」

以蔵は右手一本で斬奸刀をふるった。玄蕃は右の肩口から左の腰まで背中をざっくりと割られ、血しぶきを噴き上げながらうつ伏せに倒れた。

斬奸刀は怖ろしいばかりに斬れる。まるで刀そのものが意志を持って鞘走ったような斬れ味だった。

遅れて駆け込んできた堤松左衛門が、虫の息で外にはい出ようとする玄蕃の首を打ち落とし、長押にかけてあった槍の穂先に刺し貫いた。

その間、以蔵は文机の引出しや床の間の物入れを大童で改めた。

「おまん、何の真似じゃ」

同志の一人がいぶかしげにたずねた。

「金じゃ、金」

斬奸刀に魅せられた以蔵は、盗っ人のように恥も外聞もなく金を捜し回った。

七日後の閏八月二十九日、以蔵らは島田左近の手足として働いていた目明し文吉を絞め殺し、真っ裸にして三条河原にさらした。

前述した五十嵐敬之の手記によれば、この夜武市半平太の宿所の虎屋で文吉に天誅を加えると決したが、希望する者が多かったのでくじ引きで実行犯を決めたという。

天誅熱はそれほどの高まりを見せていた。

尊皇攘夷運動が盛んになるにつれて、志士たちも激化し、大義のためには手段を選ばなくなっている。都中の者たちが、現状に対する不満や不安のはけ口を天誅に求め、暗殺者を英雄にまつり上げるという、狂気じみた情念の虜になっていた。

この風潮が志士たちをさらなる天誅へと走らせ、都を殺戮と狂気の無法地帯と化さしめたのである。

目明し文吉殺しの翌九月一日は、荒神屋に斬奸刀を返すと約束した期日である。

この日の午後、以蔵は虎屋に半平太を訪ねて天誅金の無心をした。懐には宇郷玄蕃の手文庫から盗み取った十両が入っている。不足はあと十両だが、半平太が差し出したのは五両だった。

「これは玄蕃の分だけじゃなかですか」

「そうだが」

半平太は威圧するようににらんだが、以蔵はひるまなかった。

「目明し文吉の五両も、頂けるはずでございます」

「そんな約束をした覚えはない」

「玄蕃も文吉も同じ天誅です。人の命に値段の差はありますまい」

「聞くところによると、君は玄蕃の屋敷から金を盗み出したそうではないか。何ゆえそんなに金がいるのだね」

「…………」

以蔵は一瞬返答に詰まった。盗みを注進に及んだ同志がいるとは、思ってもいなかった。

「女でも出来たか」

「刀を買いたいのです」

「刀？　そういえば、いつもと差し料がちがうようだな」

半平太が斬奸刀に目をやったが、以蔵は何も答えなかった。

「刀ならいたし方あるまい。君は坂本君から借りた肥前忠広を折ったそうだからな」

半平太は嫌味をひとつ言って、刀代として五両を貸し付けた。

金の工面がついた以蔵は、その足で荒神屋に向かった。斬奸刀が手に入る嬉しさに、足は自然と早くなり、やがて小走りになった。

懐に入れた二十両が、腹のあたりで上下に動く。

土佐にいた頃には、見ることさえ出来なかった大金だが、手にしてみると意外に軽い。人さえ斬ればいくらでも金が入るという自信が、以蔵にそう感じさせていた。

おいまはたった一人で帳場にぼんやりと座っていた。薄暗がりの中で、女の肌だけがほの白い。

「二十両、持ってきたき。この刀はもろうていくぞ」

以蔵は布に包んだ金を板張りに置いた。首筋にびっしょりと汗をかいている。

「まあ、ひどい汗。お湯（ぶ）でも召し上がっていっておくれやす」

おいまは金には見向きもしなかった。

「ちょっと、刀を改めさせてもらいますえ」

「金は払った。刀はわしのもんじゃき」

「承知いたしております。そやけど刀にも、相性いうもんがありますよって」

湯呑みを載せた盆を差し出すと、おいまは間近ににじり寄って刀を受け取った。

香（こう）の匂いが以蔵の鼻をつき、しびれるような刺激が脳天にまで走った。

うつむいた拍子に、おいまの着物の合わせから白い肌がのぞく。以蔵はごくりと生唾を飲み、あわてて湯呑みに手を伸ばした。

酒である。ひと息に飲むと甘い香気が口一杯に広がり、五臓六腑がじわりと熱くなっていく。土佐では口にしたこともない上等の酒だった。

「あんさん、人をお斬りやしたな」

おいまが刀身を改めながらつぶやいた。

「ああ、ちょっとわけがあってな」

酒のせいか以蔵は大胆になっている。もめるようなら、おいまの口を封じればいいとさえ思っていた。

「おお怖、あんさんこの間とはえらい目付きがちごうてはるわ」

「どうちがう」

「人斬りの目になってはる」

そう言われても、別段腹も立たなかった。むしろ一人前になったと言われたような誇りさえ感じた。

「お湯、もう一杯いかがどす？」

おいまがまつげの長い目を遠慮がちに向けた。

以蔵は誘われるまま奥の部屋に上がり込み、酒を二杯飲んだ後でおいまを抱いた。

都の悪所には何度か通ったが、素人を相手にするのは初めてである。野合でもするようにせっかちな以蔵を、おいまは慣れた手管で導いていった。

以蔵は剣の修行で鍛え上げた腰を使う。おいまは喉の奥からふりしぼるような声を上げ、以蔵に下からしがみつく。

征服欲を存分に満たし、弾けるように精を放った後で、以蔵はふとおいまの体から立ち昇る死臭を嗅いだ。

四

おいまは祇園(ぎおん)で芸妓をしていたが、荒神屋の主人に身請けされて後添いにおさまった。

ところが一月(ひとつき)ほど前に主人が突然行方知れずとなったために、おかみとなって荒神屋を切り盛りしている。

以蔵は何度か体を重ねるうちに、切れ切れにそうしたいきさつを聞き出した。

以蔵のどこが気に入ったのか、おいまは初めての日から以蔵を家に泊め、情婦にでもなったようにかいがいしく世話をした。刀代の二十両も受け取ろうとはしない。

しかも以蔵が人を斬った後には、異常なばかりに欲情し、明け方まで二度も三度も求めてくる。

あまりの激しさに、以蔵は初め薄気味悪ささえ覚えたが、おいまとは奇妙に肌が合う。何かに憑かれたように一途に求めてくる姿が、愛(いと)おしくもあり哀れでもある。

殺戮に血が荒れた以蔵は、獣のごとき激しさでおいまに応え、次第に荒(すさ)んだ交情に溺れていった。

京都での尊皇攘夷派の天誅攻撃に手を焼いた幕府は、その圧力に屈して安政の大獄で罪に問われた者たちの大赦令(たいしゃれい)を発した。

薩摩や長州、土佐の勤王派が、政治の表舞台に出る機会が訪れたのである。

激動の年はこうして暮れ、文久三年(一八六三)になった。

京都から大坂の住吉陣屋に移っていた以蔵は、新年早々意外な男の訪問を受けた。

「おるがや? 上がるぜよ」

返事を待たずに部屋に上がり込んできたのは、長身の坂本龍馬である。ぼさぼさに伸ばした髪を頭の後ろで束ね、近視の目を細めている。

「龍馬、江戸じゃなかったがか」

うたた寝をしていた以蔵は、喜びの声を上げてはね起きた。

七年前に江戸に剣術修行に出ていた時に、龍馬とは励まし合い腕を競った仲である。性格は正反対だが、妙に馬が合う。

龍馬もそう感じているのか、土佐を脱藩する時に家から持ち出した肥前忠広を、惜し気もなく以蔵に貸し与えたほどだった。

その切っ先を折ったことが、以蔵には大きな負い目になっている。

「龍馬、済まん」

真っ先にそのことをわびた。

「ちゃっ、ちゃっ。気にすることはないがやき」

「じゃけんど、刀は武士の魂ぜよ」

以蔵は柳行李から二十両を取り出した。おいまが受け取らなかった斬奸刀の代金である。

「これで気に入った刀を買うてくれ。何なら知り合いの刀屋を紹介するき」

「そないな金は受け取れんちゃ。それに刀などもう時代遅れじゃ。これからは、これぜよ」

龍馬は懐からスミス&(アンド)ウエッソンの回転式連発銃(リボルバー)を取り出し、いきなり銃口を以蔵の額に突き付けた。

「おまんの抜き打ちがいかに速かろうと、飛び道具にはかなわんぜ」

自身も北辰一刀流の免許皆伝の腕でありながら、さらりと剣に見切りをつけている。そのあたりに龍馬の器量の大きさが現われていた。

「じゃけんど、最初の一発さえはずせば何とかなる」

以蔵はむっとして銃を払いのけた。

剣を否定されることは、自分自身を否定されることと同じだった。

「そうはいかんぜよ。このピストルは六連発じゃ。とても勝ち目はないがやき」

「刀は武士の魂じゃ」

以蔵はむきになって斬奸刀をすっぱ抜き、龍馬の喉元に切っ先を当てた。

「これを見ろ。体に震えがくるじゃろが。それもただの名刀じゃなか、大塔宮さまゆかりの品じゃ」

「まっことか」

「ああ、折紙つきじゃ」

以蔵は茎（なかご）に斬の一字が刻んであることや、おいまから聞いた由来を夢中で話した。

龍馬も刀に魅入られたらしく、以蔵の手からもぎ取ると、庭に飛び出して二、三度素振りをくれた。

「確かにこいつぁ業物（わざもの）じゃ」

人の腕ほどもある松の枝をすぱりと両断し、しきりに感嘆の声を上げている。

「じゃけんど、おまんが言うように人を斬るために打った刀じゃなかぜよ。もっと真っ正直な気持でこしらえた、濁（にご）りのない品じゃ」

「もうよか。返してくれ」

龍馬が庭の石灯籠を試し斬ろうとするのを見て、以蔵はあわてて取り返した。

「それより、なんで急に大坂に来たんじゃ」

「神戸の勝先生を訪ねようと思うてな」

「それは何者（なにもん）じゃ」

「日本第一の人物じゃ。三年前に咸臨丸の船長としてアメリカに渡られ、今は軍艦奉行並として、この国に海軍を興そうとしておられる」

アメリカの実情をつぶさに見てきた勝海舟は、日本も今後は海軍力を充実させ、諸外国との交易に乗り出さねばならないと考えていた。

しかも海軍は幕府だけが持つのではなく、雄藩と共同で設立し、藩や身分にとらわれずに有能な人材を登用しなければならないと説き、神戸に海軍操練所を設立しようとしていたのである。

この考えに賛同した龍馬は、さっそく勝海舟の弟子になり、土佐勤王党の者にも入門するように勧めていた。

「そうじゃ。おまんも勝先生に入門せえ。黒船はよかぜよ。江戸から大坂まで二日で着くがやき」

「龍馬、おまん変わったな」

「何がじゃ」

「武市先生の教えとも、土佐勤王党の盟約ともちごうとる。まさか勝という人に言いくるめられて、幕府の犬になり下がったのではなかろうな」

「幕府も藩もあるか。正しい考えは、誰が言うても正しいんじゃ。尊皇攘夷などと、ほたえている場合じゃなかぜよ」

「おまん、本気か」

以蔵は急に冷えた目をした。人を斬る前の狂気を含んだ目差しである。

「ああ、本気じゃ。これからの日本は、海の外に出て行かねばどうにもならん」

「そげなことを他の同志の前で口にしてみろ。三日と生きてはおられんぜよ」

「おまんこそあごの言いなりになって人ばかり斬っちゅうと、今に生きる道をなくしてしまうがやき」

あごとは武市半平太のことである。えらが張った半平太を龍馬はそう仇名し、六歳年上の本人の前でも「あご、あご」と呼び捨てにしていた。

「とにかく、一度勝先生に会えばわしの気持が分る。ついでにその刀も見てもらえ。先生は日本一の目利きじゃき、おまんの話が真実(まこと)か嘘か、一発で分るぜよ」

龍馬は屈託なく言うと、以蔵をせき立てて飲みに連れ出した。


以蔵の胸に小石を投げ込み、迷いの波紋を起こしたまま、龍馬は一月十三日に勝海舟の順動丸(じゅんどうまる)で江戸へ去っていった。

京、大坂の尊皇攘夷熱の中に取り残されたままの以蔵は、龍馬が去った淋しさをまぎらすために荒神屋を訪ねた。

「まあ、うれし。覚えていてくれはったんやなあ」

おいまは大仰に驚いて奥の居間に案内し、酒肴のもてなしをした。

六畳ばかりの縦長の部屋には小さな床の間があり、見事な筆勢の漢詩がかかげてある。

以蔵には一字も読めなかったが、安政の大獄で刑死した頼三樹三郎が記したもので、

紛々たる春雨　京城は暗く
鳥は鳴き　花は愁ふる無情の情

と読むらしい。

中央には大きな青磁の香炉がすえられ、かすかに青い煙がたゆたっている。

おいまがつねに身にたき染めている香だが、三ヵ月ぶりに訪ねた以蔵は、部屋にただよう死臭をはっきりと嗅いだ。

「床下に死人でも埋まっとるのとちがうか」

冗談めかしてたずねた。

「そうや、埋まっとりますのや」

おいまは以蔵にしなだれかかり、ひんやりと冷たい手で胸元をまさぐった。

「なにやら、おまんの手も死んだように冷たいがやき」

「あんさんの体からも、血の臭いがしますえ。おあいこやな」

つぼみのような赤い唇をにっとほころばせると、鉄漿（かね）を塗った黒い歯がのぞいた。

「わしは人斬り以蔵じゃ。血の臭いは手柄の証（あかし）じゃき」

以蔵はおいまを抱き寄せて唇を吸い、そのまま畳の上に押し倒した。

精を放った後の倦怠（けんたい）感にぐったりと横たわっていると、部屋にただよう死臭はいっそう強くなっていく。

「その人斬りはんに、お頼みしたいことがありますのやけどな」

蒲団の中でおいまがからみついてくる。すべすべした白い肌からも死臭がした。

「うちのために、人を斬ってくれはらへんやろか」

「なんでや」

「憎い人がいますんや。天誅を加えてやらな、どうにもこの胸のおさまりがつきまへんのや」

「そいつの名は」

「池内大学（いけうちだいがく）」

梅田雲浜（うんぴん）、梁川星巌（やながわせいがん）、頼三樹三郎とならんで、尊皇攘夷派の四天王と言われた儒者である。安政の大獄の時には、自首して出たために死罪をまぬがれ、中追放という軽い処分を受けただけだった。

そのために大学が他の三人を密告したのだと噂されていたが、昨年十一月の大赦令で中追放を許された大学は、公然と都に舞い戻っていた。

「そ奴なら、わしらも斬ろうと狙っておるが、なしておまんが憎むんじゃ」

「うち、頼先生のこれでしたんや」

おいまが細い小指を立てた。

「祇園に出ていた頃には、ずいぶんとお世話になったんどす。大学が密告さえせなんだら、先生が殺されはることはなかったんや」

「そうか、おまん……」

池内大学を斬らせるために、わしに近付いたんか。以蔵はそう思ったが口にはしなかった。

斬ると決すると、以蔵の行動は早い。

同志と謀って池内大学の動きを調べ上げ、一月二十二日に前藩主山内容堂(やまうちようどう)に招かれて土佐藩の大坂屋敷を訪ねることを突き止めると、難波橋のたもとで帰路を待ち伏せ、首を取って橋の欄干にさらした。

しかも大学の両耳をそぎ落とし、公武合体派である正親町(おおぎまち)三条実愛(さねなる)と中山忠能(ただやす)の屋敷に脅迫文をつけて投げ込んだ。

自分が招いた客を惨殺された山内容堂は激怒し、土佐勤王党に大弾圧を加える決意を固めることになるのだが、以蔵らにはそうした大局まで見通す目はなかったのである。

二月五日、龍馬は再び大坂に舞い戻ってきた。

「おまん、暇やろ」

以蔵の顔を見るなり決めつけた。

「見ての通り、忙しい」

以蔵は斬奸刀に打粉を当てていた。

池内大学の暗殺が容堂の逆鱗に触れたために、以蔵の肩身はずいぶんと狭くなっている。折を見て脱藩しなければ捕縛の手が伸びると考えていた矢先だった。

「爺くさい真似はやめて、わしと一緒に来い。時代の風を見せてやるき」

龍馬は尻ごみする以蔵を、兵庫港まで連れ出した。

沖合いには塗料の色も鮮やかな黒船が停泊している。

「あれが勝先生の順動丸じゃ」

龍馬は以蔵を艀に乗せると、器用な手付きでこぎ寄せて行く。

順動丸は長さ四十間（約七十三メートル）、幅四間三尺（約八メートル）の蒸気船で、排水トン数は四百五十トン、出力三百六十馬力である。

文久元年（一八六一）にイギリスで建造されたこの船を、海軍力の増強を急ぐ勝海舟が、幕府の予算から十五万ドルの巨費をさいて購入したのだ。

「どうじゃ。こんだけの船があれば、アメリカにもイギリスにも渡ることが出来る。日本の中だけで物を考えちょっては、脳みそが腐るぜよ」

龍馬は舷側にかけられた梯子を我物顔で上っていく。

以蔵は未知の世界に踏み込む緊張に体を固くしながら、その後ろをついていった。

五

勝海舟から受けた衝撃は大きかった。

以蔵ら土佐勤王党の者たちは、日本が異人に付け込まれ、次々に不利な立場に追い込まれていくことに憤りを覚え、幕府の無策を怒って立ち上がったに過ぎない。

日本は神国だと感情的な精神論をとなえ、異人を国内から追い出そうとするくらいの視野しか、この頃の尊皇攘夷運動にはなかった。

「堂々たる神州戎狄（じゅうてき）の辱め（はずかし）をうけ、古（いにしえ）より伝はれる大和魂も、今は既に絶えなんと、帝は深く歎き玉ふ」

土佐勤王党の盟約書の冒頭にそう記されていることが、彼らの精神のあり様を如実に示している。

だが勝海舟は、これから日本が世界の中でどう生きていくべきかを考えていた。三年前に咸臨丸でアメリカに渡り、かの地の文物をつぶさに見てきた勝は、日本も早急に海軍力を整備し、諸外国と交流してすぐれた点を学ばなければならぬと主張した。

そのためには幕府と諸藩を統合し、朝廷のもとで挙国一致の体制を築かなければならない。それゆえ幕府は政権を朝廷に返上すべきだと、将軍に進言したほどである。視野の広さ、知識の豊かさ、行動力の確かさ、胆の太さ。いずれを取っても、龍馬が日本第一の人物と絶賛するだけのことはあった。

「なあ、おまんも弟子になれ。わしと一緒に七つの海を渡ろうやないか」

龍馬にそう誘われて、以蔵の気持ちはぐらりと揺れた。

今からでもそうした道が選べるのなら、心はどれほど晴れ晴れとするだろう。土佐の海のような、青く輝く広々とした世界に出て行けるのなら……。

以蔵は数日悩んだ後、脱藩して龍馬と行動を共にする決心をして、三条木屋町の虎屋を訪ねた。武市半平太の諒解を得る必要があったからである。

「そうか。脱藩はいたし方あるまい」

半平太はすんなりと承諾した。池内大学暗殺の下手人が以蔵らだと分ると、自身の立場に関わるからである。

「ただし、坂本君と行動を共にすることは出来ぬ」

「な、何ゆえでございましょうか」

「君と坂本君とでは、人間の器というものがちがう」

「………」

「君は知るまいが、先日坂本君は伊豆の下田港で容堂公と対面し、脱藩の罪を許されておる。勝どのの元に入門するのも、藩庁から航海術修行を命じられてのことなのだ」

そんな所に、池内大学暗殺の嫌疑(けんぎ)を受けている君が行けると思うか。半平太は言外にそう言っていた。

以蔵は無言のままうなだれた。

自分の手は、すでに引き返すことが出来ないほどに汚れている。腕組みした両手を腋(わき)の下(した)に隠すようにしながら、以蔵はわけもなく体を前後に揺らしつづけた。

「脱藩して、しばらく身を隠したまえ。ほとぼりがさめたなら、またひと暴れしてもらわねばならぬ」

半平太は文机から十両の金を取り出し、裸のまま畳の上に置いた。

以蔵は暗い目でそれを見つめていたが、鷲づかみにして虎屋を飛び出した。

行き先は荒神屋しかなかった。おいまの体を責め立てて、このやりきれなさをふり払いたかった。

店にはめずらしく客があった。牢人らしい身なりをした三十ばかりの武士である。

「それなら、十日間だけお貸ししますよって、気に入ったら買うておくれやす」

おいまの弾んだ声がする。いつか以蔵に言ったのとそっくり同じ台詞（せりふ）である。志士らしい牢人者はひどく感激し、しきりに礼を言って店を出て行った。

以蔵は半年ほど前に斬奸刀を手に入れた時の自分を見るようで、その場にうずくまって吐きたい気分に襲われた。

（半年……）

斬奸刀を手に入れてから、たった半年しかたっていないのである。その間に以蔵はおびただしい殺戮の血を流し、二度と引き返すことの出来ない所に足を踏み入れていた。

「あら、あんさん、お帰りやす」

客を送って店先まで出たおいまが、妙に華やいだ顔でふり返った。

「青い顔しはって、何ぞありましたんか」

「いや、何でもない」

以蔵はおいまにいざなわれて奥の部屋に入った。

むせかえる死臭は、もはや耐え難いほどである。

以蔵はふと、この匂いは己れの体から立ち昇っているのではないかと思った。

脱藩はしたものの、坂本龍馬と行動を共にすることは出来なかった。

半平太が言ったように、龍馬は勝海舟らの奔走により、山内容堂直々の計らいによって脱藩の罪を許され、航海術修行を命じられて勝に入門することになったのである。対する以蔵は、池内大学暗殺の嫌疑をかけられ、容堂配下の目付に追われる身である。虎屋への出入りもさし止められ、荒神屋に立ち寄ることも出来ず、脱藩志士たちの間を転々と渡り歩いた。

彼らの間では、人斬り以蔵の名は鳴り響いている。訪ねて行けば下にも置かぬもてなしを受けたが、以蔵は彼らの対応がこれまでとは微妙にちがうことを、鋭い嗅覚(きゅうかく)で嗅ぎ取っていた。

以前は目を血走らせて天誅を叫んでいた者たちが、妙にさめているのである。

一夜だけなら宿を貸すが、二泊もされては迷惑だ。口にこそ出さないが、内心そう思っていることは明らかである。

まるで酔いから覚めた者が、酔って悪ふざけをした仲間から遠ざかりたい時のようなそぶりを見せる。

逃亡をつづける以蔵には分からなかったが、時代は少しずつ変わりつつあった。

将軍徳川家茂がこの三月に上洛し、御所に参内して孝明天皇に攘夷の実行を約束することになったのだ。尊皇攘夷派の主張が、ついに将軍を動かしたのである。

　そうした変化をうながしたのは、以蔵らによる天誅であると言っても過言ではない。

　だが目的を遂げた今では、以蔵らの存在は尊皇攘夷派にとって邪魔なものになっていた。

　万一彼らが幕府に捕えられ、誰の指示で天誅を行ったかを白状したなら、すべてが水泡に帰すからである。

　指導者たちのそうした考えは、末端の志士たちにも伝わっていく。だからつい一月前までは以蔵をもてはやしていた者たちも、臭い物でも近付いてきたように身をかわし、付き合いをさけようとするのだった。

　そのことを鋭く感じるだけに、以蔵はかえって強気に出るようになった。

　議論の時には人を斬ったこともない奴が偉そうなことを吐かすなと一喝し、口論になるといつでも相手になってやると斬奸刀をすっぱ抜いた。

「こん刀はなあ、大塔宮さまゆかりの品じゃ。わしが奸物を斬るのは、非業の死を遂げられた宮さまのご無念を晴らすためじゃき」

　以蔵は大見得を切り、自分でもその話に酔っていった。

　このような有様では、他の志士たちが辟易し、次第に遠ざかっていくのも無理はない。以蔵は引き返し様のない袋小路に迷い込み、いっそう孤立感を深めていった。

　そんな以蔵に救いの手を差し伸べたのは、坂本龍馬だった。いつ会っても江戸で剣術修行をしていた頃のように朗らかに接し、遠慮のない悪態をつく。

　しかも近々勝海舟が上洛するので、警固を頼むとまで言った。

「おまん、本気か」

「おお。おまんがその面(つら)で勝先生の側を歩いちょるだけで、魔除(まよ)けになるがやき」

「………」

「それに勝先生の知遇を得ておけば、そのうち弟子にしてもらえるぜよ。江戸や長崎に行けば、人斬り以蔵の顔を知っちょる奴などおらんき」

「龍馬、おまん……」

　龍馬は行き場をなくした以蔵の身を案じて、こうした話を持ちかけてくれたのだ。その温かい配慮が、今の以蔵には涙が出るほどありがたかった。

　勝海舟が上洛したのは三月七日のことだった。

　三月四日に将軍家茂が上洛し、二条城に入っている。勝は家茂と同行した幕府の重職たちと今後の対応について諮(はか)るべく、尊皇攘夷派の志士が横行する都に入った。

　以蔵は勝を伏見まで出迎え、二条城まで供をした。

　勝に気に入られて今の境涯(きょうがい)から抜け出したいと願っているだけに、以蔵の緊張は並(なみ)

大抵(たいてい)のものではない。

伸び放題になっていた月代(さかやき)を美しく剃り上げ、有り金をはたいて羽織、袴(はかま)を新調した。ふんどしまで真っさらの物を締め、斬奸刀の寝刃(ねたば)を入念に合わせている。

以蔵が誇れるのは、人斬りの腕ばかりである。

その腕を披露して勝の目に止まる機会はないものかと、肩ひじを張り、油断なく周囲に目を配りながら歩いた。

「岡田君、もう少し楽にしたまえ」

勝も直心影流(じきしんかげりゅう)の免許皆伝の腕である。以蔵の肩の強張りを見て、苦笑しながら忠告した。

二条城を訪ねた後、旅籠(はたご)を捜して三条通りを東に向かった。

将軍家茂と対面するために畿内の諸大名が上洛しているので、どこの旅籠も満員で、一見(いちげん)の客が割り込む余地はない。

最悪の場合には虎屋に泊めてもらおうと寺町通りを歩いていると、周りに不穏の気配があった。前方左の築地塀(ついじべい)の陰に二人、右の灯籠の後ろに一人、身をひそめて待ち構えている。

異常なばかりに勘の鋭い以蔵は、一町ばかりも手前でそれを察知したが、素知らぬふりで歩を進めた。

春のおぼろな月が中天にかかり、あたりをぼんやりと照らしている。

人通りがまばらになった道の片隅で、何かをむさぼり食っていた黒い野良犬が、以蔵をちらりと見るなり毛を逆立てて逃げ去った。

以蔵は勝の左横を歩きながらそっと鯉口を切り、抜刀にそなえて勝との距離を広く取った。

築地塀の側にさしかかると、覆面をした三人が左右から飛び出してきた。

「天誅」

そう叫ぶなり、長身の男が左側から勝に斬り付けた。

武士は左の腰に刀をさしているので、抜刀する時に左側に隙が出来る。そこを狙って凄まじい斬撃を放ったが、以蔵の動きは相手より数段速かった。

ぐっと身を沈めると、隼のように相手の内懐に飛び込み、刃の下をかいくぐって抜き胴を放った。

長身の男は腹を真一文字に断ち割られ、己れの血と臓物の中に突っ伏した。

「弱虫どもが、ほたえなや」

以蔵の鋭い一喝に、二人の刺客は二、三歩後じさり、風をくらって逃げ去った。

「先生、大事ございませんか」

以蔵は誇らしげにふり返ったが、勝は苦虫をかんだような顔で黙り込むばかりだった。

寺町通りぞいの旅籠に入ってからも、勝は言葉ひとつかけなかった。験直しにと酒を頼み、まずそうに盃を口に運んでいる。

誉めてもらえるとばかり思っていた以蔵には、心外きわまりない態度だった。

「先生、何かご不満でしょうか」

腑に落ちない以蔵は、酒の力を借りてたずねた。

「君は人斬りを楽しんでいるようだが」

勝が盃を手にしたままじろりとにらんだ。

「さっきのような真似は、金輪際やめたがよかろう」

「しかし、わしがあの男を斬らねば、先生の首は今ごろ飛んでいますよ」

「確かにその通りだが、君は事前に刺客がひそんでいることに気付いていたではないか」

勝の目は節穴ではない。以蔵がそっと鯉口を切っていたことに気付いていた。

「ならば何ゆえ、道をそれて難をさけようとしなかったのだ。これからの日本に必要なのは、人殺しではない。人を生かす人材なのだ」

以蔵はぐうの音も出なかった。刺客に気付きながら歩を進めたのは、己れの腕の冴えを見せて、勝に入門を認めてもらいたかったからだ。

その下心を見透かされては恥じ入るばかりだが、勝に見放されては先の希望が潰えるだけに、以蔵は必死でくい下がった。

「私も好んで人を斬っているわけではありません。この刀が人を斬らせるのです」

以蔵は斬奸刀を膝の間に置き、おいまから聞いた由来を語った。

「ほう、拝見するよ」

勝は鞘を払い、今しがた人を殺めたばかりの刀身をながめ、目釘を抜いて茎の銘を改めた。

「岡田君、これは大塔宮ゆかりの品などではないよ」

「しかし、斬の銘が刻んでありましょう」

「斬ではない。これは軒だ」

差し出された茎に目を寄せてみると、確かに斬ではなく軒とある。鏨で刻んだ角張った文字なので、ちょっと見には見分けがつかなかった。

「ですが、荒神屋という刀屋のおかみが」

確かに大塔宮ゆかりの品だと言ったのだ。その証拠に、菊の紋の入った鍔までついているのである。

「この鍔は近頃流行の贋物だよ。尊攘派の輩が好んで用いると聞いて、刀屋が大量に作らせたものだ。おそらくそのおかみは、君が軒を斬と読みまちがえたことに付け込んで、大塔宮の話をでっち上げたのだろうさ」

「しかし、これほどの刀が贋物であるはずがない」

「確かに業物だ。備前長船の刀匠助平が打った、軒柱と呼ばれる名刀でね。好事家の大名の中には、一万両を積んでも買いたいという者がいるほどの逸品さ」

以蔵の体は激しく震えた。この刀が大塔宮ゆかりの品ではないとすれば、いったい何のためにあれだけの人を殺めてきたのだろう。

悪い夢から覚めたように、自分がしてきたことに慄然とした。

「先生、拝借します」

以蔵は刀掛けにおさめた勝の佩刀をつかむと、裸足のまま寺町通りに飛び出した。

荒神屋に行って、事の真相を確かめねばならぬ。万一勝の言葉が真実なら、おいまを生かしてはおかぬ。激情にかられた以蔵は、夜の都を北に向かって一散に走った。

だが荒神屋はどこにもなかった。

都の地理にうとい以蔵は、河原町通りを何度も往復し、荒神橋を目当てにあたりを隈なく捜したが、刀屋もおいまも地上から忽然と消え失せていた。

以蔵が京都町奉行所の役人に捕われたのは、その年の暮のことである。

大小を捨てて無宿者同然に落ちぶれ果てた以蔵を、土佐の人斬り以蔵と見抜いた役人は一人もいない。捕われたのも、博打場がらみの強盗の容疑だった。

以蔵は無宿者の鉄蔵と名乗り、五ヵ月にわたる拷問にも耐え抜いた。

処置に窮した奉行所では、以蔵に土佐訛があることから、土佐藩の下横目に面通しを依頼して身許を確認しようとした。

下横目はすぐに岡田以蔵だと気付いたが、そうと認めれば土佐藩の責任を追及されることは必定である。誰か分らぬとその場は言い抜け、以蔵が六角の獄舎から放免されるのを待ち構えて国許に連行した。

その頃、高知では武市半平太が入牢を命じられ、吉田東洋を始めとする一連の暗殺事件への関与について、厳しい取り調べを受けていた。

半平太は頑強に容疑を否認しつづけていたが、すでに志と気力を失っていた以蔵が、拷問に屈してすべてを白状したために、ついに退路を断たれることになった。

以蔵が斬首に処され、半平太が切腹して果てたのは、慶応元年（一八六五）閏五月十一日のことである。

一方、岡田以蔵が旅籠を飛び出したまま戻らぬことを危ぶんだ勝海舟は、翌日話に聞いた荒神屋を訪ねてみた。

事と次第によっては、「軒柱」を返さねばならぬと考えてのことだが、荒神屋は取り壊され、一面の更地になっていた。

町奉行所の役人に問い合わせたところ、おいまは荒神屋の主人殺しで捕えられたという。

祇園の芸妓をしていた頃に、頼三樹三郎の教えを受けたおいまは、尊皇攘夷思想に取りつかれていた。

安政の大獄で三樹三郎が刑死した後に、荒神屋の主人に身請けされて後添いにおさまったが、尊皇の志士と見ると売り物の刀をただ同然で渡してしまう。

主人がそれを厳しくとがめるたびに口論となり、いさかいが絶えなかったが、ある夜おいまは酒に酔いつぶれた主人を刺し殺し、油紙に包んで床下に埋めたのである。

近所の者が異臭がすると奉行所に訴え出たことからそのことが発覚し、おいまは六角の獄舎に入れられて厳しい取り調べを受けた。他に縁者もいないために、荒神屋は取り壊され、建材も刀剣類も奉行所が没収した。

互いに知らぬこととはいえ、以蔵とおいまは一時期同じ獄舎につながれていたのである。

「あの頃には、尊皇だ攘夷だと騒ぎたてたものだが、なに、結局は異人が怖かっただけさね。なぜ怖いかといえば、相手のことを何も知らねえからさ。疑心が暗鬼を生み、都中がわけも分らず煮え立っていた。岡田以蔵も決して悪い奴じゃなかったが、都という煮えたぎった釜の中にほうり込まれ、どうしていいか分らなかったんだろうよ。

こんな刀一本にすがりたくなったのは、そのためさね」
後に勝海舟は、「軒柱」の由来をたずねられるたびにそう語ったという。

乙女(とめ)

阿井景子

阿井景子（あいけいこ）（一九三二〜）

長崎市出身。七九年『龍馬の妻』でデビュー。歴史上の人物——今まで描かれなかった女性を、丹念な取材と史料を駆使して描き、龍馬関連の作品も多い。著書に『信玄の正室』『和宮お側日記』『鬼県令・三島通庸と妻』『お菊御料人』など。

＊本作品はノンフィクションです。

一

乙女は、龍馬のすぐ上の姉である。

龍馬より三歳年上で、天保三（一八三二）年正月一日に生まれた。

父は坂本八平直足（この頃は長兵衛。天保十四年四月十三日改名）、母は幸。二男三女の三女で、彼女の上には長男権平、長女千鶴、次女栄がいる。

年齢が近い乙女と龍馬は、幼い頃からよく遊んでいたと思われる。

というのも権平は文化十一（一八一四）年、千鶴は文化十四年生まれで、親子ほども（権平は龍馬より二十一歳、千鶴は十八歳）年齢が離れていた。

栄の生年は不明だが、乙女より二歳年上、千鶴より二歳年下とすれば、龍馬とは五歳から十六歳隔たる。
十五、六歳で嫁にいく当時を思うと、龍馬が生まれたとき、千鶴は安芸郡安田村の高松順蔵にすでに嫁いでいたかも知れない。
そして、龍馬が物心ついた頃、次女栄が築屋敷（坂本家の南、鏡川沿いの家並）の柴田氏に入輿した。

坂本家に残った下二人が、肩を寄せあうのは当然である。しかも乙女は弟思いで、馬術や武術を好み、龍馬にとっては頼れる存在であった。

生母亡きあと、乙女が鼻たれ、寝小便たれ、泣き虫の龍馬を「強い青年」に育てあげたとされる所以であろう。

母幸は坂本家の一人娘であった。

父直足は、潮江村郷士山本覚右衛門の次男で、権平の生年から推測すると、文化九年頃坂本家に入婿している。

夫婦にとって龍馬は、晩年（直足三十九歳、幸三十八歳）の男子であれば、孫のように可愛かったにちがいない。

恐らく、厚着をさせられ、好き嫌いを矯正されることもなく、猫かわいがりに可愛がられたのであろう。

乳母や大勢の使用人たちは、主人夫婦の気持ちを汲み、龍馬にきびしくすることはなかった。

『土佐名婦伝』は、

> 坂本龍馬は、その幼少の頃は「泣き虫」と呼ばれたほどの臆病者で、常に朋友のために侮られ、これに反抗する勇気をもたなかった。
> 小高坂村の手習師匠の志和某のもとに通って、習字と読み方の稽古を始めたが、

「泣き虫」のこととて、しばしば群童の悪戯に遇い、泣いて家に帰るという風であった。

と記している。

弱い者いじめは、現在もむかしもかわらない。

いや、当時はどこの藩でも武士の子は強く雄々しく卑怯な振舞いはせぬよう、心身を鍛練した。男子は戦場へ行くからで、敵を前にしてひるむようでは国は守れない。

だが、過保護の龍馬は、意地も勇気も、忍耐力も持ちあわせていなかった。

当然、群童のいじめの標的となる。彼らは龍馬が外へ出てくると、からかい、はやしたて、こづきまわして面白がった。

負けずぎらいで、「はちきん（土佐方言で男勝り）」の乙女は、

「それでも男かね！」

と悔しがる。

時には弟をかばって悪童たちと渡りあった。

ところで、乙女が幼い龍馬に水泳を教えている絵をよくみかけるが、絵のせいかバランス感覚に欠け、いささかおかしい。

乙女が竹竿にヒモをつけ、そのヒモの先に龍馬を結わえて、川に浮かしているのだ

が、龍馬が小さく、乙女があまりにも大きいからである。

如何に乙女が大女でも、三歳しか違わぬ弟を——水に浮力があるとはいえ——あのような形で釣っていられるものであろうか。

弘化三年——、

十二歳になった龍馬は、楠山庄助の楠山塾(なんざん)に通いはじめる。だが、できが悪く友人たちに馬鹿にされた。

「喧嘩をしに行くなら、やめよ」

堀内という少年と口論した龍馬は、それがもとで、父直足から退塾させられた。

その上龍馬をかばい、甘やかしてくれた母幸が六月十日病死した。享年四十九。

乙女はもちろんのこと、龍馬の悲しみは深かったと思われる。乙女は十五歳であった。

二

炊事、洗濯、掃除、裁縫など、女仕事を嫌った乙女は、学問や武芸、絵を描くことを好んだ。

とりわけ遊芸はくろうとはだしで、三味線、一弦琴、義太夫(ぎだゆう)、謡曲、浄瑠璃(じょうるり)、琵琶(びわ)

歌、踊り、なんでもござれで、なかでも「義太夫は時には寄席の高座へも上り、大きな体に肩衣をつけてサワリを一席、まことに見ものであった」(『土佐の婦人たち』関みな子著)。

そんな乙女であれば、母亡きあと自分に縋りつく弟に剣術、弓術、長刀術、馬術、水練などを手ほどきし、稽古の相手になったと思われる。

龍馬は、姉の特訓を受けているうちに腕をあげ、自信をつけた。運動すれば腹が減る。

龍馬はよく食べ、よく眠り、日焼けして体も丈夫になった。

さらに十四歳になって通いはじめた日根野弁治道場ののびのびした空気が龍馬を逞しくする。

龍馬はこの道場で剣技と兵法を学んだ。雨の日水泳に行く龍馬を、師の弁治がたしなめると、

「川に入れば濡れますきに、同じでしょう」

と切り返した。

その龍馬を、弁治は〝みどころあり〟と、激しい稽古をつけたという。

甘ったれの龍馬は、泣き虫の愚童から脱皮した。

十六歳の龍馬は、「天狗の使い」と称して、潮江村あたりで、金品を盗みとってい

た怪僧をやっつけ、村人から感謝された。

龍馬と乙女が、舟で継母の実家川島家に遊びにいくのは、この頃であろう。

乙女は、川島家の長女喜久に長刀を教えていた。

ある日——、
喜久に稽古をつけているとき、長刀をふり回した拍子に乙女の毛ぶたが飛んだ。

だが乙女は慌てることなく「嬢よ、ちっと待ってや。毛ぶたが飛んだきに」と言って、髪をなおしてから再び稽古を始めたという（『坂本龍馬——隠された肖像』山田一郎著）。

毛ぶたは、現在のヘアピースであろう。乙女は、髪が薄かった。

後年、娘菊栄は、母乙女のことを、

「ぶきりょうな女で、たいへんなちかい目で、髪がうすく、父が江戸へまいった折、かずら（かつら。阿井註）を買ってきてきせて（かぶらせて）髪を結わせたことがあったそうです。

大きな体格で、身長は六尺あまり、着物が一反では足らず、腰ひもは八尺もあったそうです。……それゆえ世間の人から、坂本のお仁王さまといわれました」

と語っている。

だが、写真の乙女は、菊栄がいうほど不器量にはみえない。目のあたりが龍馬とよく似ている。

身長は実際には五尺八寸（約一七四センチ）で、龍馬とほぼ同じであった。

性格はからりとしていて、小事にこだわらず、男勝り（土佐言葉ではちきん）。薄化粧を欠かさなかったというが、当時の女性の範疇からは、はみ出していた。

土佐藩では初代山内一豊のときから、正月の行事として、〝お馭初め〟を行ってきている。枡形に参集した武士たちが馬に乗って駆けるのを、藩主が町筋の御櫓から観覧する行事だが、幕末には掟がゆるみ、武士だけでなく、医者・学者なども参加を許された。

その中に乙女が加わって駆けたというのである。

幕末ではなく、明治になってからではないか、というむきもあるが、男のなかに女が入るなんて、――たとえ男装しようとも――考えられぬ時代であった。

真実とすれば、乙女は馬術によほど自信があったのであろう。

また安政の頃と思われるが、町で出会った武市瑞山の妻富に、乙女は、

「今の時世は女だからと家事にのみあけくれていてはいけない。犬死せぬようにお前さんも剣術の稽古をしなされ」

と勧めている。

女も男と同じように国に尽す日が来るというのが乙女の持論だが、龍馬の影響かも

知れない。

嘉永六年四月江戸へ到着した龍馬は、北辰一刀流千葉定吉に入門するが、六月のペリー艦隊来航で、土佐藩下屋敷の警備に当っている。

ペリー艦隊が浦賀より退去し、藩が砲台築造の「願」を幕府へ提出すると、龍馬は佐久間象山塾へ入門、砲術を学んだ（幕末史研究会代表・小美濃清明氏談）。

翌安政元年六月帰国した龍馬は、彼を待っていた乙女に、目にした黒船（ペリー艦隊）の脅威を語り、国防の必要を口にしたのではあるまいか。

父八平直足が没したのは、安政二年十二月四日、行年五十九。兄権平が家督を襲い、坂本家の当主となった。権平四十二歳、乙女二十四歳。

三

乙女に縁談が持ち込まれたのは、安政三年になってから。相手は同じ町内の岡上新甫（号樹庵）。藩医であった。

新甫は、岡上家の一人娘勢に入婿したが、安政二年頃勢を失っている。子はなく、養父卓元も天保九年一月二十日に病死し、家族は養母霜（勢の母）のみ。

土佐藩では下士の順位を上から白札、郷士、用人、用人格、徒士、徒士格……組外……足軽としているが、坂本家は郷士、岡上家は用人格であった。

家格も釣合い、後妻の口としては悪い条件ではない。

というのも当時は十四、五歳で嫁ぐのがふつうだからで、乙女はとうに婚期を逸している。

原因の一つは、彼女が大女だったからであろう。

男尊女卑の世の中であれば、人々は大女を嫌忌した。

男より女が大きければ、家長である夫を見下ろすことになるからで、身分制社会では、身分や地位が高い人に対しては「お見上げ」するのがしきたりである。

婚期を逸した大女……、そんな女に持ち込まれる縁談は条件がよくないか、後妻しかなかった。

乙女が、この縁談を承諾したのは、兄に勧められたこともあるが、嫂の邪魔になっては……と考えたからであろう。乙女は権平の妻千野にとって小姑になる。

結婚の年月は明らかでないが、乙女が安政五年長男赦太郎を出産しているのをみると、安政三年か同四年春ごろと思われる。

龍馬は、安政三年八月二十日江戸へ再遊した。

岡上家の初代は信龍で、延享五年（寛延元年）按術（マッサージ）で八代藩主山内豊敷に仕えるが、小児科も行っていた。

それゆえ二代求益は本道（内科）を学び、藩の許可を得て小児科をも兼帯する。以後岡上家は本道、小児科、按術を世襲とした。

三代閑和、四代卓元、五代樹庵（新甫の号）である。

従来の文献では、岡上家の初代吉助が、藩祖山内一豊に召し出されたとか、樹庵が山内容堂の気に入りで、容堂がお忍びで、岡上家へ行ったとか書かれているが、そんなことはあり得ない。

土佐入国に当って浦戸一揆や滝山一揆にあった一豊は、鎮圧はしたものの、長曾我部の遺臣〝一領具足〟・農民たちを警戒している。

高知築城の際は、「一日おきに浦戸から出張して」工事を視察したが、「巡見笠をつけ、面頰をあて、袖なし羽織りを着用し、家来五人にも一豊と同じ服装をさせた」。長曾我部遺臣の万一の襲撃を考えたからで、「これを〝六人衆〟といったという」（『高知県の歴史』山本大著）。

郷士をとりたてるようになったのは、第二代忠義の時代になってから。家老野中兼山が新田開発、それに伴う多くの事業に、郷士を起用したからである。

また容堂がお忍び云々も、身分制度のきびしい土佐藩では考えられない。

藩医といっても岡上家は三人扶持（一人扶持は一人一日玄米五合）六石、用人格。藩医の中でも下のほうに位置する。

とはいえ藩医は三人扶持用人格でも士格に連なるところから、苗字帯刀、麻上下（かみしも）を許され、地下（じげ）医師（町医者）とは区別された。

地下医師は「開業十箇年に満ちて、治療の功が」認められた場合、「苗字を許可するのを原則とし」、帯刀、麻上下の着用は許されなかった。

岡上家は本丁筋一丁目の坂本家の向い隣りにあったとも、本丁筋二丁目だったともいわれている。

夫新甫は、五尺足らずの小男で、乙女より十六歳年上。

嫁いで間もない頃、小作米がとどき、あいにくのにわか雨で人手がなかったので、乙女が倉へ運んだ。

だが彼女の日和（ひより）下駄の音が運ぶときも、倉から戻ってくるときも、少しもかわらなかった、と姑霜の憎しみを受けるようになる。

小柄な霜は、大女を嫌っていた。

乙女は、力はあっても、お米一つ満足に研（と）げない。

「乙女さん、気をつけてくれんと……」

やかまし屋の霜は、米のとぎ汁に米粒が三粒あると、小言をいった。

四

幕府は藩医に対し〝修業〟の名目で自宅診療——患者をとるのを許可していたので、岡上家は診療代が入る。また山内氏の一族を診た場合は薬礼がもらえた。

だが、家禄三人扶持五石の他に、領知高百六十一石八斗四升三合を所有する坂本家とは比較にならない。

富裕な坂本家は通りの南側に位置し、広大な敷地には母屋、離れ、土蔵などが建ち並び、裏口は南の水道町に面していた。

……毎日のおかずは尾頭つきの鯛が常で、それを裏表たべるのは武士の子にあるまじき下品なふるまいと子どもに教え、来客に出す菓子は紅白の二品をそれぞれ別の高坏に盛り、まず白菓子を先に次に紅菓子、三つ以上は食べてはならぬ。……家事は一切女中にまかせ、社交や稽古ごとに日を送る。

(『土佐の婦人たち』)

それが坂本家の暮らしであれば、米粒三粒に目を光らせる霜の日常とは落差がありすぎる。

霜からみれば、乙女は嫁の資格に欠ける女であった。

しっかり者できりきりと働き、所帯を細かく始末してきた霜にとって、乙女の気働きのないのっそりした姿は、ふてぶてしく映じる。

女仕事が嫌いで、一切を嫂と女中にまかせていた乙女は、家事ができぬだけでなく、何をするべきかがわからない。

最初は、「馴れぬから」と大目にみていた霜も、堪忍袋が切れ、事あるごとに文句を言った。

安政五年長男赦太郎を出産したが、乙女には毎日が針の蓆(むしろ)である。

しかも夫新甫は短気で、かんしゃく持ちで、気に食わぬと乙女の髪をつかんで引き据え、容赦なくなぐりつけた。

乙女はじっと耐える。

武術の心得がある乙女にとって、小男の夫を投げとばすのは雑作なかったと思われるが、それをしなかったのは、赦太郎の母という自覚があったからであろう。

女大学を学んだ乙女は、「幼にして親に従い、嫁しては夫に従い、老いては子に従え」の〝三従〟を心に刻んでいた。

いや、夫を敬愛している。

「清信院さまを迎えに行くよう……」

新甫が藩命を受けたのは文久三年十月三日。清信院さまは、十代藩主山内豊策の四女で、文政十二年十月二十七日木下宮内少輔利愛に入輿していた。利愛二十六歳、三千（清信院の名前）二十五歳。

利愛は、備中足守十二代藩主である。

だが、安政六年五月十七日に没したので、三千は薙髪して清信院と号した。

藩が新甫に迎えに行くように命じたのは、清信院が土佐に移ることになったからである。

岡上家が絶えて、藩発給の文書をみることはできぬが、恐らく新甫はこの時士格に取りたてられたのではあるまいか。

同年（文久三年）十一月十九日高知を発った新甫は、十二月六日備中足守に到着、帰郷する清信院に供奉して帰国の途についた。

彼が、主治医だったか、医師団の一人だったのか不明だが、藩の記録があるのをみると、前者のような気がする。

新甫は、この時から山内一族——連枝の女性を診るようになったのかも知れない。

ところで不思議なのは、現存する龍馬の手紙に、岡上家のことが全く記されていないことである。

乙女・おやべどんだけでなく、兄権平あての手紙にも、見当らない。

龍馬の家信は、天下国家のことや自分の状況を書いたものが多いが、それでも嫂を指す「おなん（主婦）」や「乳母」には「よろしく」としたためている。

千葉道場で免許皆伝の腕前となって、帰国（安政五年九月）した龍馬は、至近距離の姉の婚家へ一度も足をふみ入れなかったのであろうか。

その疑問を拙著『龍馬の姉乙女』では、江戸から帰った龍馬が姉の婚家を訪れると、霜が嫌味を言い、彼を辟易させる場面を描いてみた。

米三粒をうるさく言う霜が、どこか野放図で、礼法にとらわれぬ龍馬を歓迎したとは思えぬからである。

姑に気兼ねしている姉をみて、龍馬は二度と岡上家をたずねることなく、文久二年三月二十四日夜脱藩した。

五

従来は、脱藩する龍馬に次姉栄が刀を渡して、自害したとされてきた。

だが最近墓石がみつかり、弘化二年九月十三日に没していたのがわかった（『龍馬からのメッセージ』前田秀徳著）。

「柴田作衛門(ママ)妻・八平女(むすめ)」とあるから、婚家で死亡したのであろう。

文久元年十二月二十五日には長姉千鶴が四十五年の生涯を閉じている。

弟の脱藩を知った権平は、翌二十五日朝藩庁に出向き、龍馬出奔と刀の紛失を届け出た。

脱藩は大罪であれば、処罰を免れるために「必死の工作」を行ったと『坂本竜馬とその一族』(土居晴夫著)は記す。

乙女が弟の脱藩を知るのは、この日(二十五日)だったと思われる。

いかに信頼する姉であっても、前もって告げれば、〝脱藩〟が洩れぬとも限らぬからで、龍馬は隠密裡に行動した。

それを裏付けるように前記『坂本竜馬とその一族』は、脱藩の気配をいち早く感じ取った権平は、弟の佩刀(はいとう)をとりあげ、監視をにわかに厳しくしたと書く。

累(るい)が家族、親族に及ぶことを恐れた龍馬は、姉に告げることなく出奔した。

乙女は弟の無事を祈ったにちがいない。

権平の「必死の工作」が効を奏し、藩庁の咎(とが)めを回避できた坂本家では、一女春猪(はるい)の祝言を挙行する。

権平は、前妻千野との間に一男一女をもうけたが、一男富太郎は早世し、春猪のみであれば、鎌田清次郎を婿養子に迎えた。

陪臣・鎌田実清の次男である清次郎は、すでに父が没していたので、実兄鎌田儀蔵の養子となり、坂本家に入る。春猪二十歳、清次郎二十一歳であった。

龍馬の手紙にある「おやべどん」は春猪といわれている。

この結婚式には、乙女も新甫と共に出席し、久しぶりに実家のおおらかな空気に浸ったと思われる。

いかに近くとも、嫁いだ以上、現在のように婚家・実家を往(い)ったり来たりは許されぬからで、けじめを重んじる乙女は、実家へ行くのをさし控えた。

一方――、

脱藩した龍馬は、同年十月勝海舟を訪れ、彼の門下生となっている。

海舟は、後年龍馬のことを、

> 彼は、おれを殺しに来た奴だが、なかなかの人物さ。その時おれは笑って受けたが、沈着(おちつ)いてな、なんとなく冒(おか)しがたい威権があって、よい男だったよ。
>
> (『氷川清話(ひかわせいわ)』)

と追想している。

また『続氷川清話』でも海舟が「もし自分が非ならば討て」と言ったとある。

海舟のこの談話から、龍馬が海舟を斬りにいったとなるのだが、龍馬の本心は違っていたのではあるまいか。

というのも『続氷川清話』はこのあと、海舟が、詳細に攘夷の行えぬことを説き、海外各国の形勢を諭すと、二人（重太郎と龍馬）は大いに悔悟し、「師事せんことを請うた」と述べているからである。

もし龍馬が、海舟のいう攘夷家であれば、脱藩して、九州・薩摩へ行こうとはしなかったであろう。

二重鎖国の薩摩は、龍馬を拒否したが、彼は、河田小龍が語った反射炉や大砲鋳造の様子をみたかったと思われる。

小龍はかつて、天下国家で苦労しているという龍馬に「開鎖の論議よりも、商業を興し、一艘の外国船を買い求め、同志を付乗せしめて、東西の旅客・官私の荷物を運搬して富を得るべきだ」と富国策を提示している。

それゆえ龍馬は、文久元年八月土佐勤王党に加盟しても発奮せず、翌文久二年の島津久光の軍事力を利用しての「義挙」にも同調しなかった。

小龍の言葉が心の隅にあったからであろう。彼は進路を模索していた。

だが海舟に会い、彼の「興国海防論」をきいて、心底にこびりついていた小龍の言が確かなものとなる。

念願の指導者に巡りあい、自分の進路を見出した龍馬は、躍るよろこびを乙女へ書き綴った。

さてもさても人間の一世は合点の行かぬはもとよりの事、運の悪いものは風呂より出でんとして、きんたまをつめわりて死ぬるものもあり。それにくらべて私などは、運がつよく……

……今にては日本第一の人物勝麟太郎殿という人に弟子になり、日々かねて思付所を精といたしおり申候。それゆえに私年四十歳になるころまでは、うちには帰らんようにいたし申つもりにて、兄さんにも相談いたし候所、……そのお許しがいで申候。（文久三年三月二十日付）

さらに五月十七日には、

……勝麟太郎という大先生に門人となり、ことのほか可愛がられ候て、まず客分のようなものになり申候。

……大坂より十里あまりの地にて、兵庫という所にて、おおきに海軍を教え候所をこしらえ、また四十間、五十間もある船をこしらえ、……

……私初め栄太郎（龍馬の甥高松太郎）などもその海軍所に稽古学問いたし、時々船乗りのけいこもいたし、

と海軍操練所の建設、航海術修業が始まったことを記し、兄権平に会った折、話したら、「それは面白い、やれ、やれ」と同意を得たと報じている。

権平は、文久三年一月臨時藩用として京都出張を命じられていた。龍馬はその兄と会ったのである。

六

強運をよろこび、進路を見出した龍馬とは異なり、乙女の不幸は増加するばかりであった。

それは、下女婦貴の存在である。

美談で綴った従来の文献では、婦貴は乙女が新甫と別居するに当って、二児（赦太郎と菊栄）のために雇った乳母となっている。

だが土居晴夫氏はその著『坂本家系考』のなかで、婦貴は嘉永六年から岡上家に住み込んでいて、何時からか不明だが、新甫と「常ならぬ関係」にあったと記述する。

婦貴は、安芸郡唐浜（安田町）の漁師の娘であった。幼いとき両親に死別し、親類に引きとられ、十八歳で岡上家に奉公した。

新甫と婦貴が、いつから「常ならぬ関係」になったか不明だが、苦悩した乙女は、龍馬へそれとなく訴えたのであろう。

同文久三年六月二十九日付の龍馬の手紙が、そのことを物語っている。

先日下され候御文の内には坊主になり、山の奥へでもはいりたしとの事聞え、ハイハイエヘンおもしろき……

今時は四方騒々（そうぞう）しく候えども、その坊主になり、……くされたる袈裟衣（けさごろも）を肩にかけ、諸国行脚（あんぎゃ）に出かけ候えば、西は長崎より東は松前より蝦夷（えぞ）までもなんでもなく、道中銀は一文も用意におよばず。

それをやろうと思えば、先（まず）常の真言宗のよむ観音経、一向宗のよむ阿弥陀経（あみだきょう）、これはちとふしがありてむかし（むずかしい）けれど、どこの国も門徒がはやり中候あいだ、ぜひよまねばいかんぞよ。おもしろや〳〵、おかしや〳〵。

龍馬は、少しでも姉の苦しみをやわらげようと、彼女をからかい、おどけていた。

やかまし屋の霜を知る龍馬は、家事のできぬ乙女が嫌味や小言をいわれ、悩んでいると思ったにちがいない。

手紙はそのあと「お前もまだ若すぎると思うよ」、決して美人をつれにしてはならぬ、「ごつごつした強情婆んばの強い婆でなければいかん」と一人旅を戒めている。乙女なら、前後の見境いもなく、出郷しかねぬからで、彼女が夫の不倫で苦悩しているとは考えもしなかった。

この時代妻妾同居は珍しくないが、姉弟が生い育った坂本家は乱れがない。父も兄も妻だけである。

それだけに乙女にとっては、耐えがたかったと思われる。

婦貴の年齢はわからぬが、嘉永六年十八歳で岡上家に奉公したとすれば、天保七年生まれ、乙女より一歳年下になる。

後述するが、婦貴が慶応二年末に身籠っているのをみると、「常ならぬ関係」は、文久三年のこの頃から始まったのかも知れない。

結婚生活も六、七年になると倦怠期を迎える。何かの事情で、乙女が家を空けた隙に出来(しゅったい)し、以後も忍びあっていたのであろう。

龍馬が、乙女と春猪にりょう女のことを書き送ったのは、慶応元年九月九日。

私し(ママ)は一人天下をへめぐり、よろしき時は諸国人数をひきつれ、一時に旗揚げすべしとて、今京にありけれども、五六日のうちまた西に行くつもりなり。……

自分の近況を記したあと、龍馬は「乙女大姉に申奉る」と改まり、「小笠原流諸礼の書」を送ってくれるよう依頼していた。

そして、りょうの育った楢崎家、家族の紹介をして、りょうについては、

右女はまことにおもしろき女にて月琴をひき申候。……この女乙女大姉をして、真の姉のようにあいたがり候。乙女大姉の名諸国にあらわれおり候。龍馬より強いという評判なり。

なにとぞ帯か、着物か、ひとつこの者に御つかわしくだされたく、この者内々ねがいいで候。……

と乙女の機嫌をとり、諸礼の書、帯、着物を送ってくれるよう懇願している。

乙女は愛する弟の願いを叶えてやったにちがいない。

慶応二年一月二十三日深更、寺田屋の危難に遭遇した龍馬は、りょうの機転で救われた。

十二月四日の家信にその詳細を述べた龍馬は、「名は龍今は妻なり」と書く。

同日龍馬は、乙女にも書状をしたためている。

かねて中上げし妻龍女は、望月亀弥太(もちづききやた)が戦死の時の難にもあい候もの……龍女事は伏見寺田屋家内おとせに頼み候。

今年正月廿三日夜の難にあいし時も、この龍女がおればこそ、龍馬の命はたすかりたり。京の屋敷に引取りて後は小松（帯刀。薩摩藩家老。阿井註）、西郷などにも申し、私妻と知らせ候。……

りょうが妻であることを明らかにした。

龍馬が繰り返し、繰り返し「妻」と書いているのは、妻帯したよろこびもあるが、兄や姉にりょうを認めてもらいたいと願ったからであろう。

この時代、どんなに本人が「妻」と言っても、親やそれに代わる親族が認めなければ、家の嫁にはなれない。

故郷の厚い壁を知る龍馬は、せめて乙女だけでも味方になって欲しいと、りょうが命の恩人であることを強調する。

薩摩の山野をへめぐった新婚旅行、長州戦争の勝利などを報じ、「天下の世話は実に大雑把い(ママ)なるものにて、命さえ捨てればおもしろき事なり」と記した。

七

慶応三年四月下旬、経済的に行き詰まっていた「社中」は、土佐藩参政後藤象二郎の尽力で、土佐藩海軍補助部隊――海援隊として再発足する。

隊長は龍馬であった。

その弟に乙女は、

「御国の姦物役人にだまされ、天下国家のことを忘れたのですか」

と書状で難詰した。

後藤象二郎は、吉田東洋の甥で、土佐勤王党を弾圧し、盟主武市瑞山ら多くの同志を処罰している。

それゆえ、龍馬と共に脱藩した沢村惣之丞は、後藤が長崎にきて、社中と目と鼻の先にいるのを知ると、

「彼こそ、瑞山先生に腹を切らせた吉田党だ！」

と暗殺を企てた。

後藤は溝渕広之丞（かつて龍馬と剣術修業で共に江戸へ下った）のすすめで、話合いがつくまで、商用を兼ねて上海へ逃がれる。

姉に難詰(なじ)られた龍馬は、六月二十四日次の返書をしたためた。

……私一人にて五百人や七百人の人を引て天下の御為するより廿四万石を引て、天下国家のの(ママ)御為いたすがはなはだよろしく、おそれながらこれらの所には、乙様の御心には少し心がおよぶまいかと存候。

御病気がよくなりたれば、おまえさんも他国に出かけ候御つもりのよし。右は私が論があります。

今出てこられては実に龍馬の名というものは、もはや諸国の人々しらぬものもなし。その姉が不自由をして出て来たというては、天下の人に対してもはずかしく、……

……もしおまえさん出かけたれば、どうしても見捨てはおかれぬ。また世話をせんならん。その世話をするくらいなれば、近日私し(ママ)が国へ帰る時、後藤庄(ママ)次郎へも申候て、蒸気船より長崎へ御つれ申候。

……おまえさんがた他国へ出ればどうでもして世渡りできるように思わしゃろうが、なかなか女一人の世渡りは、どのよう暮らしても一通(とお)りは一年中に、百二十両もなければ参り申さず。

……私しの御国に帰るまで、死んでも御まち成されべく候。……

龍馬は高知を出たいという乙女を制止し、りょうのことを、

　私しらの妻は日々申聞かせ候には、……この龍馬をよくいたわりてくれるが国家の為にて、けして天下の国家のと云うことはいらぬことと申し聞かせ之あり候。それで日々縫物や張りものいたしおり候。……そのひまには本を読むことといたせと申聞かせ候。

　此頃ピストオル・短砲は大分よく発申候。誠にみょうな女にて候得ども、私しの云うことよく聞込み、また敵を見て白刃をおそるることを知らぬものにて（伏見のことなど思いあわせ給うべし）、別に力みはせねども、また一向平生とかわりしことなし。


と、のろけている。

というのも乙女が、天下国家を論じ、出郷をあきらめず、〝女志士となって国のために尽したい〟と書き送ったからであろう。

龍馬は「この龍馬をよくいたわりてくれるが、国家の為にて、けして天下の国家のと云うことはいらぬこと」と妻に申聞かせていると書き、姉を牽制した。

だが乙女には我慢ならぬ状況が出来していた。婦貴の懐妊である。

身籠って五、六か月に入れば、せり出してきた腹部はいやでも目につく。乙女は弟に言えぬまま、苦悩し憔悴し床に臥した。

龍馬の手紙の「御病気」の文字が、乙女のやつれた姿を想像させる。彼女は新甫との離別を決意した。だが弟の手紙で、思いとどまる。

龍馬の帰郷を一日千秋の思いで待ちわびた乙女は、弟に逢えぬまま、婦貴の出産日を迎えた。

九月五日に生まれた女児は菊栄と名付けられ、乙女の娘として育てられる。当時は、特別な事情がない限り、子供は家に属し、正妻が母である。乙女三十六歳。

婦貴は乳母となる。

八

待ちに待った龍馬が、高知の坂本家に姿をあらわしたのは九月二十九日夜ふけ。

翌朝、坂本家からの報せで、乙女は実家へ駆けつけた。

龍馬は前月の六日土佐須崎に入港したが、上陸が叶わず、兄権平に一書を寄せて長崎へ去っている。

『維新土佐勤王史』は、龍馬が戸田雅楽を伴い、

……権平の宅を叩きて、姉乙女とも絶えて久しき対面に及び、神祭に醸せし土佐の白酒に旨しと舌打鳴らし、主客ともに談笑の中に語り明した。

戸田即ち尾崎三良（三条実美の侍臣で、のち男爵。阿井註）手控に、「坂本の宅に滞留する事二日」とあるは即ち是なり。

とこの時の様子を記す。

恐らく龍馬は、乙女に同情しながらも離別を思いとどまるよう説得したのではあるまいか。

乙女ももう若くない。岡上家を出ても幸せが訪れるとは限らぬからで、女一人で生計をたてるのは困難である。

龍馬は六月二十四日の手紙に、女一人でも生活費は年百二十両はかかるとし、「お前さんくらいは、お養い致すことはやすいことなれども、女の天下の為に国（土佐）を出と言うわけにはまいらぬ」と記している。

というのも寺田屋以来、捕吏・刺客の目をのがれ、隠れ家を転々としている龍馬は、

姉を引きとれる状態ではなかった。

此度も、佐幕派で城下は危険なため、彼は種崎に上陸し、居所を転々とかえ、二十九日夜、ひそかに生家を訪れている。

そしてこの帰郷が姉弟にとって今生の別れとなる。

十月一日浦戸を出港し、上方へ向った龍馬は、二か月後の十一月十五日京都近江屋で刺客に襲われ、三十三年の生涯を閉じた。

だが、弟の死を知らぬ乙女は、その頃風呂敷包み一つで岡上家を去り、実家へ戻ってくる。

このことについて土居晴夫氏は、次の疑問を呈する。

> 乙女が生後二ヶ月の嬰児を乳母に預けたままで戻ったなどとは、夫に襟がみをつかまれ引き据えられて撲られても、なすままにしていたという女大学を地で行くような乙女に出来ることであっただろうか。（『坂本家系考』）

と。筆者（阿井）も同感である。

乙女は、夫になぐられても常にあやまり、「むつかしやの」霜に「これだけは感心した」と言わせている。

『土佐の婦人たち』を引用しよう。

婦貴は……忠実な人がらで、よく子どもたちの面倒を見、どうか乙女を復縁させたいと熱心に双方を説きつけたので、岡上家でも乙女に帰ってもらうということになった。

乙女も断ることができなくて、

「それでは帰るとして、たしかなことは明日、久万（くま）の松熊様のお宮で会ってきめたい。ご苦労だが、そこへ行ってほしい」

というので、大へん暑い日であったが、婦貴がはるばる松熊様へ行って待っていると、乙女がやってきて、

「お前に説きふせられて岡上家へ帰ることにきめたが、一旦ひまをもらって出た者が生きてふたたび岡上家の敷居はまたげるものではない。私は今ここで自害するゆえ、首を切って岡上家へ持ってゆくように」

という。

それで復縁の話はやめになったということで、これは婦貴の語ったところであるから事実と考えてよいように思う。

まったくの嘘とは思わないが、脚色が感じられる。

本人が自分を語るとき、都合の悪いことは口にせず、美化している場合が多いから
で、おかしな点に気が付く。

この話は、乙女が婚家を出て行ったあとではなく、離別前のことではないか。

「大へん暑い日」の言葉が妙になまなましい。

乙女は、単衣を着る頃になり、婦貴の腹部に気づいた。

妊娠五か月ともなれば（菊栄の生まれた月から逆算）、もはや着衣で覆いかくすことはできぬからである。

乙女は梅雨あけを待ち、婦貴を久万の松熊様に呼び出した。

久万村は、高知城下北方半里の地点にある。松熊様は、久万城主松熊丸を祀った神社で、松熊丸が子供を可愛がったところから、子育ての神様として信仰を集めていた。

乙女が、この神社を選んだのは、〝安産祈願〟もあるが、人目を配慮したからであろう。

盛夏の真昼間であれば、参詣する人は少ない。いや、万一知った顔に出会っても、松熊様なら不自然には映らぬからである。

婦貴を問いつめた乙女は、

「こんなことをされては私の立場がない。腹を切るから、私の首は岡上へ持っていと

うせ」

憤然と言い放った。

婦貴は目に一丁字もない女である。しかも当時下女の身分は低かった。その女が新甫の子を身籠ったとて、主人夫婦の問題に口出しできようか。

婦貴が乙女の復縁のために「双方を説きつけた」など、考えられない。

こんなおかしな話が生まれるのも、婦貴が、乙女の「離別に当って雇われた乳母」、となっているからであろう。

婦貴は、乙女とは――異なり、長生きしている。

彼女に悪気があったとは思えぬが、むかしのことを知る人が死に絶えていれば、〝美談の主人公〟になることだって、可能である。

菊栄にさいごまで付き従った婦貴は、何かで立腹した折、「私はすぐこの家を出るきに十八から今までの給金をおおせ(下さい。阿井註)」、と菊栄に言ったという(『おばあちゃんの一生――岡上菊栄伝』宮地仁、岡上菊栄著)。

このことから、婦貴は生母でないとの説もある。

だが、婦貴のような場合は乳母あるいは女中としてわが娘に仕えるのが慣習であった。

子は家に属し、母は正妻だからで、〝腹は借り腹〟の思想による。

ともあれ、乙女が十年も辛抱した婚家を出て来るには、それなりの理由——引き金となる何かがこの頃起ったとみるのが妥当である。

九

実家に戻った乙女は、かつて龍馬が使っていた離れに起居した。

龍馬横死の報が、坂本家にもたらされたのは翌慶応四年一月。乙女にとって弟の死は青天の霹靂（へきれき）だったにちがいない。

龍馬を愛し、そのよき理解者であった乙女……。「皆火中なり」と龍馬が自分の手紙を焼却するよう書き送ったにもかかわらず、乙女はしわの一つ一つをのばして、大事に保管した。

龍馬の遺志を思う乙女は、兄権平を説得し、りょうを坂本家に迎え入れた。

だが、りょうは毎日遊び暮らし、嫂を手伝おうともしない。その上、「龍馬、龍馬」と言わぬ日はなく、乙女の神経を逆なでする。

たまりかねた乙女は、遂（つい）にりょうに離別を宣言した。

新甫は、子供たちが母のもとへ行くのを禁じなかったらしく、赦太郎も菊栄もしばしば坂本家を訪れている。

「母さんに、よい蚊帳（かや）を送ってやって！」

ある日、破れた蚊帳を使っている乙女をみて、赦太郎は父に頼んだ。

裁縫が苦手な乙女は、破れた蚊帳の穴をこよりでしばっていたが、小さな穴はそのままなので、蚊が入ってくる。

新甫は息子の頼みをきき、早速、一ばん上等の蚊帳を送った。

しかしそれは乙女が輿入れのとき持参した蚊帳だったので、

「これは岡上家へさしあげたものですから」

と、乙女は送り返す。

武家のしつけを受けた乙女は、婚家に持参したものは、その家のものという考えを持っていた。

折り目、筋目を重んじる乙女は、新甫が別の蚊帳を送ると、素直に受け取った。

赦太郎は温和な性格だったというが、明治四年一月病死する。享年十四。

「大人しい優しい子供だったから、墓場で淋しい思いをしているにちがいない」

乙女と新甫はそういって、丹中山（たんち）の墓地に一晩交代で夜とぎに行く。

丹中山は、城下西方の小高坂山と峰続きで西南に位置する。坂本家からは約八町（約八百メートル）の道程（みちのり）で、坂本家の墓所もここにある。

岡上家の墓所は、墓域の入口にあった。

だが、新甫は墓地で雨にうたれたのがもとで、この年（明治四年）七月三日に没した。行年五十六。

その五日後に、杖とも柱とも頼む権平がみまかる。五十八歳であった。虫が知らせたのか、権平は明治二年甥南海男（高松順蔵・千鶴の次男）を養子にしていた。

権平の死で家督を襲ったものの、十九歳であれば、叔母——乙女を頼りにしたと思われる。

重なる不幸に歎き悲しんでばかりはいられない。

はちきんの乙女は南海男ら家族を支える一方、娘菊栄を手もとにおき、撫育した。

龍馬に施したであろう教育を行っている。

父の死を歎き悲しむ菊栄に、乙女は人生を語り、自立する心を育てた。

「生ある者は必ず死ぬ。お父やんは畳の上で死んだではないか」

「お父やんが死ぬと私が困るきに」

「五歳にもなって、困るとは何事ぞね。親はいつまでも生きてはおらん。肚をつくらねば……」

菊栄が七歳になると、乙女は〝肚をつくる〟ために小学大学の講義を授け、武術、馬術、水練の稽古をさせる。

ある夜、ぐっすり寝込んでいた菊栄は、誰かに揺り起されたような気がして目を醒ました。

闇の中に黒覆面の大男が佇んでいる。

驚きで声も出ぬ菊栄は、それでも嫡母乙女の「武士の娘は臆してはならぬ」の言葉を思い出し、咄嗟に懐剣に手をのばし、鞘を払って身構えた。

「よろしい」

大男は嫡母であった。

覆面をとった乙女は、あっけにとられている娘を残して立ち去った。

のちに菊栄は、乙女のことを、

「私をつれて神様へお参りに行ったとき、雨がボロボロふり出しましたので、袖をひろげて私を下へ囲うて雨宿りさせてくれました」

と語っている。

だが、母と娘の幸せな生活は長くは続かない。

新甫亡きあと、岡上家では使用人を減らし、家財道具を売り喰いしてきたが、もはや限界にきていた。

菊栄が九歳になった明治八年、親族会議が開かれ、霜、菊栄、その後に生まれたまさえ（新甫と婦貴の娘）、婦貴の四人は、香美郡山北村郷士藤田篤治に引きとられることが決定した。

篤治は、新甫の実兄で、多くの田畑山林を有し、裕福である。

十

まさえの年齢ははっきりせぬが、乙女が離別したあとに生まれている。

婦貴は、菊栄とまさえの間に「主従の別をたて、食事等にも上下を設け、まさえを上座に坐らせ」ることはなかった。

菊栄が外出するときは、その下駄をまさえに揃えさせたというから、生涯、乙女の娘として菊栄に仕えたのであろう。

乙女は、明治四年末頃、名を「独（どく）」と改めている。

赦太郎、新甫、権平……、先に龍馬の訃に接した乙女は、この年（明治四年）、愛する肉親を次々と失った。

血縁の春猪、南海男がいるとはいえ、五人兄弟で残ったのは乙女唯一人である。

「独」という名に彼女の孤独がにじんでいるような気がする。

嫡母（はは）と娘の別れの日がやってきた。

菊栄は、嫡母との別れを嫌がり、泣き悲しむ。

「これをみれば、さみしゅうない」

乙女は、泣きじゃくる菊栄に自分や坂本家の人々の似顔絵を描いて渡した。

乙女の優しさがうかがえる話である。

兄権平が生きていればともかく、若い当主の南海男にこれ以上迷惑はかけられない。

かつて乙女はりょうを引きとり、失敗している。

りょうと菊栄は異なるものの、養われている身で、血のつながらぬ娘を引きとることはできなかった。

いや、子が家に属する以上、岡上家の嫡娘菊栄は、新甫の実家に引き取られるのが筋である。

乙女は心を鬼にして菊栄を送りだす。心中で「永別」を告げていた。

以後、岡上家と坂本家は無縁になる。

菊栄を鍛え、人生の無常を教えた乙女は、明治十二年八月三十一日四十八年の生涯を閉じた。

［追記］明治四十四年五月二十二日発行の〝土陽新聞（高知新聞の前身）〟に次の公告が掲載されている。

岡上婦貴　栄吾義母／菊栄　母　儀　久々(ひさびさ)病気ノ
処(ところ)養生不相叶(あいかなわず)十九日午前七時死去　候旨(そうろうむね)御
知ラセ申上候
廿二日午后三時鷹匠町住宅出棺　親戚

（註・栄吾は養子、よみがな阿井）

うそつき小次郎と竜馬

津本　陽

津本陽（つもと よう）（一九二九～）

和歌山県出身。一九七八年『深重の海』で第七九回直木賞、一九九五年『夢のまた夢』で第二九回吉川英治文学賞を受賞。他の作品に『鬼の冠』『下天は夢か』『鉄砲無頼伝』『龍馬』『勝海舟　私に帰せず』『幕末巨龍伝』『虎狼は空に　小説新選組』など著書多数。

陸奥宗光は、若い頃「嘘つき小次郎」と呼ばれていたらしい。

それは彼が文久三年（一八六三）五月から、元治元年（一八六四）十月までの約一年半、勝安房守の主宰する神戸海軍操練所にいたときに、朋輩からつけられたあだなである。

伊達陽之助、伊達小次郎など、いくつもの名前を用いていた彼は、弘化元年（一八四四）七月生れであるから、二十歳前後のことになる。

小次郎は、海軍操練所へはいってまもない六月上旬に、ある事件に遭遇する。彼の友人である、大和出身の乾十郎という者がひきおこした出来事である。

十郎は水戸出身の攘夷浪士甲宗助という者とも交際していた。甲宗助は勝安房守が攘夷に反対の意見を持っているのを憎んで、勝を暗殺すべく、つけねらうようになった。その秘密を、彼は不用意に十郎にもらした。

宗助はそのあとで、勝襲撃のくわだてを十郎から小次郎に洩らされることを懸念し、十郎の口を封じるために殺そうとする。

人命をかろんじる風潮が瀰漫した時代であった。宗助は乾十郎を安治川堤へ連れてゆき、斬殺しようとした。

急を知った伊達小次郎は、操練所幹部の坂本竜馬のもとにかけつけて救助を乞う。北辰一刀流奥伝をきわめた腕前といわれる竜馬は、操練所塾生一名をつれ、現場に急行して、西町奉行所の加勢を得て乾十郎を危地から救った。

甲宗助はそのあと怒って竜馬に決闘状を送り、竜馬は、承諾した。決闘は勝安房守の意をうけた東町奉行の調停により、実現しなかったが、竜馬は、相識(あいし)ってひと月ほどにしかならない伊達小次郎の頼みをうけいれ、命がけで行動したわけである。

その事件から五十日ほど後、坂本竜馬は、越前京都藩邸に出向き、家老岡部造酒之助(みきのすけ)に面会した。彼は用件を述べる。

「今夕推参いたしましたのは、余の儀ではございません。あなたに一人の末たのもしい少年をあずかっていただきたいのです。ご承諾いただければ、このうえのよろこびはありません」

岡部は、坂本がそのようにまで頼む少年は何者であるかと、おどろいて聞く。坂本はこたえた。

「その者は紀州の浪士、伊達小次郎と名乗る者でございます。彼は他日かならずあっぱれな利器となる才をそなえた者です。ただ、あまりに才弁を弄して、浪士どもに憎まれるきらいがあり、そのため殺されるかもしれません。しばらく尊藩のお国許におあずかり頂きたいのは、そのためです」

岡部は竜馬の依頼を、一議におよばず承諾する。

彼は横井小楠(しょうなん)に小次郎をあずけようとしたが、横井が藩庁と意見があわず、ひっそくしていた最中であったので、竜馬の依頼は実現しなかった。

小次郎は、海軍操練所に入所するや、たちまち朋輩から命を狙われるほどの、嫌悪の対象となったわけである。なぜ嫌われたかといえば、小次郎が節操のない、口舌の徒であると思われたからである。

操練所の塾生には、薩藩の出身者が多い。彼らは武勇を尊び、心胆を練って、大事をなしとげるためには、一命をなげうつことを、武士の本懐としている。

頑強な武士気質の彼らにとって、小次郎の勉学のみに熱心だが、誠実さに乏しい性格が、目障りであったのにちがいない。

小次郎は、生れつき痩身で、体力にとぼしかったので、十五歳で江戸に出たのちも、剣術、柔術をまったく学ぼうとしなかった。

幕末の時代、地方から江戸に出た武士は、そのおおかたが剣術道場に出向いて、修練する。

北辰一刀流千葉周作道場、神道無念流斎藤弥九郎道場などには、後年維新回天の事業をなしとげる志士たちが、大勢たむろして、たがいの技倆（ぎりょう）をみがきあっていた。

彼らはそこで諸国の仲間と会い、藩という狭い制約をはなれた広い視野を得たのであるが、小次郎は、武芸の稽古をやる気が、まったくなかった。

彼は道場で武芸を学ぶかわりに、浅草の車馬雑踏する盛り場へゆき、身動きもままならない人混みのなかを、すばやく駆けぬける稽古をはじめた。

あるとき友人が小次郎に聞いた。

「お宅は近頃浅草でくだらん真似をやってるらしいが、そんなことをなぜやるのだ」

小次郎は、すかさず答える。

「俺は生れつき非力で、喧嘩をやれば負ける。斬りあえば、斬られる。だから何としても早く逃げるということが、身を保つ秘訣になる。そのために逃げる稽古をしているんだ。どうだ、俺とひとつ喧嘩をしてみんか。すばらしく逃げてみせるぞ」

剣術の才能にとぼしい者が、いくら稽古にはげんだところで、才にめぐまれた者に追いつくことはできない。

そうだとすれば、剣の才がない者は、斬られないためには、逃げ足が早ければいいのである。

きわめて明快な合理精神のあらわれであるが、そのような考えかたが、武士階級の心情からすれば、容認しがたい卑劣なものにみえる。

彼が後年、亀山社中（かめやましゃちゅう）や海援隊の仲間たちから、「臆病たれ」というあだなをもらうのも、やむをえないことであった。また、彼には狡猾（こうかつ）な面がある。

小次郎の平生つかう財布は、その胴をこよりでしっかりと縛っていた。店先で買物をするとき、かならず財布を前に投げてガチャリと音をさせ、そのなかから一分銀や二分金を手あたりしだいにつかみだす。その様をみると、店の者は上客であるとして、きわめてていねいな取扱いをする。

だが、こよりで縛ったところから奥には、その実天保銭ばかりが詰っているのである。

長崎亀山社中にいるとき、布団を新調しようとして、木綿の布は買ったが、綿を買う金に不足したことがあった。彼は、ただで綿を手にいれるために一計を案じる。

すなわち、長崎じゅうの綿屋へ、航海用の布団を新調するので、見本をもってくるように、回状を出す。綿屋から見本の包みを送ってくると、目立たないように綿をひとつまみずつ抜きとり、なにくわぬ顔で、すこし注文の条件にあわないといい、返品する。

そのようにして集めた綿の量は、布団一、二枚分をつくるのに充分であった。

彼は女性に対しても、要領よく立ちまわる優男であったので、若い時分は常時艶聞の絶えることがなかったと、いわれていた。

江戸で医者の書生をしていた頃、出養生にきていた、吉原遊廓の娼妓と知りあい、その後は妓の間夫となって、しばしば吉原で遊ぶようになる。

妓はある日、小次郎をいさめる。

「あなたは根からのならず者ではないでしょう。なぜ私のところへなど足しげく通うて、あたら月日をすごすのですか」

　小次郎は赤面して答える。

「実は、世上の風雲あわただしい折柄、京都へいって一旗あげてみたいと思うのだが、なんといっても軍資金がない」

　妓はうなずき、二十両の大金をとりだし、小次郎をはげまして、京都へ旅立たせるのである。

　そのような小次郎のふるまいは、すべて武骨な志士たちの憎み嫌うところであった。


　小次郎は、幼時から貧窮を経験している。彼は父宗広（むねひろ）が四十三歳のときに五人の姉のあとに出生した、第六子である。当時、宗広の知行は五百石、役職は勘定吟味役、寺社奉行を経て、熊野三山御寄付金貸付方有司総括という、重職についていた。

　紀州藩直営の金融業務の責任者になった宗広は、知行も累進して、八百石となる。弘化三年十二月には、大御番頭に栄進した。その後、御仕入方総括を兼任する。

　熊野三山御寄付金貸付の業務は、将軍家からの寄付金その他をあわせ、三山に蓄積されていた一万五千両を基金とし、それに諸方からの預金八万九千五百両をあつめ、総計十万両で、藩営の金融業をいとなむことである。

　文政（ぶんせい）十一年（一八二八）に発足した金融業は、莫大な利益を紀州藩にもたらす。天保六年（一八三五）、寺社奉行に就任した宗広は、貸付事業の規模を一気に拡大するために、貸付事務所が、従来は江戸屋敷にのみ設けられていたのを、大坂、兵庫、京都、和歌山、大津、奈良、堺、新宮の八ヵ所にも増設することに決めた。この結果、藩の収入は飛躍的に増大する。

さらに藩内の物産を仕入れ、藩外に売却して利を得る御仕入方の事業でも、宗広は諸国に出張所を置き、取扱い商品も、従来の木材、木炭のほかに、みかん、柿、醤油、和紙、木綿織物、蠟燭（ろうそく）などをふくめ、間口をひろげる。

御仕入方でも、彼はめざましい業績をあげる。紀州黄八丈織を、世間に流行させたのは、その一例であった。

藩経済の進展に、めざましい成果をあげた宗広は、第十代藩主、治宝（はるとみ）が嘉永（かえい）五年（一八五二）に死ぬと、たちまち失脚する。

彼は、勤めのうえにおいて、品々（しなじな）いかがわしき趣があったとして、すべての俸禄と役職を召しあげられ、田辺の安藤飛騨守（ひだのかみ）の居城に預けられることになる。

禍は宗広のみにとどまらず、その跡目を継承すべき、婿養子の五郎宗興にも及んだ。彼は宗広の跡目相続をゆるされず、嘉永六年一月に、和歌山城下から十里外へ追放された。

小次郎の母方の祖父、渥美源五郎（あつみげんごろう）も、藩主の御側御用取次の役職と、千石の知行をうしない、獄に降り、家族は伊達家とおなじく城下十里外追放になった。

小次郎は、藩内抗争の犠牲となって、八歳の冬から貧窮の境涯におちこんだわけである。彼は、父が田辺の獄にとらわれ、義兄宗興が改易の処分をうけたとき、虎のように猛りたって、床の間に飾られていた重代の刀を抜き、表へ駆け出ようとして、家人らに抱きとめられた。

そのあと、手水鉢で涙を洗い、不当な弾圧をなぜ甘受せねばならぬかと、義兄と議論を交したという。

小次郎は家族とともに、高野山に近い、伊都郡九度山入郷村を、流謫の地として暮らすようになる。

彼は、六畳、四畳半、四畳に板の間と土間がついた、藁葺きの家で、母政子、二十歳年上の義兄宗興、姉五百子、妹美津穂、初穂、妾腹の弟健吉と、七人家族の生活を続けた。

ある日、入郷村に近い大和五条の町から、書肆の主人が遊びにきた。彼は、小次郎が、朝夕に藩庁の処分の残酷さをいきどおり、口ぐせのように「いつかは恨みをはらしてやる」と和歌山の空を睨んでいるのを、知っていた。

「坊んが、もし紀州家に恨みをはらすつもりなら、紀州さんの領地の隣にある五条の代官になりなはれ。幕府天領の代官やったら、紀州家に横車押すこともできるんや」

小次郎は、こおどりしてよろこぶ。

「おじさん、ええことを教えてくれた。俺は代官になるぞ」

小次郎は五条におもむき、代官所の老吏のもとに食客として起臥（きが）し、「地方凡例集」「落穂集」などを読み、算術を習った。

彼は数え年十五歳となった安政（あんせい）五年（一八五八）の春、入郷村の郷士岡家の斡旋（あっせん）で、江戸二本榎にあった、高野山出張所の寺男として、江戸に遊学するという、年来の望みがかなうことになる。

江戸に出ても、その日の食にもことかく貧困な生活はつづく。だが、彼は安井息軒（そっけん）、水本成美らの塾に学僕として住みこみ、勉学にいそしんだ。

小次郎は、紀州藩上士の生活から転落したのち、長い年月のあいだに、世渡り上手な抜けめのない才覚を養った。彼は世間の人情の表裏を、もっとも感受性の発達した、少年期にあじわったのである。

貧困は、彼の現実に対する認識を、きびしいものにするとともに、父宗広からうけついだ、合理精神にうらづけられた政治力をも、実らせていったのである。

紀州藩の執政として、十代治宝侯のもとで敏腕をふるっていた宗広も、武士気質とかけはなれた、融通自在の処世術を身につけていた。

彼は、かつて御仕入方総支配の座にいるとき、紀ノ川沿岸の木綿畑をいとなむ、諸村の窮民を救おうとして、一策を思いつく。

「近頃、上方は申すにおよばず、江戸にてもはやっておるのは、黄八丈じゃ。和歌山でも黄八丈を織って、どっと売りだすのじゃ」

彼は、農民に八丈織りをつくらせ、その販路を開拓するために大坂へおもむく。

宣伝のために、大坂の豪商たちを料亭に招待し、酒宴がはじまるまえに、客をはじめ芸子末社にいたるまで八丈織りの着物に着替えさせ、さらに俳優尾上多見蔵をも席に招いた。

宴会のあと、一同つれだって芝居見物にでかけ、往来の人目をそばだたせる。八丈織りの揃いで総見物をしたのち、舞台にも八丈織りを着た俳優をならばせ、八丈織り披露の踊りをさせた。

「ニョイと日の出の紀の川に晒しあげたる黄八丈」

という踊りの唄は、宗広自作のものであった。

そのような宣伝の効果により、黄八丈は一時の流行となって、数万反を売りさばいた。

宗広の酒席でのふるまいは、武士気質でこりかたまった藩士たちの、追随できるものではなかった。彼は自ら酒はたしなまなかったが、客の豪商連に伍して放歌乱舞、裸踊りをも辞さなかった。

商談の座では、武士の体面など、弊履のようにかなぐりすててかえりみなかった、宗広の性格を、小次郎はあきらかにうけついでいた。

伊達小次郎が、坂本竜馬と相識るようになったのは、文久三年（一八六三）の春、京都粟田口にあった、父宗広の寓居を、竜馬がたびたびおとずれたためであるといわれる。

宗広は文久元年（一八六一）八月、九年間の田辺での幽囚の生活ののち、ようやく赦免され、和歌山城下に戻り、七人扶持という微禄を与えられた。

囚獄での月日のうちに、彼は歌学と仏教学を研鑽し大家になっていた。紀州藩は十代治宝の代に国学者本居宣長に十人扶持を与え保護していたので、宗広もその養子本居太平の弟子として、かねて素養をつんでいる。

六十歳になった宗広は、和歌山に長くとどまることなく、翌文久二年夏、脱藩して京都へ出たのである。脱藩の目的は政治上のものではなく、歌学と仏典の学問をふかめるためであった。

坂本竜馬は、才気走って傲慢な、印象のよくない小次郎を、初対面で気にいった。小次郎が、武士道のふるい殻にとじこもらず、心中に何の偶像をも持たず、天下の趨勢を正しく把握しうる認識眼をそなえていることに、竜馬は気づいたのであった。

信義とか忠誠という観念が、狭い藩という社会の枠のなかでのみ重んじられる、相対的な価値しか持たないことを、竜馬は知っていた。

美徳として重視されているそのような思いこみは、日本を動かして世界の列強に伍してゆくためには、何の支えにもならない。

天下の武士と称し、剣術の腕を誇っている勇敢な若侍たちが、藩をはなれ、偏狭な攘夷思想をすてては、ひとり歩きも満足にできない、赤児のように未発達な判断力の持主であるのに反して、小次郎は自分の考えを持っていた。

竜馬は後年、海援隊の統率者であったとき、小次郎を評していったという。

「わが隊中には、幾十人かの壮士がある。だが、よく団体の外に独立して、自らその志をよくおこなえる者は、俺と小次郎だけだ」

伊達小次郎には、暴力をふるうことを嫌う性格であったにもかかわらず、白刃をふるっての襲撃を実行した経験が、生涯に一度だけある。それは、慶応三年（一八六七）十二月七日の夜、京都油小路花屋町下ル天満屋に止宿していた、紀州藩公用人三浦休太郎を狙い、海援隊、陸援隊の同志と斬りこんだ事件である。

坂本竜馬と、陸援隊長中岡慎太郎が、京都河原町三条下ル近江屋新助方で、見廻組の襲撃をうけ、斬殺されたのは、そのまえの月である、十一月十五日夕刻のことであった。

三浦休太郎を襲撃した理由は、彼が見廻組に竜馬の暗殺を教唆(きょうさ)したのだという情報が、小次郎の耳に入ったためであった。それを彼に教えたのは、和歌山出身の志士、加納宗七(かのうそうしち)であった。

十一月十五日の曇天の夕刻、通り魔のように竜馬と中岡を襲った敵が何者であったか、まったく見当のつかないままに、海援隊、陸援隊の同志とともに、下手人探索にあけくれていたおりからである。

「やっぱり三浦のさしがねであったか。よし、あいつを血祭りにあげて、坂本さんの仕返しをやるんや」

小次郎は眦(まなじり)を決して、復讐の計画をたてる。相手は遺恨かさなる紀州藩重役である。

思いおこせば文久三年春、国学を通じて尊皇浪士と交際のひろい父宗広の寓居で、小次郎ははじめて竜馬に出あい、その後四年ちかい月日を、彼の庇護(ひご)のもとに生きてきたのであった。

性来狷介不羈(けんかいふき)な性格の小次郎が、神戸海軍操練所、亀山社中、海援隊に属し、同志とのいさかいで命をおとすこともなく、集団生活を送ることができたのは、竜馬との密接なつながりが、あったためである。

刀を執っての応酬がもっとも苦手な小次郎が、三浦休太郎襲撃事件の主役となったのは、彼のただ一人の理解者であり、先達であった竜馬を失った痛憤が、身内ににえたぎっていたためであろう。

小次郎は、加納宗七、岩村高俊ら五人の同志とともに、三浦の動静を連日探索する。十二月七日に、三浦が紀州藩士二人を連れ、油小路花屋町下ル天満屋に宿泊していることが判明した。

小次郎たちは、後年の田中光顕(たなかみつあき)、大江卓(おおえたく)らをふくむ十五人の同志とともに、天満屋へ斬りこんだ。先頭に立ったのは、居合の達人として知られていた、十津川(とつかわ)郷士中井庄五郎である。

三浦休太郎が、坂本竜馬暗殺をそそのかした理由は、伊呂波(いろは)丸賠償事件によって、紀州藩が竜馬に手痛いめにあわされたことにあると、小次郎らは推測していた。

伊呂波丸とは、伊予大洲(おおず)藩が所有していた、四十五馬力、排水量百六十屯(トン)の汽船である。慶応三年春、土佐藩から脱藩の罪をゆるされ、さらに藩の支援のもとに海援隊を結成した竜馬は、さっそく隊の発展をはかるために、商業活動をはじめた。

彼は手はじめに、大洲藩から伊呂波丸を借用し、海上運送の事業をおこなうことを計画する。

慶応三年四月十九日、長崎から米と砂糖を積んだ伊呂波丸は、竜馬の指揮によって大坂へ向っていた。この伊呂波丸が四月二十三日、午後十一時頃、讃州箱の崎の沖、六島（むしま）附近で、行く手の闇のなかから突然あらわれてきた巨艦と衝突し、沈没したのである。

巨艦は、紀州藩所有の百五十馬力、排水量九百屯の蒸気船明光丸であった。明光丸は、重要な任務を帯び、長崎へむかう途中であった。

任務の内容は、藩兵制改革に必要な、六千挺の洋銃を購入することと、前年九月に長崎の英国商社より購入した汽船コルマントル号を、さらに大型の汽船ニッホール号に買いかえることの二件である。

コルマントル号の代価は、洋銀十一万九千五百ドルであったが、売買に際し周旋人が不正をおこない、不当な高値で紀州藩に売りつけた事情が、後に判明した。

そのうえ、船体も不良で、この先修繕維持にどれほどの経費を要するか、見当もつかない。それらの事情によって、藩は損を覚悟して、同船を売主に引きとらせ、かわりにニッホールという優秀な汽船を購入する決断を下した。

藩側の希望では、コルマントル号を八万ドル程度で引きとらせ、ニッホール号を十五万ドルで買いたいのである。

交渉は急を要した。日数が経てば、売手商社は、コルマントル号を引きとらなくなるであろう。藩議が一決したのち、四月二十三日朝交渉の大任を帯びた御勘定奉行、茂田一次郎、奥御右筆（ごゆうひつ）、山本弘太郎、その他御勝手組頭、御仕入頭取らが、明光丸に坐乗して紀州塩津浦を出港したのであった。

明光丸艦長、高柳楠之助は、伊東玄朴蘭学塾の塾長をつとめたのち、箱館で幕臣前島密とともに英学、航海術を学んだ人物であった。彼と熟練した配下乗組員は、江戸、長崎、上海、香港その他の、遠洋航海の経験をかさねていた。

四月二十三日夜、明光丸が備中六島沖で伊呂波丸に衝突した事件については、歴史のうえでは紀州方に航法上の手落ちがあり、坂本竜馬に落度を追及され、調停役を買ってでた、土佐藩参政後藤象二郎も尽力して、ついに紀州藩が屈服したとされている。

竜馬はこの事件について紀州藩とさまざまな議論紛糾をかさねた末、当時長崎に碇泊していた英国東洋艦隊司令長官の意見を徴し、万国公法の法理にもとづき、判定を下してもらおうと主張した。紀州藩側はここに至って、大藩の威をかりて容易に非を認めなかった態度をくつがえして八万三千余両の賠償金の支払いを承諾したというのである。

紀州藩が実際に支払った償金は、七万両であったが、この真相について、明光丸艦長高柳楠之助と一等器械方岡本伊知が、遭難現場の模様を伝えた話が残っている。

彼らは才谷梅太郎こと坂本竜馬と、事件の実状について討論を重ねはしたが、紀州藩が屈服したのは同艦に乗っていた御勘定奉行、茂田一次郎の専断によることで、賠償を土佐側に支払う決心をした真の理由は、深く秘されて知らされなかったということである。高柳らが反論を申したてようとすると、茂田は職権をもって両人をおさえ、忍従を諭した。茂田が、才谷、後藤らといかなる交渉をおこなったかは、その場に居あわせなかった艦長らには、わからない。

高柳ら、明光丸を運転していた技術者たちは、非が伊呂波丸にあるのがあきらかであるのに、賠償金を支払う必要などはないと、思いこんでいた。

事件の直前、明光丸は箱の崎の沖を西北に針路をとって航行していたが、左前方に火光を見た。火光は一個であった。蒸気船は夜間航行の場合、檣灯と舷灯を点じることになっているから、前方にあるのは帆船か、漁船であると判断した。

明光丸は、火光がはるか遠方にあったので針路を変更せずに進んだ。しだいに接近するうち、明光丸の舵手は前方からくるのが蒸気船であることを知った。ただちに航海法にしたがい、船首を右へ転じる。

蒸気船が海上ですれちがうとき、たがいに船首を外に遠ざけるのが、航法の常識である。しかるに、向ってくる汽船は針路を変更せず、左方から右寄りに進行してきた。たがいの距離はせばまってきたが、前方からくる小型汽船は、いっこうに船首を左方へそらそうとしない。

「あぶない、このままで進めば衝突するぞ」

第一艦橋で操舵の任にあたっていた士官は、とっさに明光丸の針路を左に転回した。

海上では、大型汽船と小型汽船がすれちがうとき、小型汽船のほうが先んじて針路を外方に転じ、危険を避けねばならない。その理由は、船舶は大型になるほど、運転操作が複雑で、針路変更などの運動が鈍重になるためである。

しかるに小型汽船は、まっすぐつっこんできた。明光丸は右に向けた舳（へさき）を左に振って難を避けようとしたのだが、時すでにおそく、その舳は伊呂波丸の右舷に激突した。

明光丸は、急速に後退した。馬力の強い大艦であるため、たちまち一丁余も後退する。

運転の士官は、明光丸をただちに猛然と前進させる。浸水沈没するかもしれない相手の小型汽船から、乗組員を救助せねばならない。

いきおいあまった明光丸は、ふたたび舳を小汽船の右後部に衝突させた。相手の船から四、五人が飛び移ってきた。救助のため、明光丸乗員、前田、岡崎、岡本らの士官が、相手の船に乗りうつる。

彼らは人員の安危を問うが、軽傷者が三人と聞いて安心する。

「舷灯を、なぜつけてなかったんや」

答えがもどってきた。

「この船には、はじめからないんだ」

岡崎は、汽船の士官らしい男に告げた。

「船腹の破れは大きいぞ。すぐに曳航していけば、海岸まで浮いているかもしれん。皆すぐうちの艦へあがれ」

その士官は答えた。

「いや、手荷物をさきにまとめねばならん。それを先に、あんたのバッテイラに積んでくれ」

相手の船から乗り移ってきた水夫のなかに、伝五郎という者がいた。

伝五郎は前年まで明光丸に乗り組んでいた男である。

彼は、明光丸の乗員たちと会い、驚きを口にする。

「えらいこっちゃ、命拾いした」

小汽船は伊呂波丸という、大洲藩の所有するものであることが判明する。

「積荷は何や」

岡崎、岡本らは聞く。伊呂波丸の乗員は答えた。

「米と砂糖だ」

「いっぱい積んでいるのか」

「いや、たいしたことはない」

浸水しはじめている船艙をのぞくと、積みあげてある南京砂糖の袋がみえた。

伊呂波丸の蒸気鑵と煙突が破損したので、黒煙が噴出し、明光丸の甲板を覆った。

伊呂波丸の乗員四十一人は、すべて明光丸に救助された。明光丸はさらに大綱二本で伊呂波丸を海岸へ曳航する。だが二時間余の航行ののち、備後鞆の浦の沖合で、伊呂波丸は浸水して沈没に瀕し、明光丸はやむをえず大綱を切断した。

伊呂波丸が海中に没したのち、竜馬は鞆の津に向おうとする、高柳艦長に頼んだ。

「私の船は沈没し、貴艦は無事でした。この事件は、話しあいをいたさねばあいすみません。ついては、下関には大洲藩の問屋もあり、万事都合がいいので、事件落着に及ぶまで、貴艦を下関に回航し、留め置いてくれませんか」

高柳艦長は答えた。

「下関は遠く、怪我人もあることとなれば、とりあえず鞆に入港します」

鞆に到着すると、高柳はいう。

「実は当艦は、急の商談があって長崎へ向わねばならない、勘定奉行らを乗せています。ついては、一件が落着するまでここに滞在することができません。もし長崎への到着が遅延すれば、商談はまとまらず、数万両の金高の損害をこうむる問題にもなります。それゆえ、いったん長崎へ向い、貴殿と日限を約しておいて、当港なり大坂なりへ戻って、弊藩と尊藩の役人立ちあいのうえで、公論をあきらかにいたしたいと思います」

竜馬は答えた。

「貴艦が長崎表へ回航してこられる間、私どもはむなしくここで待っているわけにはいきません。何分ここで事件の黒白をつけるまで貴艦をとどめて下さい。さもなくば、双方が危難に遭ったときの当番の士官ならびに水夫らをあつめ、議論をいたさせ、是非の情実がわかったうえで、私は貴艦に乗り、長崎表へ参り、奉行所で決議いたしたいと思います」

高柳は、明光丸にもどり、勘定奉行たちと相談するが、事件の黒白をつけるためには、紀州、土佐両藩の重役を鞆に呼ばねばならない。また、双方乗員の議論は、公の場でおこなわねば水掛け論になってしまう。暗夜の海上でおこった事件の証拠は、激突時の状況を示す両艦の損傷しかないが、伊呂波丸はすでに海没していた。

高柳は、明光丸側の意見を竜馬に伝える。

「残念ながら、貴殿のおっしゃる方法は、いずれも手間がかかり、後日公法の処置を仰ぐのがもっとも妥当な後始末のつけかたであると思います。ついては、日をきめ、長崎で決着をつけようではありませんか。長崎には貴藩の後藤象二郎殿もおられることですし、双方の便利かと存じます」

竜馬は、申し出を拒まれると、別の注文を出した。

「実は、伊呂波丸は不幸にして海没いたし、主君のため京師へ運送いたすはずの武器も沈め、この不首尾は、われら一命にもかかわることです。ついては、この内情をご賢察下さり、われらをお救い下されると思って、金子一万両を、ご貸与願えませぬか。もしお貸しいただければ、私は失った武器をふたたび調達できます」

伊呂波丸の船艙にあった積荷は、米と砂糖のみであったのに、竜馬はいつのまにかそれが武器であったといいはる。

「武器とは、いかなるものですか」

「ミニヘル銃四百挺で、その値はおよそ一万両です」

竜馬は表情をかえずに答えた。これはそうとうなしたたか者だと、高柳は察した。

彼は明光丸にもどり、奉行の茂田らと相談するが、まだ事件が公辺の裁決をあおいでいないうちに、大金を貸与するのは危険だと判断する。

その結果、高柳は見舞金千両を奉行から托され、持参する。船乗りは、いつ遭難の憂き目にあうやもしれず、互いに救けあうのは当然の志であるとして、差し出すが、竜馬はうけとらない。

彼は方針をかえて、返答する。

「そのようなお見舞は、いただけません。さしあたって入用の金子は、伊呂波丸より持ちだしています。それに私は当地において金子を拝借したいと申したのではありません。当地では、たとえ数万両を拝借しても、しかたがない。その金子で長崎にゆき、武器を求めて京都へ送らねば、臣の道がつくせないのです」

高柳は竜馬の申し出を、茂田に伝える。長崎で一万両を英国商社より借りうけ、竜馬の窮状を救ってやろうではないかと、意見がまとまりかけるが、竜馬が借用証書に返済期限を記入することを拒んだため、話は立ち消えになった。

事件の話しあいは、公の場でなければ水掛け論になると紀州側はためらったが、やはり鞆(とも)の津(つ)においておこなわれた。両船の乗組員は、たがいに航路の問題について論じあうが、土佐側は、点灯していなかった舷灯(ブーフランプ)が、点灯されていたと主張した。

「当方士官の高柳は、ヨーロッパに航海の経験を有し、勝安房守の門生で、夜中航海に舷灯を点じないような、不手際はいたさない」

紀州側は反撥する。

「衝突の際、貴船の人に舷灯の有無をたずねたところ、舷灯はもとからなかったといっておったが」

「それは誰が申したのであるか。姓名を覚えておられるか」

紀州側は混乱の間で、姓名を確認していない。

紀州側は論点をかえて、追及する。

「大船は方向を転じがたく、小船は転じやすい。そのため相互に行き会う際は、小船より避けるのが、ヨーロッパの航法である」

土佐側は一笑に付した。

「ヨーロッパにそのような類例はない。夜航にはたがいの舷灯を見て、すれちがえばよい。当方は、貴艦の青灯を見たから、針路を変えなかったのだ」

紀州側は、土佐側の言葉を聞いて激昂する。青灯は、右舷に置くもので、伊呂波丸から見たとすれば、左舷の赤灯のはずである。

「あなたがたは、明光丸が操舵をあやまり衝突したといわれるが、それは事実ではない。避けるために力をつくして転舵したが、力及ばず斜めに肉薄して衝突したのである。その状況は、艦の損傷部位を一見すればわかることである」

土佐側が質問する。

「貴艦がいったん衝突したのち、後退してふたたび衝突したのは何故か」

紀州側は怒った。

「そのようなことは、船乗りであれば分っているはずではないか。緊急の場合、船を前進させ、貴艦の人数を助けんとしたためだ。その際、前進の余力あって貴艦の艫(とも)にさわったのだ」

「さわるとは何だ。われらは衝突したとこころえる」

土佐側は、喧嘩腰で紀州側に質問した。

「衝突の際、わが士官腰越らは、綱を投げて貴艦に昇り、これは何国船だ、当直の士官は誰だと聞いたのに、答える者がいなかった。舷灯も点灯していない怪船から、飛び移ってきたものを、当直の士官が甲板におれば斬りすてるべきを、咎めなかったのは士官が不在であったのであろう」

紀州側が返答する。

「当直士官は第一艦橋、第二機械場、第三航海筆記場に交直して、舳甲板にはいない。三人の水夫と小頭一人がいたのみである。彼らは顔見知りの伝五郎が、伊呂波丸から飛び移ってきたので、他の者をも咎めなかったのだ」

「それでは、舳に士官の責任者はいなかったのだな」

高柳は土佐側をたしなめた。

「甲板に士官がいたか否か、たしかめられると思うか。わが艦は人命救助に全力をあげていたときだ。ほかのことに心を用いられると思いますか」

争論は、五月十五日、長崎でもおこなわれた。列席者は、双方十一人ずつである。

争論の焦点は、航路の問題であった。

紀州側の水先案内人、長尾元右衛門はいう。

「はじめ、当方は伊呂波丸の灯火が、漁灯であるか、商船であるかが分明ならず。そののち蒸気船なることを知ったため、右に針路を転じ、左舷の赤灯を相手に見せようとした。ところが、伊呂波丸は針路をかえず、直進してきたため、ついに左旋して避けようとしたが間にあわず、難にあったのである」

土佐側は反論した。

「明光丸は赤灯を見せるために右旋したというが、当方から見えたのは右舷の青灯である。そのため直進したが、そののち明光丸が急に右旋してきたため、当方は左方へ急転回して避けようとしたが、避けきれず衝突されたものである」

竜馬は言葉をはさんだ。

「そのようなことを、いかに争論したとて、海のうえのことじゃ。海上に証跡がないではないか。それより、事実関係をきわめよ」

土佐側は竜馬の指図で、明光丸が衝突後、伊呂波丸の救助のため前進して、右艫に追突した事実を確認、会談文書に明記する。

さらに、伊呂波丸に舷灯がなかったと紀州側士官に告げた、土佐側船員の人名が不詳であるうえは、舷灯不在の確証はないことを、紀州側に認めさせた。

そのうえで、衝突の際、伊呂波丸士官が明光丸甲板にのぼったとき、明光丸士官を一人も見うけなかったという事実をも、文書に明記した。

翌五月十六日、高柳は竜馬と会った。竜馬はいう。

「長崎表に滞在する、英艦隊司令官に、前日の文書に明記した二つの条項を翻訳してみせ、世界の公法によって決裁してもらおうではありませんか」

高柳は意見をのべる。

「お話の趣は一応ごもっともですが、昨夜双方集会のうえ、議論一決いたした論判書のすべてを翻訳して、提督に披見してもらえばいかがですか」

竜馬は、翌日になって前言を撤回する。

「昨夜の論判書は、二ヵ条の条項の抜粋とともに当藩重役へさし出しました。これにて私の職掌はつくしましたから、昨夜の話はなかったことといたしましょう。なお貴藩の主張するところは、結局どういうぐあいにまとまりましたか」

高柳は問いに応じ、三件の主張するところを答えた。

「わが大艦をもって船首を左に転じ、避けしゆえに、わが右舷に破壊多し。暗夜小船より大船を認むること早く、運転もまた易きに、土船かつて舵を転じて避けず。衝接に至っては他事をかえりみるに暇なく、ただちに端舟(はしぶね)をおろし、その人員をことごとく我艦に移すことに、粉骨せり。この三点です」

五月十二日、紀州藩勘定奉行茂田一次郎は、土佐藩後藤象二郎に会った。後藤は紀州藩が幕府側に事件報告書を、彼に無断で提出し、舷灯がなかったと書載したことを難じ、それを取り消させた。彼はいう。

「この件は、万国公法の規則にしたがい裁決したる後、もし土州にて償うべきであれば、そういたしましょう。万一貴方が償うべきであれば、その実行をしてもらいたい」

茂田は承諾した。

高柳は、ひそかに長崎通辞品川某とともに、航海日誌、衝突論判書を英文に訳し、英国軍艦艦長に万国公法による理非曲直、先例等を質問する。その回答は、紀州藩の勝訴を確信させるものであった。

談判が進行し、土佐側の敗色が濃厚になったとき、竜馬らは最後の手段に出た。長崎に百余名滞在していた海援隊士を応援の場に至らしめ、茂田らが公論に決すべしと主張するのを聞きいれず、海上にて生じたことは海上にて弁ずべしと暴言を吐き、明光丸を実力で強奪するいきおいを見せた。

小心な茂田は、彼らの脅迫に屈した。六月末、明光丸乗組員と海援隊のあいだに闘争がおこりかねなくなった、険悪な事態を避けるため、時価三万両といわれる伊呂波丸の賠償金として、八万三千五百二十六両百九十八文を支払う証書に署名する。

伊呂波丸に関するこれらの記述は、紀州藩側のもので、暗夜の海上でおこった事実を、自らに都合のいいようにいいつくろったものかもしれない。

しかし、一連の争論を指導していたとみられる坂本竜馬の行動には、いかにも乱世の雄にふさわしい、千変万化の相があらわれている。嘘つき小次郎の才華を理解した竜馬は、彼自身のうちにも、運命にうちかつためには、善悪を超越した実行力を発揮する、したたかな根性をそなえていたようである。

議論に勝ちを得て、駆けひきに敗けた明光丸乗組員らは、当然激昂した。償金支払いの屈辱を知った岡本伊知は、高柳楠之助とともに、一命をなげうって藩の恥辱をすすがんと、長崎漆喰町の竜馬の旅宿を襲うが、竜馬らはすでに宿をひきはらい、闃として人声絶え、仕損じる。

伊達小次郎は、このような経緯によって、三浦休太郎が坂本竜馬暗殺の糸をひいたと判断したのであった。

綿雪が降っていた慶応三年（一八六七）十二月七日の午後、油小路天満屋へ斎藤一、大石鍬次郎ら十人の新選組隊士がおとずれた。

斎藤は、三浦休太郎に面会し、来訪の理由を告げる。

「われらは、会津中将殿のお指図で、三浦様の護衛に参じました。密偵の知らせでは、土州の浮浪人どもが、三浦様を狙い、状勢ははなはだ急なる様子にございますが、われらが参上いたしたるうえは、ご安心下さい」

彼らは二階座敷へあがり、酒宴に加わった。

珍味佳肴でもてなされた新選組の壮士たちは、いつになく深酒をかさねていた。剣戟の場数をふんだ彼らは、いつ斬りこんでくるかもしれない剣客たちを、みくびっていたのかもしれない。

　斎藤一は、鎖帷子を着こんで酒を呑んでいたが、酩酊して体がほてってくると、鎖がきゅうくつになってきた。彼は脱ごうとして、手の甲から中指へかかっているところをはずそうとするが、とれない。幾度かやってみるがはずれないので、面倒くさいとそのまま盃を持っているところへ、土州藩の者が謁を乞いたいと、面会にきた。

　宿の者が名刺を持ってきて、三浦の家来三宅某に手渡す。戦いなれた新選組の連中は、早くも刀を膝下にひきよせていた。

　三宅が刀を提げ、階段を下りようとすると、刺客が駆けあがってきた。

「三浦か三宅か、貴様っ」

　いうなり三宅の顔に斬りつける。

　新選組の面々は、とっさに燭台を斬りはらい、辺りは暗闇となった。三浦休太郎は眼の下から頬にかけ、浅く切られたが、屋根伝いに逃げだす。

　斬りこんでいった壮士たちのうち、一番乗りで初太刀をつけた、居合の達人中井庄五郎が、闇のなかで斬られて即死する。つづいて神戸の薬種商竹中与三郎が、手首を斬りおとされる。

　斎藤一らは、狭い座敷のなかでの乱闘がやりにくいと判断すると、表へ飛びだした。敵をおびきだすと、彼らは本領を発揮してあばれまわる。短時間のあいだに、勝負はついた。

斬りこんだ志士たちは、ほとんど手傷をうけ、中井庄五郎の屍体を放りだして逃走する。

新選組の損害は、泥酔していた宮川信吉が即死。梅戸勝之進が、うしろから抱きつかれ、他の一人に前から斬られて重傷を負う。

紀州家の家士は、三宅、関の二人の従者が負傷し、佐波某、三浦の若党藤左衛門と仲間某が、階下にいて、槍で突かれて三人とも落命した。

三浦休太郎は、燭台が蹴倒され暗闇となると、「我こそ三浦を討ちとったり」と大音声に叫びつつ、逃走したといわれた。彼は後年、その体験について述懐した。

「噂のような、芝居めいたことをする余裕は、なかったよ。ただ逃げただけだ。しかし、いまでもふしぎに思うのは、火光が消え、あたりが暗闇になったのにもかかわらず、辺りがよく見えたことだ。とにかく、敵味方の区別が、はっきり分るのだ。せっぱつまったときの心眼というものは、ほんとにおそろしいものだねえ。そのほかのことは、なんにも覚えていない。顔を斬られたことなど、全然わからなかったよ」

斎藤一は、いっている。

「相手も冴えたものであった。行灯がきえた闇黒のなかで、夢中であばれているうち、刀が幾度か体にさわったように思うが、痛くない。そいつは何か着ているぞ。斬らずに突け突け、と叫ぶのを聞き、畜生、こい、と思っているうちに、斬りあいは終ってしまった」

颯爽たるものだが、一人乱闘の渦に入りきれない人物がいた。

伊達小次郎である。彼は斬りこみを主唱した人物として、竜馬の仇討ちを実行するために、先頭に立って突っこまねばならない立場であった。

斬りこむまでは、彼も肉親よりふかいつながりを持っていた竜馬暗殺の黒幕と見られる、三浦休太郎を、自らの手で斬戮し、首級をあげる覚悟をきめていたにちがいない。

ところが、いよいよ天満屋に突入するときがくると、彼の足はこおりついたように動かなくなったのである。

剣術に自信のない俺が斬りこめば、かならずやられる。ここで死ねば、坂本さんもけっしてよろこんではくれない。犬死にだと、考えたかどうか。

海援隊の年来の同志に加うるに、十津川郷士の中井庄五郎、前岡力雄らを語らい、三浦襲撃を決行したうえは、たとえ犬死にであっても、彼は斬りこまねばならない。

だが、結果は無慚なものであった。嘘つき小次郎は、その本質をさらけだし、斬りこみをためらい、天満屋の前でうろたえてのみいた姿を、同志に見られたのである。

卑劣としかいいようのない彼のふるまいを、許す者があったとすれば、泉下の竜馬のみであったろう。

「小次郎なら、まあそげなとこぜよ」

と磊落（らいらく）な笑声をひびかせたのではないか。

天満屋の騒動以後、海援隊と陸援隊の有志は、各地に散っていった。田中光顕、岩村高俊、大江卓らは、侍従鷲尾隆聚（わしのおたかつむ）に従い、高野山で挙兵する。ほかに長崎に走り、土佐藩の指揮下にはいった者、鳥羽伏見の戦に参加した者など、さまざまな活躍をみせるが、ひとり陸奥小次郎の消息のみは、絶えたままであった。彼がふたたび歴史の表面にあらわれるのは、鳥羽伏見の戦が終った慶応四年（一八六八）正月である。

小次郎は、陸奥陽之助という名前で、長州の伊藤博文、井上馨（かおる）、薩摩の寺島宗則、五代友厚、中井弘とともに、新政府外国事務局御用掛りに採用されたのである。

そのとき、陸奥陽之助は、最年少の二十五歳であった。彼は慶応三年十二月下旬、大坂のイギリス公使館をたずね、通訳官のアーネスト・サトウに会い、外国公使の天皇政府承認についての問題を論じ、サトウの紹介で公使パークスに会っていた。

陽之助はサトウとパークスに意見を求めた成果を、岩倉具視に進言し、その知遇を得ることに成功する。激動する時代のなかで、嘘つき小次郎は出世への階段を駆けのぼっていた。

異説　猿ケ辻（さるがつじ）の変

隆慶一郎

隆慶一郎（一九二三～一九八九）

脚本家を経て、一九八四年小説『吉原御免状』を発表。一九八九年『一夢庵風流記』で柴田錬三郎賞受賞。他の作品に『柳生非情剣』『影武者徳川家康』『捨て童子・松平忠輝』『かぶいて候』などがある。

暗殺

文久三年（一八六三）五月二十日、亥の下刻。今でいえば夜の十一時近くのことだ。

御所の西側にある公卿門を出た五つの人影があった。

この頃、禁裏内部で攘夷激派の旗頭と呼ばれた姉小路公知卿と供の者たちである。

供の四人のうち、一人は提灯持ち、一人は沓持ち、あとの二人は特に雇われた護衛だった。護衛の名は吉村左京（中条右京の説もある）と金輪勇。二人とも剣の腕を買われた浪人上りの男だ。金輪勇の方が公知の佩刀をあずかって捧げ持っている。

公知は腰に笏を差し、手に華奢な扇子を握っているだけの軽装だった。御所の北を廻って、東側にある自分の屋敷に戻るところだった。

この日は御所で一日中会議だった。公卿たちに尾張の徳川慶勝、京都守護職の松平容保もまじえて、激しい論議が続いた。勿論攘夷の実行をめぐっての論議である。

無理を承知で攘夷の実施を迫り、何とかして幕府に朝敵の汚名を着せ、討伐にまで持って行こうとする長州藩に支えられた攘夷激派と、攘夷は日本国を破り、欧米に隷属させるもとだという現実的な観点から、朝廷・幕府一丸となって外国に当り、必要なら開国に踏み切ってでも日本を救おうという公武合体派。大雑把にわければその二派が鎬を削って闘ったことになる。

姉小路公知は気迫の人である。同じ攘夷激派の三条実美が小柄で色白なのに較べて、躰も大きく、色はあくまでも黒い。そのため実美は白豆、公知は黒豆と呼ばれたほどである。その精悍な風貌でぐいぐい切りこんでゆく弁舌の迫力は凄まじく、その矢面に立った男の大方は、気死するのではないかと恐れたものだ。それほどの凄まじさだった。

今日も公知は思う存分に喋り、攻撃した。だが、攘夷激派としてではない。逆に立場を変えて、攘夷激派を凄まじい勢いで攻撃したのである。

実はこの前月、公知は勅命を受け、長州藩桂小五郎ほか七十余人と共に、攘夷のため摂海の防備を巡検する将軍家茂に同行した。家茂を江戸に逃げ帰らせないための見張りのような役割だったが、ここで公知は勝安房守に逢った。勝はここをせんどと、現実的な海防の知識を公知に吹きこんだらしい。語られたのは勝一流の海軍必要論だが、その根底には現在の世界の確たる認識がある。攘夷などが妄想に等しい空論にすぎないことはいやでも判った。

「嗚乎我が邦家の御為に、此説を主張するもの殆ど七八年、つひに今日に到り、わづかに延ぶる処あるがごとし」

と『海舟日記』に書かれているのを見ても、勝がどれほど心を籠めて公知を説いたかが判る。
公知はこの時二十五歳。まだまだ感じやすいと同時に、現実的な思考の充分出来る齢頃である。勝の国を思う心も、その論のよってくる所以も、充分に理解した筈だ。公知が京に戻ったのは五月二日だが、勝は更に門弟の坂本龍馬を公知のもとに送り、洗脳に余念がなかったらしい。効果は覿面(てきめん)だった。それが今夜の会議ではっきりと出た。

公知はさながら公武合体論者であり、開国論者であるかのように、攘夷激派を攻撃し論破した。その舌鋒は鋭く、迫力に満ち、三条実美以下昨日まで公知の同志だった激派の面々はまっさおになった。

三条実美は公知とは少年の日以来の同志であり友である。公知の破壊的とも云える弁論の恐ろしさを知悉していた。この日も数の上では絶対の優位に立つ攘夷激派が公知一人の巨砲のような弁舌に、総崩れの観を呈するのを、白い顔を益々白くさせながら終始一言も発することなく、ただただ見ていた。またそうするしか、仕方がなかった。

この意想外の事態を最も喜ばれたのは中川の宮だった。中川の宮は前関白の近衛忠熙(ただひろ)と共に国家のために攘夷激派をおさえることに全力を傾けているところだった。攘夷が絵空事に等しいことは、長州藩の闘いで明瞭だった。中川の宮はこのために薩摩に近づき、島津久光を動かそうと奔走していたのである。今、思いもかけぬ公知の援護射撃を見て、天にも昇る気持ちだった。

紛糾の中に会議が終ったのは、戌の刻（午後八時ごろ）だった。それからも各派の打合せがあり、諸卿が御所を出たのが亥の刻ごろだったのである。

御所の周囲は真暗闇だ。その中に供の持つ提灯の明りだけがぼんやりと浮いている。御所の北にある朔平門を過ぎ、東北の角にさしかかった。ここは御所の鬼門に当るので築地が引っこめてあり、神の使いといわれる日吉社の木彫りの猿が祀られているので猿ヶ辻とも呼ばれている。

その築地の引っこんだ所に身を隠していたのだろう。不意に三人の男が現れた。一人がいきなり提灯を斬った。地べたに転がった提灯がぽっと燃え上る。その明りに照らし出された三人はいずれも浪士風だった。頭巾をかぶっていない。揃って抜刀していた。

二人目が公知に斬撃を送った。

咄嗟に扇子でうけ流そうとしたが、打ち込みが強く扇子はばらばらになり左の鎖骨を斬られた。

「刀！」

公知は左手で笏を抜きながら右手を太刀を持った金輪勇の方へ伸ばした。公卿にしては気丈な振舞だった。

ところが金輪勇は公知の刀を抱いたまま、一散に逃げ出した。提灯持ちも沓持ちも、つられて同じ方向に逃げた。

吉村左京はさすがに腕を買われて護衛になった男である。公知に第二撃を浴びせようと刀をふりかぶった男の脇下を抜打ちに斬った。だが浅い。男は南に逃げ出した。左京は不覚にもこれを追った。その隙に残る二人が公知を襲った。一人の刀は公知の鼻の下を二寸五分にわたって切り裂き、いま一人の刀は頭蓋を四寸の深さに斬った。恐らくこの一撃が致命傷を与えたのだと思う。

だが公知の闘志は凄まじかった。頭蓋を割った男にとびつき、その刀の束を摑んでとりあげようとした。揉み合っているので、もう一人の男も斬るに斬れない。そうと見て揉み合っていた男が刀を放し、うしろに跳んだ。もう一人が袈裟がけの刀を振りおろす。それが途中で撥ね上げられた。吉村左京が戻って来たのである。左京は相手の刀を撥ね上げたままの形で刺突しようとした。男は辛くもこれをさけている。左京の踏み込みが足りなかったのだ。そのまま二人の討ち手は北へ逃げた。

公知が崩れるように倒れかけた。

「しっかりなされませ」

左京が素早く肩を貸した。公知はまだ敵から奪った刀を握っている。それを杖にし、左京にすがってやっと歩きだした。

公知の屋敷は猿ヶ辻から五、六町のところにある。それが一里もあるかのように左京には思われた。騒ぎを聞きつけて人がとび出して来てもいい筈だ。左京はそれが腹立たしかったが、考えてみれば、騒ぎなど何一つなかった。公知以外は誰一人声も上げていない。左京の刀と刺客の刀が触れ合って音を立てたのも一度きりだった。

〈相手は人斬り人じゃないな〉

左京はちらっとそう思った。自分が声もあげられないほどあがっていたのは確かだが、相手も負けずにあがっている。だから声を出さなかったわけではなく、出せなかったのだ。おまけに素手の公知に刀まで奪われている。こんなみっともない人斬り人がいるわけがなかった。それに傷を改めたわけではないが、切り方も出鱈目である。一番楽な袈裟がけも使っていないし、確実な刺突も使っていない。ただ刀を振り廻しただけのような感じだった。

〈素人に間違いない〉

公知の躰が重さを増していた。意識が絶えかけているのは確かだった。

〈こりゃあ死ぬな〉

妙に冴えた感覚がそう感じた。

〈何も彼もこれからなのに〉

公知はやっと二十五歳である。十三歳の時からひとかどの論客として活潑に働き、安政の大獄の際幕府の追及を受けながら、年少のため罪を免がれたという早熟の熱血漢だった。これからようやく成熟しようと云う時に死ぬとはどんなに無念だろうと思うと、知らぬ間に涙が流れた。

やっと公知の屋敷が見えて来た。

公知は玄関の式台で倒れた。さすがの気力がそこで尽きた。

「まくら」

と云ったのが最後の言葉だった。

探索

土方楠左衛門（ひじかたくすざえもん）は義の人である。

土佐藩士で二百石。文久元年、土佐勤王党に参加し、文久三年には藩命により上京して、鷹司・三条・姉小路といった公卿の屋敷に出入りし、薩長の志士たちと交際を深めた。三条実美に厚い信頼を受け、藩に帰国を命じられた後も朝廷から学習院出仕の命を受け、京に居残っていた。

問題の五月二十日の朝、楠左衛門は肥後の山田十郎と共に姉小路邸を訪れ、公知の参内時に一旦帰り、夜になってもう一度、姉小路に来て、公知の帰りを待っていた。朝、公知の攘夷激派より離れたことを知り激論になったためだ。だが深夜になっても公知が帰らないので諦めて再び宿舎に帰った。その直後に公知の遭難が起った。時間的に見て、楠左衛門が帰途公知に逢ったか、或は公知の刺客を見た可能性が大きい。公知の家臣跡見重威はそれをさぐりがてら、楠左衛門の宿舎に走り、急を告げた。楠左衛門は驚愕して三度姉小路家へ駆けつけた。

やがて長州藩をはじめとする各藩の志士たちが馳せ参じ、屋敷は怒りと悲しみの渦と化した。楠左衛門が自分の疑われたことに気付いたのは、かなり時がたってからのことだ。内心深く憤激して、跡見重威の居室に走り、いきなり抜刀した。

「お主は手前を卿暗殺の下手人としてお疑いになったようだ。この刀をとくと御検分願いたい。一点の血曇りでもありましょうか」

佩刀を重威の鼻先につきつけた。重威は父重敬と共に親子二代姉小路家に仕える男である。胆も坐っていた。なめるように楠左衛門の佩刀を調べた。

「確かに人を斬った刀ではないようですな」

平然と云った。だが畳みかけて、

「帰り道で誰かと行き逢ったようなことはございませんか」

「ない。山田十郎にも訊いてみられよ」

「残念ですな」

重威の言葉に他意はなかったが、楠左衛門の心は深く傷ついた。

〈この下手人、必ずわしの手で捕えてみせる〉

腹の底でそう誓った。


晩方になって三条実美が屈強の遣い手七、八人に護られて来た。安置された公知の死体を検分した上で、哀悼の言葉を献じた。

「卿よ。余は卿と共に国家至難の業に当り、皇運の挽回を策せんが為め、相誓つて身命を忘るるもの茲に年あり矣。今や事成るに垂んとして、卿は賊刃に斃る。余実に半身を失ふが如く、深く之を愛惜す。余は兇賊の悪逆を忿慨すると同時に、必ず其使嗾者あるを推想す。此兇賊を厳科に処し、併て使嗾者に逮ばんとす。余は卿と共に予期せし所の宿志を遂げ、皇家を泰山の安きに置かずんば止まざるなり、卿以て憂る勿れ。卿が忠魂も亦皇基を護し、併せて余及び同志を扶け導かんことを冀ふ。卿が生前に於て余及び同志を率ゐ画策効献以て今日あるを致すものは、則ち中興の基礎なり。基礎既に成る。天下誰か之を知らざるものあらんや。卿が忠勲の偉蹟は、皇基と共に長へに朽ちざるべし。卿幸に瞑ぜよ。茲に謹んで悼詞を告ぐ」

一世の名文である。聴く者ひとしく心をつき動かされ、泣いたと云う。直情の楠左衛門がたまる筈がなかった。大声をあげて泣いた。泣きながら、脳裏のどこかでこの悼詞のどこかに異和感があるのを感じた。だがそれがどこか、又何故かについては判然としなかった。

孝明（こうめい）天皇はこの事件に深く哀惜を示され、丁度上京中だった将軍家茂に特に勅諚（ちょくじょう）を下されて、下手人の捜索を命じられた。更に二十七日には守護職松平容保と上杉斉憲（うえすぎなりのり）に厳しく迅速な捜索を命ぜられ、併せて水戸藩の梶清次右衛門（かじせいじえもん）、姫路藩の河合惣兵衛（かわいそうべえ）、長州藩の佐々木男也（ささきおなり）、そして土佐藩の土方楠左衛門に特命捜査の権を与えられ、豊岡（とよおか）随資（よりしげ）、正親町公董（おおぎまちきんただ）、東久世通禧（ひがしくぜみちとみ）の激派の公卿がその相談役に任ぜられた。

楠左衛門はいわば公式の捜査権を得たことになる。ほとんど狂喜して捜査に乗り出した。他の三人、及び相談役の公卿三人もあまり乗り気でないように見えるのにも全く気づかなかったほどの入れこみようだった。

先ず問題になるのは公知の傷だった。調査によれば次の通りである。

「三ヶ処之手疵、面部鼻下一ヶ所、長サ二寸五分許（ばかり）、頭蓋骨些（いささか）欠損シ斜に深サ四寸、胸部左鎖骨部一ヶ所、長サ六寸許深サ三寸許、脈微細ニ付き衆医示談ノ上、甘硝石（かんしょうせき）精礦砂揮発（しょうどうしゃきはつ）精等相用ヒ、連日半身浴縫合術相行針数二十八」（『官武通記』）

これを見る限り、公知はかなりの時間生きていたように見え、諸記録と合致しない。

或は既に死体となった者への処置だったのではないかとも思われる。

　要するに傷は頭と鼻の下と胸部鎖骨部の三ヵ所である。楠左衛門は首をひねった。胸の傷は恐らく初太刀であろう。公知が扇子で受けた太刀だ。

　楠左衛門は明るくなってから現場に行っている。そこでばらばらになった扇子と切断された笏と紫の紐を実見している。楠左衛門より早く現地についた三条実美の家臣戸田雅楽（うた）（尾崎三良）と浪人吉田嘿はそれぞれ鉄の笄（こうがい）と刀の鞘を拾ったと後に称した。

　楠左衛門が首をひねった理由は、この刺客の意外な腕の悪さだった。この初太刀にしても明らかに踏み込みが足りない。鼻の下の傷は掠り傷である。頭蓋の傷は致命傷だが明かに横面打ちの斬撃である。多人数と闘う場合に横面打ちは有効だが、一人の人間の暗殺に使うことはあまりない。理由は頭部は動きやすくはずされることが多いのと、硬い頭蓋骨を斬ると刀の欠損する例が多いからだ。刺客は最も斬りやすい袈裟がけが多いし、必ずとどめの一刺しを用いる。或は初太刀に腹をえぐる。公知の刺客がとどめも刺さず、更に奪われた刀を置き去りにして逃げた点が、楠左衛門の最も不審とするところだった。

　楠左衛門自身は斎藤弥九郎道場で剣を勉んで目録を貰っている。田宮抜刀流の居合は幼時から習い、こちらは皆伝を得ている。おとなしい風貌に似ず、名誉の剣士だった。土佐の産んだ異能の剣士岡田以蔵とも親交がある。身分にこだわらぬ公平な性格が、容易に人になじまぬ岡田を惹きつけたのである。岡田は酒を呑むと人斬りの斬法を目を据えて語るのが常だった。暗殺の剣が尋常の剣とは全く異ることを、楠左衛門は岡田から勉んだ。

〈素人だ〉

公知暗殺の下手人を楠左衛門はそう断定した。断じて人斬り商売の男ではない。

次に問題になったのは遺留品である刀だった。唯一の証拠の品と云っていい。

長さ二尺三寸。ほとんど定寸である。幅は一寸一分、反五分あまり。銘は奥和泉守忠重だった。柄頭の鉄に「藤原」と高彫りがあり、縁に「鎮英」とあり、その裏に「英」の字が刻されている。薩摩刀だった。

だがそこまでだった。この当時、造りの頑丈な薩摩刀は生命を張って尊皇攘夷に奔走する志士たちの間で愛用されていたから、薩摩刀を使う者即ち薩人ということにはならない。刀の持主を特定する法がないのである。

奇妙な偶然が起った。

一日、土佐藩脱藩の那須真吾という男が姉小路邸を訪れ、薩摩刀の噂を聞いたが些かの覚えがあるので、一目見せて欲しいと申し込んで来たのである。

那須真吾は本来土佐藩の家老深尾家の家臣浜田宅左衛門の次男である。父が早く死んだために、兄の金治に育てられ、後に檮村で子弟の教導につとめていた郷士那須俊平の養子となった。膂力、衆にすぐれ、健脚馬に過ぐと云われ、槍を岩崎甚左衛門、剣を日根野弁治に学び、それぞれ皆伝を得た。土佐勤王党に加盟し、この前年、文久二年四月八日、安岡嘉助、大石団蔵と共に参政吉田東洋を暗殺して脱藩。先ず長州に脱れたが、後に上京して長州藩邸次いで薩摩藩邸に隠れていた。勿論、楠左衛門とは旧知の仲である。

その那須真吾が刀を実見に来るという日、楠左衛門も姉小路邸に行った。

「見覚えがありそうだとはどういうことだ」

楠左衛門は真吾に云った。

「刀のどういう点からそう思うのだ?」

この薩摩刀の特徴は、刀身に刻まれた幾つかの彫りにある。それも中子にあるから、刀を一見したぐらいでは判らない。余程親しい相手でないと見ることの出来ない部分だった。

那須真吾の顔にちらりと狼狽の色が走ったように楠左衛門には感じられた。だがすぐ堅い顔になると、

「事は重大事だ。とにかく見るまでは何とも云えぬ」

きっぱりと云う。もっともな言い分である。だがもっともなだけに益々不審だった。

それほど親しい相手を下手をすれば、姉小路卿暗殺の下手人として告発することになるわけだが、真吾がどんな理由でそこまでの気持になったのかが理解出来ない。姉小路卿とはそれほど親しい間柄ではなかった筈なのだ。

真吾は以後一言も楠左衛門の問いに応答しない。緊張した態度で、ひたすら問題の刀を実見することに集中していた。

いよいよその時が来た。

跡見重威によって運ばれた、まだ生々しく血痕の附着した薩摩刀を、真吾は慎重な手つきで調べた。中子も抜き刻明に見る。やがて無言のまま刀を元に蔵(おさ)めた。

「如何ですか」

重威が厳しい口調で云った。楠左衛門も真吾を見つめた。

真吾は目を閉じている。依然無言。

「どうなんだ、那須?!」

楠左衛門が催促した。

「間違いない」

真吾は呟くように云った。眼は閉じたままだ。

「間違いないとは?!」

跡見が膝を乗り出した。

真吾の眼が、かっと開いた。跡見と楠左衛門をねめまわすように睨んだ。

「これは田中新兵衛の差料でござる」

跡見も楠左衛門もぎょっとなって、思わず身をそらすようにした。

重大な告発だった。

田中新兵衛は薩摩藩士ということになっているが、元々は鹿児島の商家の生れである。殺伐な性格で剣を好み、安政六年に脱藩挙兵しようとしたが、この企ては中止になる。去年、文久二年上洛し、七月二十日前関白九条尚忠の家士島田左近を暗殺して四条河原でさらし首にした。これが天誅の先駆である。以後河上彦斎、岡田以蔵と共に〝人斬り〟の異名をとり、刺客人として恐れられた存在だった。

現場に遺された刀が新兵衛のものとなれば普段の行状から考えて、姉小路公知暗殺の下手人は十中八九新兵衛ということになるだろう。

「確かか、那須。薩藩の田中新兵衛か」

楠左衛門は、薩藩というところに力を入れて尋ねた。真吾は今現在薩摩藩の京屋敷に厄介になっている筈だった。その恩義を捨ててまで田中新兵衛を告発するつもりか。

楠左衛門はそう云っているのだ。

だが那須真吾は楠左衛門の思惑を無視して単調に繰り返した。

「絶対に間違いない。薩摩の田中新兵衛の差料だ」

これでことは決定的になった。

相手が薩摩となると、京都守護職でもおいそれと手は出せない。禁裏に申請して勅命を出して貰った上で、薩摩藩邸に掛け合いに行った。だが新兵衛は藩邸には居なかった。どこに潜んでいるのか藩の者も誰も知らないと云う。勿論、嘘の皮である。だが守護職側はその嘘を実証出来ない。引き下がるしかなかった。

薩摩側は快哉を叫んだが、これがいけなかった。薩藩は姉小路公知暗殺犯人を庇護したと、在京の志士たちはとったのである。それでなくても公武合体派である薩摩は尊皇攘夷激派の志士の忌み嫌うところである。この件でそれが憎しみにまで高まった。

志士たちは是が非でも田中新兵衛を見つけようと京洛の地を隅から隅まで調べ廻った。土方楠左衛門もその一人である。その楠左衛門に協力を申しこんだ者がいる。同じ土佐藩の吉村虎太郎だ。彼はこの探索に異常なまでの熱意を示し、素っ裸の上に薦をかぶり、乞食の姿になって、心当りの家を一軒一軒しらみ潰しに調べて廻った。

楠左衛門は感動したと云っていい。吉村が同藩だからではない。ここまで徹底して乞食になり切ってまで公知暗殺の下手人を追おうと云う誠意に対してである。

その虎太郎が新兵衛の居所を見つけた。東洞院蛸薬師東にある小森織之助の持家に、薩摩藩士仁礼源之丞と下男の太平と三人で暮していると云う。蛸薬師は薩摩藩京屋敷から僅か一町ほどの距離である。薩藩がかくまったに相違なかった。同居している仁礼源之丞は景範と称し、誠忠組に加わり、薩英戦争の時は西瓜売りに化けて英艦に斬り込もうとした勇者である。だが後にアメリカに留学し、伊藤内閣の海軍大臣になり、海軍三元勲の一人と云われただけあって、新兵衛のような一介の武辺ではない。恐らく新兵衛の潜伏を助けるために派遣されたのではないか、と云うのが虎太郎の意見だった。

楠左衛門は熟考した結果、これを三条実美に告げ、実美から守護職に連絡する法をとった。土佐と薩摩の関係悪化を恐れたための処置だった。

京都守護職から公用局員外島(としま)機兵衛、松坂三内、広沢富次郎が撰ばれ、物頭安藤九左衛門の率いる足軽組と共に蛸薬師の家に赴き、完全に包囲をした上で、堂々と刺を通じ面会を求めた。何しろ相手は人斬り新兵衛である。死に身になって暴れられたら、どれだけの被害が出るか判らない。それに騒ぎ立てられて薩摩藩邸から応援でも駆けつけられては厄介この上ない。

外島は後に会津藩兵の撤収に当って播磨・紀伊を巡歴してことごとくこれを送還せしめたほどの機略の士である。新兵衛を口説くにもそつがなかった。

「これは我等の恣意(しい)ではない。勅命です」

のっけにその点を強調した。尊攘の志士で勅命にさからえる者はいない。それに縄を打たねば、双刀を携えたままで結構、とあくまでも武人の礼は守っている。今日でいえば任意同行である。さすがの仁礼源之丞もこれに抗議することは出来なかった。新兵衛と仁礼は大人しく同行することを承知した。

ところがいざ出掛ける段になって、新兵衛だけが脇差のみを差し、大刀を持たない。

「大刀をいかがなされた」

外島はさりげなく訊いた。

「遠慮は御無用です。どうぞ大刀をお差し下さい」

新兵衛が苦が虫を嚙みつぶしたような顔で答えた。「生憎、長刀は研ぎに出し申した」

外島と松坂、広沢が思わず顔を見合せた。もうこれで新兵衛の罪は決定的になった。少くとも会津藩内では誰もが固くそれを信じた。

新兵衛たちの身柄は一旦薩摩伝奏坊城俊克の屋敷に運ばれ、その上で守護職ではなく、京都東町奉行所に連行された上、東町奉行所永井主水正尚志に訊問されることになった。これも守護職の会津藩が薩藩を刺戟することを極力避けようとしたためだ。現にすぐ二人の逮捕を知った薩摩から内田仲之助、伊勢勘兵衛の二人が守護職に強硬な抗議に来ている。ことと次第によっては、会津と一戦を交えることも辞さぬ、とまで云った。だがこれも勅命の一言でなんとかおさまった。

取調べは、新兵衛に集中した。東町奉行永井主水正自ら訊問に当った。

問題は刀である。当然新兵衛が研ぎに出したという長刀の行方が追及された。新兵衛の申し立てた研師のもとに刀はなかった。

新兵衛が供述を変えた。数日前、祇園の茶屋に遊び、刀をすり変えられたと云う。茶屋では武士は佩刀(はいとう)を店にあずけた上でなくては遊べない。階下の長い刀掛けにずらりと刀の並んでいる光景は浮世絵で見ることが出来る。ここから他人の刀を盗み出すのは容易だった。だが肝心の茶屋がないのである。新兵衛の申し立てた名前の茶屋は存在せず、岡っ引が祇園じゅうの茶屋という茶屋を洗ったが、そんな事件は起きていない。

ここに至って漸く問題の姉小路卿暗殺に使われた薩摩刀が持出された。

「これはお主の刀ではないのか」

主水正は穏やかに云った。新兵衛は克明に刀を調べた上で応えた。

「よう似てるが違い申す。おいのものではごわはん」

「確かかな」

主水正の言葉が針の鋭さに変っている。

「これは姉小路公知卿が曲者から奪い取った品じゃ。覚えがないとは申されまい」

新兵衛は石のような表情になって、前言を繰り返すばかりだった。

訊問は長びき、遂に日の暮れに及んだ。主水正は一旦休憩を宣し、新兵衛を控え座敷に移した。軽輩といえども薩摩藩士である。浪人のように牢舎に入れるわけにはゆかなかった。仁礼源之丞は別室に入れられた。相談させないための処置である。

かわって下男の太平が訊問された。この男は薩藩とは無関係だったので遠慮会釈なく拷問道具が使われた。太平はあっさり事実を吐いた。

奇妙な事実が明らかになった。二日前の深夜、蛸薬師の家に盗人が入った。熟睡していた新兵衛と仁礼はこのことに全く気付かず、朝になって気付いたと云う。この時、盗まれたのが新兵衛の佩刀だったのである。寝こみを襲われて佩刀を盗まれ、朝まで気付かなかったとは武士にとって恥辱この上ない。だからこそ新兵衛は研ぎに出したとか、茶屋に忘れたとか云い立てて、盗まれた事実を隠していたのだ。

永井主水正は与力を集めて協議した。

太平の云うことが真実なら、田中新兵衛は姉小路卿暗殺の下手人ではありえない。二日前に盗まれた刀が公知を斬った刀の筈がないからだ。

だがそう簡単に解釈していいものかどうか。この盗難事件は刀のことがうるさく云われだしたので新兵衛が打った狂言ともとれるからだ。その場合、太平は真実を知らない。太平をたぶらかして、いざと云う時に証言させるのが目的だからである。

〝人斬り〟の異名をとった男が、肝心の大刀なしで平然としているのはおかしいが、二日前に盗まれたと云うなら判らなくもない。だから盗難は真実だろうと云う与力もいれば、そう思わせるために新しい刀を買わずにいたのだ、だから護衛として仁礼源之丞がつき添っていたのだ、と主張する与力もいる。

要は新兵衛以外に、問題の刀を新兵衛の物かどうか鑑定出来る男がいればいい、と云うことになるが、自分の刀を改めさせるほど親しい友と云えば薩摩藩士ばかりである。彼等が新兵衛を下手人にするようなことを認めるわけがない。藩外での親友といえば同じ〝人斬り〟の異名をもつ土佐の岡田以蔵と那須真吾だけである。その那須真吾が新兵衛の刀だと云っているのだから間違いはあるまい、と云う者もある。

議論百出したがまとまるわけがなく、再び田中新兵衛の訊問を再開することにした。与力の一人が控えの間に迎えにゆき、仰天した。

新兵衛は朱に染って死んでいた。脇差で腹を一突きした上で、左の頸動脈を掻き切っていた。噴出した血が一面に飛び散って、凄惨（せいさん）ともいえる光景だった。

疑惑

新兵衛の死は明らかに自殺と思われた。

これで捜査は一頓座を来たした。永井主水正はそのために閉門・謹慎を命じられた。

与力どもも同様の罰を得た。

この頃になってさまざまな説が出て来た。公知がいるために将軍家茂は江戸に帰れないので幕府が刺客を放ったと云う説、公知が摂海（せっかい）巡視の時、私怨を含んだ大坂与力の配下説。中でも伊予小松藩士近藤真鋤（こんどうますき）が洛北の某茶亭で耳にした噂は重大だった。探索に当っていたらしい会津藩士が数人集ってこの事件の話をしていたが、その中の一人が、

「あれは長州だ。姉小路卿の変節に対する仕返しだ」

と語ったと云うのである。

だがどの説にも確証はなく、しかも時局の進展は忙しく、いつかこの件は迷宮入りになってしまった。

一人諦め切れないのは土方楠左衛門だった。どうにも納得がゆかないのである。何度考えても田中新兵衛が下手人とは思えないのだ。

姉小路卿暗殺の下手人は素人である。絶対に人斬りではない。田中新兵衛がさして武芸の心得もない公知に刀を奪われるなどと云うことが起るわけがなかった。それにあんなぶざまな斬りようもすまい。新兵衛は薬丸流の達者である。とんぼの構えからの一撃は左袈裟に一刀で生命を絶つ。頭を斬れば顎まで切り割るだろう。

それに新兵衛の自殺が不可解だった。一言の抗弁もなく自殺すれば、下手人と看做（みな）

されても仕方がない。新兵衛とてもそれは知っていた筈である。しかもそれによって薩摩藩は大きな痛手をうけることになる。それも充分心得ていたに違いない。それなのに何故死んだか。新兵衛の知友である吉田嘿は、盗人に刀を盗まれたのを恥じたためだと云うが、それにしては結果が大きすぎる。いくら新兵衛が短絡的でも、それだけで死んだとは思えなかった。

事実、新兵衛自刃の後、公卿はじめ十八藩の志士たちは姉小路家の菩提所浄華院に集まり、田中新兵衛に関する疑問の究明を行ったが、結局自刃したのは自ら疚しいところがあるからだという結論になった。この結果、薩摩藩の現在行っている御所乾門の警備をやめさせ、薩人の九門内往来、つまり御所に入ることを禁ずべきだと云うことになり、朝廷に奏上、朝廷もこれを容れて薩摩藩に通達した。これによって京都における薩藩の勢力は大きく後退し、長州藩の独走の如き形勢になったのである。

これほどの大事になるのを百も承知で、しかも十中八まで無実の罪にもかかわらず、何故自殺したか。それが楠左衛門にはどうにも解せなかった。

そのうちに妙なことに気づいた。

少くとも姉小路卿の死後の成行について重要な部分に登場したのはすべて土佐人だと云うことだ。

先ず、誰にも所有者の不明だった薩摩刀を、田中新兵衛の差料だと断定した那須真吾。ついで奉行所の目明しでさえ突きとめられなかった新兵衛の隠れ家を見つけ出し楠左衛門にしらせて来た吉村虎太郎。二人とも土佐勤王党の同志であり、共に脱藩の身である。

新兵衛の親友吉田嘿は、那須真吾と新兵衛の交友関係について何一つ聞いていないと云う。岡田以蔵なら共に人斬り商売であり、心を許し合った仲間だったから、刀を見せ合うこともあったかもしれぬが、那須真吾ではちょっと考えにくいと云う。吉村虎太郎に至っては、新兵衛の〝人斬り〟が嫌いで口もきかなかったと云う。

岡田以蔵の名が初めて大きく前面に出てくるのを、楠左衛門は感じた。以蔵なら刀の特徴を聞いただけで新兵衛の差料と判るかもしれない。以蔵なら親友新兵衛の隠れ家ぐらいすぐ見つけるかもしれない。

だが以蔵が何故親友を売るような真似をするか。そこが判らない。以蔵は性格の暗さもあって、容易に友を作らない。そのかわり一旦友となったら、とことん信頼し、尽くす。その以蔵が新兵衛を幕吏に売るようなことをするわけがなかった。

楠左衛門は意を決して以蔵を探しはじめた。以蔵と云う男の用心深さは極端なほどで、転々として住いを変える。心を許した友にだけは、どこへ行って誰に聞けば今の棲家が判るという連絡場所を三ヵ所ほど教えてある。これもその中のどこが知っているか判らない、と云う用心深さだった。

楠左衛門はその連絡場所を一軒一軒廻って歩いた。三軒目で今の場所が判った。思いもかけぬ高級料亭の離れだった。およそ〝人斬り〟の忍ぶ場所ではない。費用だって馬鹿に出来ない金額に違いなかった。以蔵に金がある筈はない。余程の金主がついた証拠だった。

楠左衛門が離れに近づいて、先ず声をかけた。かねがね自分の住いに入る前には必ず声をかけるよう以蔵に云われていたのだ。声をかけない場合は、お主でも斬る。以蔵はそう云った。声に応じたのは、背後からだった。

「土方さんか」

以蔵が抜討ちの構えで木の蔭から出て来た。

〈誰かを殺ったな〉

咄嗟にそう思った。並大抵の用心の仕方ではなかった。離れに通されて驚いた。豪奢とも云える造りだった。

「よほどの金主がついたな」

淡々と云った。以蔵は意味不明の唸り声を発しただけだ。

「そのために誰を殺した？」

楠左衛門がそう訊いた刹那、以蔵の右手が大刀を握った。異常反応である。楠左衛門は益々確信を固めた。以蔵は構えを解いた。

「あんたは斬れません」

以蔵はぼそっとそう云い、刀を措いた。

「どうして田中新兵衛をおとし入れるようなことをしたんだ？　親友じゃなかったのか」

楠左衛門ははったりを掛けてみた。以蔵がこの手に弱いことを昔から知っていたのだ。

さすがに一瞬目を瞠いたが、

「どうして判りました？」

見事にひっかかったのである。

「そりゃ判るさ。那須真吾、虎太郎さん、両方とも昔馴染だ。どれほどのことが出来、どこから先は出来ないか、俺はよく知っている。二人ともこんな事件の節所に立つ男じゃないよ」

以蔵が感嘆したように首を振った。

「さすがだなあ。俺はあんたなら必ず解くと思ってたんだ」

「新兵衛の刀のことを真吾に教えたのも、新兵衛の居所を虎太郎に教えたのもお主だろう」

「そうです」

「新兵衛の刀を盗んだのも……？」

「あれは本職の盗人を雇ってやらせたんです。俺にはもっと肝心な仕事がありましたからね」

楠左衛門はどきっとした。もっと肝心の仕事とは何だ？　この事件で最も大事な仕事といえば……。楠左衛門の鼓動が早くなった。目が廻るような感じがする。まさか！　いくらなんでもそこまでは……。だがそれしか『もっと肝心な仕事』はあり得ないではないか。だが……。

「お、お主、新兵衛を……」

以蔵は頷いた。泣きそうな顔になった。

「辛かった。自分を斬ったのと同じでした。あいつは友だちだったんです」

肺腑の言だった。以蔵の眼は乾いていて一滴の涙もなかったが、躰じゅうが泣いているように見えた。

「まず頸の血脈を切ったんです。腹は後から刺した。新兵衛の血をたっぷり吸いました。せめてもの罪滅ぼしでしょう」

「一体誰に……」

命じられて、と云いかけてやめた。こんなむごい命令を出し、また以蔵が従うしかない相手は一人しかいなかった。土佐勤王党の領袖武市半平太瑞山である。

「武市はどうしてそんな命令を……」

　楠左衛門は質問を変えた。

「俺も知りません。どうやら御隠居との取引きがあったようです」

　御隠居とは土佐藩十五代藩主山内容堂（やまうちようどう）のことである。熱心な公武合体論者だった。これは薩摩と同じ意見である。

「そんな馬鹿な！　御隠居が薩摩の不利を招く筈がない。それに姉小路卿を殺すなんて……」

「ちょっと待って下さい」

　以蔵の顔色が変った。

「俺も武市さんも、それに多分御隠居も、あの件とは何のかかわりもありませんよ。俺たちが仕組んだのは、残されたのが薩摩刀だったからですよ。それ以前のことは知りません。手を貸していません。大体なんですか、あの殺しようは。ありゃ口だけでからっきし度胸のない公卿侍の斬り方ですよ」

「公卿侍⁈」

「そう。三条卿の家来あたりじゃないんですか。姉小路の刀を持ってた金輪勇ってのが逃げたでしょう。あいつも仲間ですよ。公卿さんの刀を持って逃げさせますか、侍が」

以蔵の声はさげすみに満ちている。確かに武士ならばそんな手配は絶対にしない。公卿の剣を恐れたかと、後で馬鹿にされるに極っていた。

不意に三条実美の家臣戸田雅楽の顔が浮んで来た。吉田嘿の話だと、夜明けと共に真っ先に殺害現場にとんで行ったのは雅楽だと云う。吉田が到着した時、雅楽は地を這うようにして遺留品を探していたと云う。そのくせ刀の鞘は見落し、吉田が拾ったと云う。そんな馬鹿なことがあるだろうか。雅楽は鞘を吉田に拾わせたかったのではないか。下手人は鞘だけ差して逃げた筈だ。その鞘は処理の仕様がまずければ致命的な証拠品になる。それをそっと現場に置いておくのが雅楽の現場へ行った目的だったのではないか。

だがこの件については、楠左衛門も遂に確かめることは出来なかった。

田中新兵衛の件も、楠左衛門は遂に何人にも語っていない。御隠居が関わっていたからではない。これに関係した者が間もなく一人残らず死んだからだ。

那須真吾と吉村虎太郎はこの年八月の天誅組の挙兵に参加し、二人とも壮烈な戦死をとげた。

岡田以蔵と武市半平太はこの年九月に投獄され、二人とも切腹させられている。

楠左衛門はこの年八月十八日の政変を見て御隠居山内容堂の策謀の理由を知った。

御隠居は薩摩を落すことで長州藩を暴走させ、短期間に自滅の道をつっ走らせたのである。

姉小路公知の死で維新は五年遅れたと云われる。だが卿が生きていられたら、同じ維新でも大分変ったものになっていた筈だ。

土方楠左衛門は大正七年八十六歳で死ぬまで、それを心残りとした。

竜馬殺し

大岡昇平

大岡昇平（一九〇九～一九八八）

一九四九年、大戦中の捕虜経験を基にしたデビュー作『俘虜記』で横光利一賞。五一年『野火』で読売文学賞。七四年『中原中也』で野間文芸賞。七八年『事件』で日本推理作家協会賞。

一

慶応三年（一八六七年）十月十四日は徳川十五代将軍慶喜が京都二条城において、大政奉還を宣言した日である。嘉永六年（一八五三年）ペリー来航以来、朝野をあげて揉みにもんだ問題、つまり外国と条約を締結する主体はどこにあるか、日本の主権はどこにあるべきかの問題が、ついに幕府の屈服に終り、王政復古の道が開かれたのである。

翌月十一月十五日、河原町蛸薬師の醤油屋近江屋の二階で土佐の海援隊長坂本竜馬、陸援隊長中岡慎太郎が暗殺された。二人はかねて薩長同盟を斡旋し、特に竜馬は上司たる後藤象二郎を動かして、大政奉還の機運を促進した人物である。中岡は竜馬と意見が違い、戦乱によらずんば革新は成し遂げられないという意見を捨てず、この日も竜馬を訪れて、激論を戦わせたという。

互いに激昂して、刀に手をかけまじき勢いになるので、申し合わせて、わざと刀を身辺から遠ざけておいた。そのため刺客に踏み込まれた時、防戦出来なかったという話までついているくらいである。

刺客は最初は近藤勇ら新撰組の手の者と信じられていた。あるいは海援隊の関係で竜馬に含むところがあった紀州藩三浦休太郎の使嗾によると信じられ、報復のため十二月七日海援隊陸援隊有志によって、伏見の天満屋に三浦を襲撃するなどがあったが、現在では見廻組の佐々木唯三郎以下七名の犯行であることが確定している。

見廻組は元治元年、主として旗本の子弟を集めて京都に創設された壮士隊で、大体新撰組と同じ任務を持っていた。同じ京都守護職松平容保の支配に属しながら、警察組織として、より公的な性格を持っていたようである。

刺客の一人今井信郎は鳥羽伏見の戦いの後、江戸に逃れ、榎本武揚について箱館まで行って抗戦した。五稜郭が落ちると共に捕虜になり、取調べ中に右犯行を自供したのである。明治五年九月二十日、禁錮刑の判決を受け、静岡藩に引き渡された。

「其方儀、京都見廻組在勤中、与頭佐々木唯三郎差図を受け、同組の者共に、高知藩坂本竜馬捕縛に罷越、討果候節、手を下さずといえども右事件に関係致し、云々」

佐々木は文久二年（一八六二年）江戸で剣客志士清河八郎を斬った使い手である。今井の自供によれば、ほかに渡辺吉太郎、高橋安次郎、桂隼之助、土肥仲蔵、桜井大三郎の五人が加わっていた。出発に先立って、佐々木がいった（この辺の記述は平尾道雄『維新暗殺秘録』による）。

「土州藩の坂本竜馬、かねて不審の廉があって、先年伏見で捕縛に向った所、短筒をもって同心二人を打斃して逃れた。其男が河原町にいる事がわかったから、今度は取逃さないように捕えよと云う御差図である。もっとも手に余ったらば、切捨ててよろしい」

「御差図」というのは普通老中の命令の意味だが、守護職松平容保の命令かも知れない。何分新参者の私にはわからなかった、と今井はいう。

どっちにしても、幕府がかつて同心二人を殺した不逞の輩として、警察的に竜馬を殺害しようとしたことがこれでわかる。警官殺しが警察によって、報復的に追及されることは、いまも昔もかわりはない。そういう形式的な罪名によって、政治犯を殺そうとするのも、また権力の常套手段である。

同心殺傷とは、前年一月二十三日、舟宿寺田屋で伏見奉行の配下に襲われた時のことである。その二日前に薩長の秘密軍事同盟いわゆる薩長連合が成ったところだが、噂は早くから巷に流れていた。竜馬がこの間に立って奔走していたことも、幕府にはわかっていたのである。

以来、竜馬は主として鹿児島、長崎方面で運動し、京都に近寄るのを避けていたのだが、情勢が逼迫したので、十月九日才谷梅太郎の変名で、入京していた。しかしそれから四十日目には刺客の手から逃れられなかったのだから、やはり警察はこわい。

竜馬の下宿先、近江屋の主人新助は危険を感じていた。裏の土蔵に密室を作り、万一の時は、梯子を降りて、裏の誓願寺へ逃げられるように準備していた。食事の世話も坂本の下僕藤吉が一人で受け持っていたのだが、坂本は案外呑気だったという。この日は風邪気味で、用便に不便だからとの理由で、母家の二階に移っていた。真綿の胴着に舶来絹の綿入を重ね、黒羽二重の羽織を引っかけていた。

　中岡が訪問したのは、同志の宮川助五郎のことを相談するためだったという。宮川は前年三条大橋で制札を棄てようとして、新撰組の手に捕えられていた乱暴者だが、放免してもよいと、守護職陣屋から連絡があった。どういう形で受けるべきか、その後の配置などについて、坂本に相談しに来たのである。

　話をしているうちに日が暮れ、土佐藩下横目の岡本健三郎（おかもとけんざぶろう）、近所の本屋菊屋の倅峰吉なども来合わせた。しばらく浮世話をして七時すぎ、坂本が、

「腹が減った。峰、軍鶏（しゃも）を買うてこんか」といい出した。中岡も、

「俺も減った。一緒に食おう。健三、お前も食って行け」という。

　しかし岡本はもじもじしながら、

「いや、私はまだ欲しくない、ちょっと行くところがある。峰といっしょに出よう」

「また、亀田へ行くんだろう」

　と中岡がひやかした。亀田というのは、河原町四条下ル売薬商太兵衛のことで、その娘お高が岡本の妾だったからである。岡本は頭を掻いて、

「いや、今日はちがう。ほかに用事があるのだ」

といいながら、峰吉と連れ立って、近江屋を出た。この時坂本の下僕の藤吉は階下の表八畳の間で、楊子を削っていた。

「俺が行こうか」

といったが、峰吉は、

「いや、私が行く」

といいすてて表へ出た。大政奉還により京都の政情も一段落した後で、なんとなくのんびりした雰囲気だったのである。

峰吉は四条の辻で岡本と別れ、四条小橋の鳥新へ行った。軍鶏をつぶすのに、三十分ばかり待ち、近江屋へ帰ったのは五ツ時（八時）だった。その間に刺客が入ったのである。

二

今井信郎の自供によると、午後二時頃桂隼之助が竜馬が在宅かどうか探りにいったが、いないということなので、一同東山辺をぶらぶらしてから、八時頃戻って来た。

佐々木が「松代藩とか認めた」名刺（木札）を出して、「先生に御意得たい」と申込むと、下僕が心得顔に引込んだので、さては在宅だなと見込をつけた。かねて手筈の通り、渡辺、高橋、桂の三人が付入るように二階に上る。佐々木は階段の上口に立って通路を塞ぎ、今井、土肥、桜井が入口その他を固めた。今井は家内の者が奥の間で騒ぐので取り鎮め、階段の下に引き返すと、三人がどやどや下りて来た。

「竜馬のほか二人計りいたので、手に余って竜馬を討留（うちと）め、後の二人は手負わせたが、生死は見届けない」というので、佐々木は、

「そうか。では仕方がない。引き揚げよう」

といって、それぞれ止宿先に引き取った。もっとも今井は刑を終えてから、下手人は自分だったといい出し、講釈師の一団に加わって巡業したが、そのいうところに大した違いはない。

　竜馬は頭と背に重傷を受けて即死したが、中岡はやはり当の目標でなかったせいであろう、十一カ所の重軽傷を負いながら、翌々日まで生きていた。その間にいろいろ襲撃の模様を語り残している。

　当時報せを受けて、白川の陸援隊本部から駆け付けた田中顕助（たなかけんすけ）（伯爵光顕）にしたという話。

「突然二人の男が二階へ駈上って来て斬り掛ったので、僕は兼ねて君から貰っていた短刀で受けたが、何分手許に刀がなかったものだから、不覚を取った。そうして坂本に斬りかかったので、坂本は左の手で刀を鞘のまま取って受けたが、とうとう適わな

いで、頭をきられた。其時坂本は僕に向って、〃もう頭をきられたから駄目だ〃といったが、僕もこれ位やられたからとても助かるまい」

中岡は剣術はうまくなかったけれど、竜馬は北辰一刀流の千葉道場の高弟で、度々試合に勝った経験がある。しかしいくら撃剣がうまくても、不意を襲われては駄目である。清河八郎はじめ幕末の剣客志士が、案外脆く討たれているのは、結局、闇討に会っては、剣術なんてなんの役にも立たないことを示している。

刺客は藤吉について二階へ上ると、すぐ背中から切りかけた。藤吉はもと角力取だから、丈が高く力も強い。刺客はまず用心棒から片付けにかかったのである。

この時、階下にいた近江屋の主人新助は、

「ほたえな」

という竜馬の声を聞いている。「ほたえな」とは土佐の方言で「がたがたするな」「うるさい」という叱責の言葉である。藤吉が倒れる音を聞き、「うるさい」といったのだが、藤吉は結局死んだ。

中岡は入口近くにいたため、先に斬られた。彼が覚えているのは、竜馬が刀を取ろうとして、後を向いた姿だけである。

竜馬の背中に大傷があったから、まずそこを斬り掛けられたのである。二の太刀を鞘ごと受けた。太刀打のところを鞘ごしに切られた二尺二寸陸奥守吉行の刀が残っている。しかし受け太刀は十分でなかったから、頭を鉢巻形に払われて、これが致命傷になった。

刺客が去った後、行灯を下げて、梯子段の側まで行き、そこで倒れたという。

「石川（中岡の変名）、刀はないか」

とひと言をいったまま、音がしなくなったという。

中岡が「幕府にもこれくらいの骨のある奴がいるから油断するな。一日も早く大事を決行せよ」といったという話。薩藩の吉井幸輔（伯爵友実）が、三藩の兵がまもなく上京の予定、討幕は目前にあるから安心せよ、と慰めたという話。また岩倉具視に深く後事を頼んだ話、などなどが残っている。

中岡が組織した陸援隊とは、土佐藩の外郭団体で、この年七月末結成。在京の浪士を新撰組や見廻組の殺戮から守るために作ったものである。洛北白川村のいまの京都大学の東にあった土佐藩の別邸に屯所をおいた。費用は河原町の藩邸から出ていたが、土佐藩隠居容堂は、徳川家の現勢力を温存しつつ、平和裡に統一政府を作ろうという方針だから、中岡の革命理論と合わない。事ある時は、藩の方針に反しても、薩長の討幕軍に参加するつもりであった。

彼の遺言として激越な言の多い所以だが、中岡の死後の陸援隊の行動は、やはり征幕軍の中心からはずれている。隊士五十人は慶応四年正月三日、鳥羽伏見の戦いに先立って、鷲尾(わしのお)侍従を擁して、高野山に赴く。そこを占拠して大坂の幕軍を牽制するのが任務である。大和は文久三年、吉村虎太郎らの天誅組が潰(つい)えたところである。鳥羽伏見が官軍の勝利に帰したからいいようなものの、もし逆目に出れば、見殺しにされるところだったので、いわば死兵であった。

坂本も中岡もかねての宿願が実現する寸前に殺されたので、それだけに同情が集まった。明治になってから、それぞれ叙位叙勲され、その言動も生き残った友人によって美化される。千里眼のような先見の明と、新日本建設の雄大な構想が附与されたりするのだが、彼等が河原町の醬油屋の二階で、犬ころのように殺されてしまった事実には変りはない。

多くの小説や伝記が書かれているが、中でも異色のあるのは十年ほど前に作られた「六人の暗殺者」という映画である。海援隊生き残りの若者が復讐を思い立ち、今井信郎の自供によって知り得た六人の刺客を探し始める。与頭佐々木唯三郎らは鳥羽伏見の戦いで戦死、他は行方不明ということになっているのだが、映画では市井に身を潜めた彼等が、次々と探し出され、殺されることになっている。

復讐者の目的は「御差図」という上からの指令の出所を探ることである。そのため佐々木が最後に探し出されるのだが、その口から洩れたのは、意外にも薩摩の二字であった。

そもそも大政奉還は土佐藩の建白によってなされたものであるが、それが行われた十月十四日には、有名な討幕の密勅が薩摩と長州に下りている。遮二無二幕府を武力で圧倒してしまおうという薩摩にとって、竜馬はいまや最も好ましからざる人物になっていた。とはいえ自ら手を下すことは、万一露顕した場合、朝野の信用を失うおそれがある。見廻組に竜馬の居所を知らせ、竜馬が薩摩藩の庇護の下にないと通達したのは、薩摩自身だったというのである。

映画の筋立は、推理小説風に巧妙に構成されていて、一応説得的である。政治の非情と残酷という認識においても、現代的である。

薩摩藩は九州の僻地に位置するという地理的条件を利用して、巨大な富と兵力を貯え、幕府に決定的な打撃を与えた。動きは大局的で緩慢だが、密偵的工作においては非情であった。

文久三年の姉小路卿の暗殺に際しても、その行動は秘密に充ちているし、慶応三年の時点でも、江戸の薩摩屋敷を中心とする、後方擾乱工作は執拗を極めた。鳥羽伏見の戦いは、結局堪忍袋の緒を切らした江戸の幕閣が、三田の薩邸を焼打したことから始まっているので、その工作は結局成功している。

映画「六人の暗殺者」の作者の構想には一応もっともな点がある。しかしこの仮説が成立するかどうかは、当時の情勢と竜馬の行動をもう少し慎重に見てみなくてはなるまい。

三

坂本竜馬という人物は数ある幕末の志士の中で、魅力のある人物であることはたしかだ。撃剣はうまかったが、ちゃんばらの実績は、伏見の寺田屋で捕吏と戦っただけである。しかしその時使った武器は前に書いたように、刀ではなく、六連発のピストルだった。

文久二年三月、島津久光の挙兵上京をめぐって京都の浪士が湧き立った時脱藩したのが、志士としての経歴の始まりだが、下関で久光の意向が浪士の期待するような討幕挙兵でないことを知ると、いち早く運動から離れている。同じ時期に脱藩した吉村虎太郎のように最後まで挙兵に望みを棄てず、伏見で久光に捕えられ、囚人として土佐へ送り帰されるようなへまはしない。

半年の行方不明の後、江戸に出て軍艦奉行の海舟勝安房守に弟子入りする。千葉道場の倅といっしょに勝を斬ろうとして屋敷を訪れ、「おれを斬る気で来たろう」と一喝されて恐れ入るという水滸伝まがいの挿話が伝えられているが、これは変心を合理化するために永遠に繰り返される作り話で、実際は福井藩主松平慶永（春嶽）の紹介によったらしい。

明治になってから慶永が伝記作者に与えた書簡によると、ある日岡本健三郎と同道で面会を求めて来た。家臣中根雪江(なかねゆきえ)をして応接せしめ、横井小楠(しょうなん)、勝安房守宛の紹介状を与えたという。

慶永は当時幕府の政事総裁職、公武合体派の大立物だから、土佐勤王党竜馬としては百二十度ぐらいの大転回である。そしてこの時勝に気に入られたことが、ほとんど彼の一生を決定したといってもよい。

翌年勝の家来として上方に赴き、勝が神戸に開設した海軍操練所の塾頭になる。京都の土佐藩邸の軽輩を多く勧誘し、ついでに自分の脱藩の罪も許される。藩命により航海術修業のため、操練所へ派遣された形になった。

八月十八日の政変で、いわゆる尊攘派が朝廷から一掃され、京都の浪士狩が激しくなると、老中水野和泉守(みずのいずみのかみ)に進言して浪士二百人の蝦夷移住計画を立てるなど、その考えることが普通の勤王志士とは段が違う。

翌元治元年の京都の情勢の変化により海舟が失脚し、神戸海軍操練所が解散になると、二十人ばかりの塾生と共に西郷吉之助(きちのすけ)の懐に飛び込み、長崎に赴いて海援隊の前身「亀山社中(かめやましゃちゅう)」を組織した。薩摩が外国から購入する汽船に乗組むなどが任務で、薩藩から月三両二分の手当が出る。当時の日本には蒸気船に乗れる海員は少なかったので、海洋技術者としてならば、どこにでも雇い手はあったのである。

この間、土佐藩では容堂の手によって勤王党の弾圧が進められ、竜馬達にも帰藩命令が来るが、無論殺されるためにわざわざ帰国する馬鹿はいない。自動的に再び脱藩者になった。

慶応元年五月一日鹿児島、二十三日太宰府（文久二年八月十八日のクーデタで京都を逐われた三条実美ら五卿が謫居していた）、翌月一日、下関に着いた。

幕府の長州再征説があった。薩摩、土佐ら西南雄藩には、このまま長州を見殺しにするのは幕府の勢威を高めることになり、それだけ自分達の勢威は減少するという計算があった。

この形勢を利用して、三年以来分裂している薩長を仲直りさせようというのである。同じく土佐脱藩の大庄屋中岡慎太郎も長州にあって同じ運動を試みていた。竜馬が中岡と提携するのはこの頃からである。

しかしいくら目前の利害は一致していても、前の年には京都御所を中心に砲火を交えたことのある薩長である。いろいろ紆余曲折はあったが、イギリスの政商グラヴァからユニオン号を薩摩名義で長州が購入するということから、連合の機運が熟する。

そのうち幕府の征長軍は大坂に集結しはじめる。将軍家茂自ら大坂に出張するとあっては、薩摩も京坂駐屯軍を増強しなければならない。途中糧秣（りょうまつ）を下関で補給するのが緊急事となる。一月二十日竜馬が着京した翌日、薩摩からは小松帯刀（たてわき）、西郷吉之助、長州から桂小五郎、竜馬も同席して、薩長攻守同盟が締結される。

竜馬がいくら奇略家であるといっても、一介の脱藩士である。西郷や桂のように藩の背景もなければ、身分が違う。それだけに自由といえば自由だが、同盟締結の席に出るため京都に上る前に、大坂へ寄り、滞陣中の大久保（おおくぼ）越中守忠寛（ただひろ）（一翁（いちおう））を訪ねたのは、少し自由度が過ぎる。

大久保は幕府調書頭や外国奉行などを歴任した開化主義者で、竜馬は勝の紹介で、江戸で知遇を得ていたのだが、竜馬が呑気に宿舎を訪ねて来たのに驚き、

「貴公が長州人といっしょに上京することは、とっくに分っている。厳重に手配されているから、すぐ立ち退かないと、危い」

と忠告された。竜馬は山口で高杉晋作から送られた短銃を用意し、長州藩がつけた従者三吉慎蔵（みよししんぞう）は手槍で武装し、薩藩の通行手形を用意して入京する。

竜馬は土佐南町の質屋才谷屋（さいたにや）の別家の生れである。才谷家は長岡郡才谷の出だが、六代目が分家して高知に出て酒造家として産を成した。祖先は馬上琵琶湖乗切りで有名な明智左馬助光俊と称していた。産を成すと共に、郷士の株を買って次男に別家を立てさせた。光俊の居城にちなんで才谷の本家の姓坂本を名乗る。竜馬は従って幼時

より、武士の子として、恐らく普通の武士以上に武士らしく育てられたのである。

丈は六尺に近い海洋型の偉丈夫だが、現存する写真は眼を細めているから近眼だったらしい。成長するにつれ、背中に獣のように毛が密生したので、それを恥じて夏でも下着を脱がなかったという。

十二歳の時、母に死なれ、「泣虫」と仇名されていたが、撃剣で才能を現わし、度々江戸に自費留学するうちに、各藩の志士と知り合った。黒船襲来におびえる江戸の有様を見て、憂国の志を育てて行ったのである。

しかしその遣り方にどことなく町人風の気楽さがあり、その意見には常に経済の観念が伴っている。別家に育ったとはいえ、自然才谷家の家風に感染していたのである。彼が京都に潜行中使った才谷梅太郎の名前は本家から取ったものである。

大政奉還が成った後、西郷がどんな役に就きたいかといったのに対し、

「役人はごめんだ、世界の海援隊でも作らせて貰おうか」

といったと伝えられる。生きていれば、岩崎弥太郎のような幸福な境涯をたどったのではないかともいわれるのだが、薩長連合という火中の栗を拾ったために暗殺の運命を免れなかったのである。

岩崎弥太郎は土佐の下横目という低い身分の出であるが、常に権臣後藤象二郎のあとに隠れて行動し、竜馬のように政治に首を突込まなかったから金持になったのであ

る。

四

竜馬は慶応二年一月二十二日の薩長軍事同盟の締結に立ち会った後、二十三日夜、伏見寺田屋に帰って来た。寺田屋は薩藩御用の舟宿、四年前の文久二年四月には有馬新七等が上意討に会った所である。その夜のうちに竜馬は伏見奉行配下の襲撃を受ける。

事件については従者三吉慎蔵（みよししんぞう）の日記と、竜馬自身兄権平へ送った手紙が残っている。なかなか興味ある詳細に充ちているので、少し傍道へそれる恨みがあるが、写してみる。

竜馬にはこのほか姉乙女に当てた手紙も多数残っている。やたらに肩をいからせて悲憤慷慨（ひふんこうがい）ばかりしている志士の手紙とは違い、町人風の率直さがあって、これも彼の魅力の一部をなしているのである。

夜中といっても朝の三時すぎ、風呂へ入った竜馬が浴衣の上に綿入れを重ね、寝酒を命じて三吉と雑談していると階下にただならぬ物音がする。

伏見奉行林肥後守（忠友、上総請西藩主）がかねて張込中の部下から、手配中の竜馬らしき人物が寺田屋へ入ったと聞き、武装した人数を出張させたのである。

女将お登勢と対談中、入浴中の養女お竜が格子越しに外の有様を見て、すぐ浴衣をひっかけ、裏梯子を上って、竜馬に急を報らせた（たしかにこの時竜馬が生命拾いしたのは予知して用意があったからである）。竜馬の手紙――


上に申す伏見の難は、去正月二十三日夜八ツ半頃なりしか、一人のつれ三吉慎蔵と咄して、風呂よりあがりもうねようと致し候所に、ふしぎなるかな（此時二階に居り申候）人の足音しのびしのびに二階したを歩くと思いしにひとしく、六尺棒の音からからと聞ゆ。折から兼てお聞に入れし婦人（名は竜、今妻と致し居候）走せ来り言うよう、

「御用心なさるべし、はからず敵のおそい来りしなり。鎗持ちたる人数、はしごだんをのぼりし也」と、夫より私も立ちあがり、袴着けんと思いしに、次の間に置き候。その儘大小さし、六発込の手筒をとりて、うしろなる腰かけに凭る。つれなる三吉慎蔵は袴をきて大小とりはき、是も腰かけにかかるひまもなく、一人の男、障子細目にあけうちをうかがう、見れば大小さしこみなれば、「何者なるや」と問いしに、つかつかと入来れば、直ぐ此方も身がまえなしたれば、又引き取りたり。

早や次の間もミシミシ物音すれば、竜に下知して、次の間うしろの間のからかみ取

りはずして見れば、はや二十人許も鎗持って立ちならびたり。又盗賊灯燈二つもち六尺棒もちているもの其左右に立ちたり。其時双方しばらくにらみあう所に、私より、「如何なれば薩州の士に無礼はするぞ」と申したれば、敵人口々に、「上意なり、すわれ、すわれ」とののしりて進み来る。

此方も一人は鎗を中段に持って、私の左に立てりけり。私思うよう、私の左の方に鎗をもって立てば、横をうたると思う故、私が立ちかわり、その左の方に立ちたり。その時筒は打金を上げ、敵の十人許も鎗持ちたる一番右の方を、初めとして一つ打ちたりと思うに、その敵は退きたり。

この間、敵よりは鎗投げつきにし、又は火鉢をうちこみ、色々にして戦う。私の方には又鎗もてふせぐ。実に家の中の戦い、誠にやかましくたまり申さず。

又一人うちしが中り（あたり）しやわからず、その敵一人ははたして障子かげより進み来て、脇差をとって、私の右の大指の本をそぎ、左の大指のふしをきりわり、左の人さし指の本の骨ふしをきりたり。もとより浅手なれば、その方に筒さしつけしが、手早く又障子のかげにかけ入りたり。前の敵なおせまり来る故、又一発致せしにあたりしやわからず。

私の筒は六丸込みなれど、その時は五つ丸込みてあれば、実にあと一発かぎりとなり、是大事と前を見るに、今の一戦にて少し静まりたり、一人のもの黒きずきん着て、たちつけはき、鎗を平青眼のようにかまえ、近きかべにそうて立ちし男あり。それを見るより又打金あげ、私のつれの鎗もって立ちたる所の、左の肩を筒台のようにして、よく敵のむねを見込みて打ちしに、その敵は丸に中りしと見えて、ただ眠倒れるように、前に腹ばうように倒れたり。

此時も又敵の方は、実にドンドン障子を打破るやら、からかみ破るようの物音すさまじく一向手元には参らず。この時筒の玉込めんとて六発銃（ピストル）の、このようなもの（原文に図解あり、後出の弾倉）取はずし、二丸までは込めたれども、左の指は切られてあり、右の手もいためており、手元思うようならず、つい手より〝れんこん、玉室〟取り落したり、下をさがしたれども、元よりふとんは引きはがし、火鉢やら何か投げ入れしものとまじりて、どこやら知れず……

手紙は事件後大分経って書かれたものだが、危機にあって竜馬の眼は少しも曇らず、周囲の状況と自己の行動をよく認識している。しかもそれを平明に表現することを知っているのは異とするに足りる。

捕手はピストルにおびえて遠巻きにするばかりなので、隙を見て三吉と共に屋根づたいに隣家にのがれた。「その家は寝呆けて出」たらしく寝具だけ敷いてある。「気の毒にもありけれど」建具など引きはがし、戸を蹴破って表へ出ると、幸い人はいない。

五町ばかり走って、堀にそった材木置場の棚の上にかくれた。

三吉の知らせによって、伏見の薩摩屋敷が川舟を仕立て救いを出した。伏見奉行所より懸け合いがあったが、無論藩邸では応じない。西郷の差図ですぐ京都から医者が来る。一個小隊の兵が特派されて、厳重な護衛のもとに京都薩邸へ引き取った。

竜馬のような危険な政治運動に従う者はやたらに町屋に止宿すべきではなかった。最後の遭難の時は、後藤象二郎の斡旋で、再び帰参がかない、海援隊長として立派な土佐藩士であった。藩邸に住んでいればあんな目に遇わずにすんだのだろうが、元来土佐藩は竜馬のような人間をあまり大事にしない。幕吏(ばくり)に覘(うかが)われていることがわかっていても、特に護衛をつけるというような処置は取らないのである。

もっとも竜馬の方でも、堅苦しい藩邸にいるよりは、外にいる方が気楽だったに違いない。大政奉還後の情勢を少し甘く見ていたらしい節があることは前に書いた。

五

寺田屋の事件の後、竜馬は薩藩の庇護の下に、お竜と共に鹿児島へ行き傷の養生をする。一緒に霧島へ登り、頂上の天の逆鉾(さかほこ)を抜いてみたり、至極平和な生活がしばらく続く。お竜とは前から関係があったのだが、寺田屋で急を知らせた献身を見て妻にすることにきめたらしい。姉の乙女に帯でも送ってやってくれと頼んでみたり、いろいろ家庭的な面白い手紙が残っているのだが、いちいち引用する余裕がない。

第二次討長戦争が始まると、ユニオン号を下関へ持っていった。

「七月頃蒸気をもって、九州より長州に至るとき、頼まれてよんどころなく、長州の軍艦を率いて戦争せしに、是は事もなく面白きことにてありし」

この戦争に失敗したことは幕府にとって命取りになった。幕府は軍事的に西国各藩の信用を失ったので、これがのち鳥羽伏見の戦いで、圧倒的優勢な兵力を擁しながら負けてしまう原因を作った。畿内小藩の帰趨が明らかでなかったので、兵力を集中することが出来なかったのである。

時代はこのころから全国的な動乱の様相を呈しはじめる。物価は急騰し、各地に百姓一揆が起る。幕府が第二次討長戦争を効果的に行うことが出来なかったのは、兵器糧食を運ぶ人足達が動かなくなっていたからである。

土佐藩が慶喜に政権返上を建言したのは、それが「全国随一の大名」として徳川家を存続させる唯一の方策だという判断からである。竜馬には後藤と共に上京する船中で書いたという「船中八策」がある。そこには外国交際、上下議政所の設置、金銀物価を外国と平均せしむることなど、後に明治新政府が採用した政策が述べられているが、私としては竜馬自身の手で書かれていない文書は、あまり信用したくない気持である。明治末になって発見された「藩論」と共に、竜馬の思想を蓋然的に伝えているにすぎない。

むしろ彼が海洋技術者の団体海援隊を組織し、北海道開発の計画を捨てず、「万国公法」の翻訳を命じたなどの実際的業績の方を評価したい。大政奉還を促進する一方、薩土同盟を周旋し、長崎で小銃三千梃を買い入れるなど、和戦両様の構えを取った。日本全国を戦乱に陥し入れるのは外国の干渉を招くおそれがある、というのが「船中八策」「藩論」の主旨で、そのためできるだけ平和裡に日本が近代国家に生れ変るように努めたといわれる。喧伝されるほど珍しい意見ではない。竜馬の矛盾した行動を、その後の歴史の動きに照して、辻褄を合わせただけのものであるまいか。

慶応三年十月十四日、慶喜が二条城に在京諸藩の重臣を集めた時、宿で結果を待っていた竜馬は慶喜の政権返上の宣言を聞くと、涙をこらえ兼ねた様子で、「よくも思い切られたものかな、われこの君のために命を捨てん」といったという。薩長連合を図る一方、文久二年以来、彼の行動には親幕路線が一貫している。そこに規模雄大な近代日本創生の構想を見るよりも、陰謀家の両面作戦を見る方が簡単である。

しかし慶喜がその後取った処置は、尽く幕権の強化に向っていた。もともと慶喜は将軍就任以来、強力な兵制改革を押し進めていた。外国の使節を大坂城に招き、外交権はなお自分にあることを誇示しようとした。政権を返上されても、朝廷には実際的に方策が立たないのも見越しており、結局自分が摂政のような位置に就くつもりだったらしい。十一月西周に提出させた「議題草案」は三権分立の建前を取り、行政権は徳川家にある。下院の解散権を握り、議決には三票を行使する。天皇に拒否権はない。

ただしこの議案を諸公にはかるため、二十一日、朝命を借りて十万石以上の大名に京都召集をしたが、応じたもの十七という少数にすぎなかった。慶喜の政治力をもってしても大勢はもはやどうにもならない段階に達していたのである。江戸にある幕臣の中にも慶喜の処置を不満とする者があり、彼の制止をきかずに上京する者が増えていた。

彼の政権返上と同じ十月十四日に、薩長に討幕の密勅がおりた暗合は、歴史の不思議の一つである。偽勅である公算はかなり大きい。それなら薩長は慶喜の処置に危惧を感じ、ただちに行動を起したことになる。

十月十七日、西郷、大久保らは京都を発ち、二十一日山口に着いて、密勅を長州藩主毛利敬親(たかちか)に渡した。二十九日、長州は出兵を決定した。十一月十三日、薩摩藩主茂久は西郷らと共に、大兵を率いて上京の途に就く。時勢は竜馬の陰謀と関係なく、雪崩のような勢いで動いていたのである。

この間に竜馬は何をしていたかというと、越前へ行って来ただけである。十月二十四日、京都を発ち、十一月一日福井に着き、三岡八郎（由利公正）に会った。新政府の財政政策を聞くためということになっているが、後藤の意を体して、松平慶永の上京を促すのが目的だったと見なしてよいであろう。十一月五日帰京。

薩摩にとっても長州にとっても、竜馬には軍事同盟の仲立を勧めさせただけで、最早用ずみといってもよい。彼の暗躍を怖れる理由は全然なく、従って暗殺を指令する必要もなかった。戦争は始まっていた。竜馬がそれを知らなかっただけである。

勝海舟は明治三年四月十五日、松平勘太郎から今井信郎の自供の内容を聞いた。

「坂本竜馬暗殺は佐々木唯三郎を首として、信郎の輩乱入と言う。尤も佐々木も上よりの指図之れ有るに付き、挙事。或は榎本対馬の令歟。知るべからず」

松平勘太郎とは竜馬の遭難当時在京した大目付松平大隅守信敏である。榎本は目付対馬守道衛、信敏の下僚であった。

幕府の捲き返しの機運の中にあって、部長級の警察官が、殺された部下の復讐を図ったのが真相であろう。せいぜい諸藩の間を往来して、陰謀をたくらむ不逞の輩への見せしめとしようとした、というぐらいなところであったろう。それとも佐幕過激小官僚の慶喜＝後藤路線に対する牽制であったか。

どっちにしても、土佐の町人郷士坂本竜馬は、後世尊敬される業績にふさわしくない、あっけない最期を遂げてしまった。しかし竜馬自身は自分についてなんの幻影も持っていなかった。姉乙女に宛てた手紙――

「私をけっして長くあるものと思召しては、やくたいにて候。然るに人並のように、中々めったに死のうぞ。私が死ぬる日には、天下大変にて、生きておりても役にたたず、おらずとも構わぬようにならねば、中々こすい奴で死にはせぬ。然るに土佐の芋掘りともなんともいわれぬ居候に生れて、一人の力で天下を動かすべきは、是れ又天よりする事なり。今日までけっしてけっしてつけあがりはせず、ますますすみ込みて、どろの中のしじめ貝のように、常に土を鼻のさきにつけ、砂を頭へかぶりおり申候。御安心なされたく、穴かしこや」

　十分慎重に行動していたつもりだったのだが、陰謀家にはやはり安住の地はなかった。いてもいなくても構わぬようになった時、ほんとうに殺されてしまったのである。

坂本龍馬の眉間

新宮正春

新宮正春（一九三五～二〇〇四）

報知新聞記者を経て、一九七〇年『安南の六連銭』でデビュー。長嶋茂雄と親交が深く、野球関連の著作も多い。主な著書に『鷹たちの砦』『不知火殺法』『陰の剣譜』『忍法鍵屋の辻』『信玄狙撃』『ゼーランジャ城の侍』『江戸城炎上』『柳生殺法帳』『三ッ葉葵の剣士　松平上総介忠敏伝』『島原軍記　海鳴りの城』『秘剣影法師』『作兵衛の管槍』『秘剣奔る―静山剣心帳』『死に損ね左之助』『異聞・武蔵剣刃録』など。

一

冬の京は、底冷えがする。

朝から氷雨が降り続いたその日は、とりわけ冷え込みがきびしかった。

寒さは、濡れた足もとから這いあがってき、江戸から上洛してまだひと月もたっていない今井信郎の歯の根をがちがちいわせた。

雨をたっぷり吸い込んだ蓑が、重い。

信郎は、かぶっていた竹の子笠をかたむけて、暮れなずむ東山の稜線を見た。

木々の梢にしぶく雨のせいか、山そのものがぼうっとにび色ににじんでいる。

(さすがに、京住いの長い奴はちがう)

信郎は、平気な顔で雨のなかに突っ立っている渡辺吉太郎を見やった。

年は、信郎より二つ上の二十九。

鞍馬流という古流の使い手だけあって、すさまじい面擦れがある。

柳馬場綾小路下ルで柳心館という町道場をやっているが、組頭の佐々木只三郎がその腕に惚れ、春先の二月から七人扶持を得られるように手配した。

そのことがあるから、吉太郎もこんどの仕事を持ちかけられたとき、むげに断わることができなかったにちがいない。世情にうとい吉太郎は、いったいだれを斬りにいくのかさえ知らないはずだった。

（あやつも……）

竹の子笠の縁からしたたり落ちる雨滴を通して、信郎は只三郎のそばに忠実な犬のように控えている若者を見た。

只三郎が桑名藩から呼んだ使い手で、名は高橋安次郎。只三郎に私淑している大柄な若者で、まだ二十代前半である。

無口な安次郎は、只三郎の命なら水火も辞さない。この男なら、相手がだれかれ構わずに斬り込んでいくだろう。

信郎たちとはちがい、いわば、部外者のこのふたりは竹の子笠ではなく、まるい菅笠をかぶっている。

竹の子笠は、五人である。

組頭の只三郎と与力頭の信郎のほかに、桂早之助、土肥沖蔵、櫻井太三郎……。この五人は、揃いの竹の子笠を頭に載せている。

（笠か……）

以前、江戸は神田小川町の講武所に通っていたころは、五人とも、裏側を金で塗った陣笠をかぶっていたものだった。

裏金の陣笠は、旗本のしるしでもあった。

市中取締まりのため、にわかに募集した新選組の連中の陣笠は、裏が朱塗りと決められていたが、なかには旗本の真似をして、見えるところだけを朱色にし、内側の見えない部分を金で塗る不届き者もいた。

いま、信郎たちがかぶっている竹の子笠は裏に墨で『見廻組』としたため、それぞれ番号を振っている。

京都見廻組――。

新選組ができた翌年の元治元年（一八六四）四月に、京都で設けられた特殊治安部隊である。

素姓がさだかでない浪士を集めた新選組とちがい、見廻組は幕臣の次男、三男をもって組織されていた。組頭の佐々木只三郎は、講武所の剣術教授方をしていた幕臣きっての手練（てだ）れである。

揃いの竹の子笠は、番所の備品だった。

番号は、そのためで、蓑の裏に縫いつけた布切れにも、同様の番号がしるされている。

（京まで来て、吉太郎や安次郎に先をこされたら、われら直参（じきさん）の名折れよ……）

仮に、町道場主の吉太郎か、陪臣の安次郎がまかりまちがってあの男を仕留めでもしたら、幕府直参の京都見廻組の名が泣く。

（そうはさせぬ……）

ふたつの菅笠を見ながら、信郎はこごえきった指を屈伸させた。

これから斬りにいく男の剣名は、前々から耳にしている。

名は、坂本龍馬。

恨みはない。

が——。

剣名が高いからこそ、どうしても挑んでみたい相手だった。

龍馬が、高知城下築屋敷にある小栗流日根野弁治道場に通って免許をうけたのは、十九のときだったというから、直心影流の信郎と大差はない。

しかし、そのあとがちがう。

江戸京橋桶町の千葉定吉の道場で北辰一刀流を学んだ龍馬は、すくなくとも二度、派手な勝ちっぷりをおさめている。

一度目は、安政四年（一八五七）十月三日に、江戸鍛冶橋の土佐藩邸で催された試合である。

この試合で龍馬は、今武蔵の異名があった島田駒之助と立ち合い、みごとに一本取っている。

二度目は、翌年の十月二十五日である。

鏡心明智流の桃井道場で見せた龍馬の鮮やかな試合ぶりを、信郎はその場にいた兄弟子の勝田鈞介から聞いた。

斎藤弥九郎門下の俊秀で、長州藩きっての剣客といわれた桂小五郎が、たちまち四人を仆したあと、五人目の相手となったのが土佐藩の龍馬だった。

ふたりは、互いに激しく打ち合い、最初の十本はいずれも相打ちとなった。

最後の十一本目に、電光のような鋭い突きを決めたのが龍馬だった。

「小五郎の面に、すさまじい諸手突きを決めたときには、かたずをのんで見守っていた道場中でどっと歓声があがってな。おれも、あれほどの突きは見たことがない。あの突きの疾さは、わが師榊原さま以上かも知れぬ」

と、ものに動じない鈞介がうわずった声でいったのを、信郎はまざまざと覚えている。

信郎たちの剣の師は、講武所教授方の榊原鍵吉である。

直心影流の男谷下総守信友に見込まれた鍵吉は、かつて京都二条城内の庭で天野将曹とたたかった。鍵吉の容赦のない諸手突きをまともに胸板に受けた将曹のからだは、二間ほども宙を舞った。

その師よりもすさまじい突き技をもっているという龍馬を、これから信郎たちは斬りにいくのである。

(おれが斬る……)

相手が龍馬と知ったときから、信郎はそれなりに策を練った。

果たしてやれるかどうかはわからないが、なんとしてもそれを試したかった。

氷雨が、竹の子笠をたたいた。

信郎の歯ががちがち鳴るのは、京の底冷えのせいばかりではなかった。

二

信郎たちは、氷雨のなかを歩いて先斗町の酒楼に入った。

「ここで、夜になるのを待つ」

と、組頭の佐々木只三郎がいい、座敷に通されるなり、悠々と杯をかたむけた。

「今井さん……」

濡れた髪を手拭で拭いていた渡辺吉太郎が、不意に信郎のほうに顔をねじ曲げ、

「……その刀ですが、外ではともかく、座敷のなかでの斬りあいには、ちと長すぎませぬか?」

と、訊いた。

この京で町道場を構えている吉太郎は、氷雨のなかを歩いてくる途中でも、そのことを訊きたくてうずうずしていたらしく、

「ではありませぬか？　佐々木さま……」

と、同意を求めるように、只三郎を見やった。

只三郎は、無言で杯に酒をついだ。

信郎が携えているのは、朱鞘の大業物である。

長さは、三尺二寸。

ほとんど異様といってもいい長さであり、吉太郎が疑問に思うのも当然だった。

戸外での斬りあいならともかく、三尺二寸もの長さでは、目当ての人間を斬る前に、座敷の鴨居を斬りかねないからである。

笑っただけでこたえない信郎に代わって、只三郎はぽつんとひと言だけいった。

「心配は要らん」

「し、しかし……」

と、なおも食い下がる吉太郎に、若い土肥沖蔵が説明した。

「渡辺さんは知らんだろうけど、講武所でこれと同様の長ものを自在に使いこなせたのは、この今井さんだけでね。組頭がいまいわれたように、心配はご無用……」

「……」

吉太郎は、まだ納得がいかないように、朱鞘の三尺二寸に目をやった。

幕臣ではない吉太郎は知らないが、講武所で稽古に使う竹刀は、長さ二尺八寸と定められていた。

講武所頭取の男谷信友が、そう決めたからである。

そうはいっても、直心影流の定寸である二尺八寸の竹刀が、どのような長い業物を相手にしても決してひけをとらないことを、講武所に通ってくる旗本の次男、三男坊たちの前で実地に証明する必要があった。

そのために、信友はふたりの門弟をえらんだ。

二尺八寸の竹刀をとって、その効用を見せる役は、高弟の榊原鍵吉だった。

いっぽう、三尺二寸の長い竹刀でその相手をさせられたのが信郎だった。

ほかにも三尺二寸を操れる者がいなかったわけではないが、信郎ほどたくみに打太刀をこなせる門弟はいず、いつかそれ専門のようになった。

最初のうちは、鍵吉の目にもとまらぬ突きを喉にくらって羽目板に飛ばされていた信郎は、次第に突きに対する防ぎ技を工夫するようになり、ときには相打ちにもち込むほど上達した。

鍵吉は、講武所がまだ築地にあったころに選抜された十一人の剣術教授方のひとりだが、そのなかでも実力随一といわれた手練れである。

その鍵吉といつか五分の立ち合いができるようになったことで、信郎の株は一躍あがった。

土肥沖蔵は、それをいっている。

ただ、信郎の剣名はあくまでも講武所内だけにとどまり、いわば内輪の手練れでしかなかった。しかし、沖蔵もそのことには触れない。

ひと月前に、信郎が上洛して京都見廻組に加わったのも、江戸では三尺二寸の大業物を実地で試す場がなかったからだった。

いつまでも、内輪の手練れでいられない、と思ったのである。

「そろそろ、ころあいと思いますが……」

しばらくして、桂早之助が只三郎をうながした。

坂本龍馬がひそんでいるのは、河原町蛸薬師下ルにある近江屋という醤油屋だった。

夕刻、その近江屋まで偵察に出向いたのが早之助だった。

「ただいま御他行中で……」

と、店の者にいわれて、いったん引き揚げてきたのである。

他行、というのは、夜までには近江屋に龍馬が戻ってくることを意味する。店の者が外出を装ってそういう返事をしたとしても、龍馬が滞在していることまではとぼけられなかったわけである。

その龍馬を襲うなら、暗くなってからのほうがいい。

「行くか……」

講武所ふうに、月代をせまく、髷を長く結った頭に手をやって、只三郎はすっと立ち上がった。

信郎たちも、刀をつかんで酒楼から出た。

三

表には、小者の伍助がいた。

只三郎が江戸にいたころから、身の回りの世話をしている老僕である。常陸生まれの伍助は、あるじとともに上洛し、いまは見廻組の準構成員となっている。

もう何年も前から、薩長が提携するのを警戒した幕府は、龍馬が主宰していた亀山社中の桜島丸にまで、密偵を送り込んだ。同船の水夫頭であった塩飽出身の久太夫という者がそれで、幕府に買収された久太夫は、要注意人物の龍馬の動きを逐一報告した。

京都では、近藤勇の新選組が多数の諜者をつかっていた。

それとは別に、只三郎の見廻組でも、伏見奉行林肥後守の配下の者や、酒楼の使用人を密偵に仕立てて、情報をあつめていた。

伍助が使っている密偵だけでも五人いたが、そのひとりが先日、容易ならぬことを知らせてきた。

陸援隊の中岡慎太郎が、河原町四条上ル東入ルの大森という家に姿を見せた、という情報である。石川誠之助、あるいは横山勘蔵という変名を名乗っていることもわかった。

その家には、頬がぷっくりとふくれた土佐者が寄宿していた。谷守部（のちの干城）という若者である。

守部には、女がいた。

そのことも伍助の耳に入ってきた。

京の町芸妓に、山根子といわれる気位の高いグループがいる。祇園の東南にある下河原界隈に住みついていて、そのあたりは山のねきにあるところからヤマネコと呼んだとも、比叡山の坊主がつねに呼ぶ妓(こ)、つまり山の子がいつのまにか訛(なま)って、そう呼ばれたともいう。

土佐の谷守部が、その山根子のひとり小菊に入れあげて、しばしば下河原に泊まり込んでいることを突き止めた伍助は、さっそく河原町四条の大森宅に人数を配置した。

そこへ、守部が小菊のところに行っているとは知らない中岡慎太郎がひょっこり現われたのである。あとをつけた者が、守部に会えなかった慎太郎が、同じ河原町の蛸薬師下ルの醬油屋に入っていくのを見届け、すぐにそのことを報告してきた。

「近江屋か……」

醬油屋といっても、小売りをする店ではない。醸造業を営んでいるだけあって、土蔵まである大きな構えの家である。当主は、新助という。

そのときは、まだ近江屋に坂本龍馬がひそんでいることはわからなかった。

わかったのは、意外なところからだった。

（なぜ、あの男が……）

と、伍助もそれを聞いたときは、思わず首をひねった。

が——。

もっとも確実な筋からの情報なのはまちがいなかった。

「……近江屋にひそんでいる浪人は、勤王派の巨魁である土佐の坂本龍馬」

と、その人物は、ひそかに会津藩公用人手代木直右衛門のもとに知らせてきた。

手代木直右衛門は、佐々木只三郎の実兄である。

手代木家の三男であった只三郎は、旗本佐々木家に養子に入り、直参となったが、この兄とはいまでもしばしば会い、情報を交換している。

「坂本龍馬といえば、薩長の手を結ばせ、将軍家をして大政奉還の上表を出させるように仕組んだ張本人よ。汝も、それは承知しておるな？」

と、直右衛門は弟にいった。

直右衛門のあるじである松平容保は、京都守護職の任にあり、京都黒谷の金戒光明寺に本陣をおいている。

壬生に屯所をおく新選組は、京都守護職直属だが、いわばスポンサーである会津藩からも新選組内部の状況を把握するための隠し目付として、ある人物を潜入させていた。

藩籍を抜いて、新選組の中枢部に送り込まれたその人物とは、近藤勇の信頼厚い三番隊隊長斎藤一である。

新選組では、沖田総司、永倉新八につぐ幹部であるばかりか、剣技の冴えを買われ撃剣師範として若い隊士の指導にもあたった。

近藤勇の命で、武田観柳斎と谷三十郎を斬ったのも、この旧会津藩士である。

慶応三年（一八六七）三月になって、新選組から離脱者が出た。

近藤勇ら生え抜きの幹部が、ただの佐幕派になりつつあるのを不満とする伊東甲子太郎、鈴木三樹三郎、篠原泰之進らが御陵衛士を拝命、山陵奉行戸田大和守の支配下に入ったのである。

伊東甲子太郎は、江戸の深川佐賀町で町道場をひらいていた北辰一刀流の使い手で、国学の素養もある。

いつも黒縮緬の羽織に、火熨斗で折り目をきちんとたてた仙台平の袴をはき、白扇を携えているような男で、多摩の壮士あがりの無骨な近藤たちとは、そもそも肌が合わなかった。

新選組から集団で離脱した甲子太郎たちは、東山高台寺の月真院を借り受け、そこに駐屯している。以前から甲子太郎は、薩摩藩に近づいていたが、この月真院暮らしにあたって、ひそかに藩費から賄い料をもらっていた。

じつは、この離脱者のなかに会津藩の隠し目付斎藤一もいた。

斎藤は、甲子太郎たちの動きをさぐるため近藤勇の命をうけて離脱を偽装したものだが、同時に会津藩公用人手代木直右衛門にも情報を流していた。

近江屋に坂本龍馬が潜伏しているという第一報は、この斎藤から直右衛門にもたらされ、さらに見廻組の佐々木只三郎へとつたえられた。

だが、いったいだれから斎藤がこの情報を手に入れたかが、一番の問題だった。信ぴょう性があるかないかが、情報源しだいで決まるからである。

あとで伍助が只三郎から聞いたところでは、情報源はなんと伊東甲子太郎なのだという。

龍馬も甲子太郎も、ともに北辰一刀流千葉道場の出であり、同門だけに前々から親交があった。

それればかりか、甲子太郎は陸援隊の中岡慎太郎ともつながりがふかい。

新選組を離脱して朝廷から御陵衛士という職名をもらったあと、ふたりは何度か会い、月真院からは御陵衛士の橋本皆助が水野八郎と改名して中岡の陸援隊に加盟している。

「もっとも、伊東ははっきりと斎藤にそう申したわけではない。あるいは斎藤が会津の間者なのを感づいておらぬかもしれぬ……」

そう前置きして、只三郎は伍助にいった。

「……なんでも、甲子太郎はつい先日、近江屋に龍馬と中岡の両人を訪ね、われら見廻組のほかに新選組が身辺をかぎまわっているから気をつけるよう忠告したらしい。もしも、斎藤が会津に通じているのを知っていて、両人の所在をほのめかしたのなら、あやつ、ひと筋縄ではいかぬ男よ」

「へえ」

「二重三重に、間者がはいりこんでおる世の中だからの。甲子太郎の話にも、なにか裏があるのやも知れぬ」

只三郎はそういって、にがい笑いをうかべた。

たとえば、新選組の近藤勇が陸援隊に送り込んだ長州生まれの間者村山謙吉の例が生々しい。

間者として陸援隊内部にくいこんだ謙吉は、おどろくべき情報を新選組にもたらし、それによって一気に将軍慶喜の大政奉還がすすんだ。

謙吉の急報は、倒幕の蜂起計画である。

慶応三年十月十五日を期し、将軍慶喜がいる二条城に薩兵、所司代へは陸援隊と十津川郷士、新選組の屯所には他の浪士たちがいっせいに襲撃する、という蜂起計画をいちはやく近藤勇のもとに報じたのが、その九日前のことだった。

近藤は、すぐさま甲子太郎に裏をとらせ、松平容保に急報した。

龍馬が幕閣の永井尚志をたずねて、大政奉還建白書の諾否を論じたのは、その三日後のことで、十月十三日には慶喜は二条城に四十藩の代表を招き、政権奉還の決意を告げている。

この日、倒幕の密勅が薩摩に下賜され、その翌日には長州にも同様の密勅が下った。朝廷が大政奉還を許可したのは、まさに謙吉が報じた十月十五日のことである。

ぎりぎりのきわどさで、慶喜は朝敵となるのを免れた。

「……甲子太郎が、またしてもなにかを企んでおるかどうか。おれはもう深く考えんことにした」

と、只三郎は疲れたような声でいった。

長歌に秀で、諸事さっぱりしているこのあるじを、伍助は好ましく思っていた。

（わしは、斬りあいは苦手だが……）

なにかの役にはたつかもしれない、という気持ちが伍助を緊張させた。

氷雨のなかを、見廻組の暗殺団は蛸薬師に向かって無言で歩いた。

四

鴨川が見えてきた。

ええじゃないか踊りらしいにぎやかな人声が、川面をわたってくるほか、河原に人の気配はない。

「こいつを身につけていると、あとでまずいことになるやも知れん」

只三郎は、かぶっていた竹の子笠の紐をとき、蓑もはずした。

それらをまるめ、無造作に川に投げ込んだ。

身元が割れそうな品は、いまのうちに捨てておいたほうがいい、という殺しのプロらしい配慮だった。

（笠か……）

竹の子笠を川に投げ入れようとして、ふと信郎は手をとめた。

かつて只三郎は、江戸赤羽橋で清河八郎を斬った。

そのときも、笠が大事な役目を果たしたと聞いている。

清河は、幕府の金で浪士をかき集めて浪士組というものをつくったが、上洛するやにわかに尊皇を奉じた。要するに幕府をこけにした男だった。

このとき、東下に反対して京都に居残り、新選組を結成したのが、近藤勇であり、土方歳三である。

(甲子太郎という男、思えば、あのころの清河と似ているかもしれんな)

男ぶりがよくて、弁舌さわやかなところもそっくりだったし、流派が同じ北辰一刀流で、しかも、一流の使い手なのも不思議な暗合だった。清河も、甲子太郎と同じく、以前、神田三河町に町道場をひらいていた。

只三郎は、風心流の小太刀をつかい、居合は夢想心流だが、北辰一刀流でも有数の使い手として知られた清河を斬ったのである。

相手が相手なので、只三郎は用心して講武所教授方の仲間を五人引き連れ、橋のたもとで待ち伏せた。

只三郎だけは、わざと裏金の陣笠をかぶり、清河を見たとたん、その笠をとって会釈するふりをした。これを見て、やむなく清河も陣笠の紐をとこうとした。

その一瞬に隙をついて、背後から仲間のひとりが斬りつけ、前のめりになったところを、只三郎が正面から首の右側に打ち込んだ。

この功により、只三郎は小普請組七百石から、千石に加増された。笠ひとつで三百石を稼いだのである。

（このおれも……）

信郎はおもった。

寒い京洛までやってきたのは、三尺二寸の新刀を実地に試すためだった。

千本今出川の借家には、妻のいわが待っている。

龍馬を斬れば、只三郎のように三百石もの加増とはいかなくても、今井家の名誉になる……。

「くじを引いて、打ち込みの順番を決める」

全員が鴨川に蓑笠を投げ捨てたあと、只三郎が懐中から数本のこよりを出した。

近江屋へどういう順で斬り込むか。それをくじで決めるというのである。

みんなは面白がって、くじを引いた。

信郎は、三番くじだった。

「いまのは、佐々木さまの手のなかのこよりが前もって見えた。やり直ししていただきたい」

という信郎の抗議で、再度、くじを引きなおし、こんどは一番くじが信郎に当たった。

「坂本は……」

と、蛸薬師の方角へと歩きながら、只三郎は信郎に低い声でいった。

「……寺田屋では短筒を使うて、捕吏に大怪我させた奴。まだその短筒を持っておるやも知れぬ」

「短筒ですか？」

と、信郎が訊きかえした。

「ああ、先手のおぬしは、特に気をつけることだな……」

只三郎がつづけた。

「……坂本はな、おのれが北辰一刀流の手練れのくせに、刀などこれからの世に役にはたたぬ、と公言してはばからぬ奴よ」

龍馬という土佐者が、妙な革の履き物をはいて歩きまわっているのは、信郎も聞いていた。だが、刀術を軽視しているとは初耳だった。

「私に、いささか工夫があります……」

信郎は、地面に触れそうな長大な朱鞘をぽんとたたいた。

「ほう……」

と、もの問いたげにすごみのある目を向ける只三郎に、

「眉ですよ、眉……」

信郎がいった。

そのとき、闇の底に静まりかえった近江屋の土蔵が視界に入ってきた。

「坂本の変名は、才谷梅太郎……。今井、用意の名札は？」

そういって、只三郎はすっと近江屋の大戸脇に近づいた。

「ここに……」

信州松代藩の偽の名札を取り出して、信郎は大きく息を吸った。

雨にまじって、湿った醤油のにおいがした。

五

伍助は、大戸をほとほととたたく今井信郎の背中を見ていた。

果たして、いま龍馬が近江屋にいるのかいないのか。陸援隊の中岡慎太郎も、いっしょにいるのかどうか……。

もしかしたら、なにかの罠（わな）かもしれない、という気を伍助は拭いきれなかった。

（甲子太郎さまは、頭が切れすぎる……）

常州志筑藩に仕える鈴木家の嫡男として生まれた甲子太郎は、はじめは鈴木大蔵と称していた。水戸に出て国学と神道無念流を学んだあと、江戸に出て深川佐賀町の北辰一刀流伊東精一の門に入り、師の没後、名跡をついで伊東姓を名乗った。

いま、高台寺月真院にいるはずの御陵衛士鈴木三樹三郎は、甲子太郎の実弟である。

常州生まれの伍助は、この兄弟の下僕をしている甚八という若者を知っていた。

甲子太郎の同志だった橋本皆助が、水野八郎と名を変えて白川の陸援隊に入ったときも、伍助はこの甚八から情報を得た。

「局長の近藤さまの命で、同じ陸援隊に入った村山さんとは、妙に仲が悪うて、摂津さまにもあしざまに申してます」

と、甚八はいった。

摂津さま、というのは、甲子太郎のことである。

孝明天皇の御陵衛士を拝命して山陵奉行戸田大和守の所属となったさい、名を摂津と改めたのである。

新選組から陸援隊に潜入した村山謙吉と、水野八郎こと橋本皆助とが不仲なのは、伍助にも想像がつく。ともに薩長の武力蜂起計画をつかむのに苦心惨憺した。かつて壬生の屯所で同じ釜の飯をくった仲だったことが、かえって競争心をあおりたてたのだろう。

陸援隊の中岡慎太郎は、穏健な公武合体を推し進めている龍馬とちがって、武力倒幕の急先鋒である。

外様の藩で武力倒幕にこりかたまっているのは、なによりも薩摩藩だった。いま、薩摩藩は、大政奉還という先手をうたれたため、武力発動の名分を失いかけていた。

（あるいは……）

このところ、こんどの通報も、そのひとつではないのか……。

このところ、薩摩藩に急接近している甲子太郎は、そのあたりの思惑がらみで動いていて、こんどの通報も、そのひとつではないのか……。

甲子太郎ほどの策士なら、伍助などには思いもつかぬ策をめぐらしているはずだった。

（いったい、なにが狙いなんだ？）

近江屋の大戸をたたく今井信郎の背中を見ながら、伍助は思案した。

「信州松代藩の者だが、才谷先生はご在宅か？」

と、朱鞘の大刀を落とし差しにした信郎が、偽の名札を差しだすのが見えた。

「へえ……」

半開きの戸口に、相撲取りのような大男がぬっとたちふさがり、

「……ちとお待ちくださ い」

というのが聞こえた。

その直後、信郎は風のように戸口から入り込んだ。

ほとんど同時に、近江屋のなかでどすっという籠った音がした。

続いて、なにかが階段を転げ落ちる物音が伍助の耳にも達した。

(斬ったな)

そのときには、大戸の脇にいた只三郎も小柄なからだを屋内に滑り込ませている。渡辺吉太郎、高橋安次郎、桂早之助、土肥沖蔵、櫻井太三郎の五人も、すばやく入り込んだ。

最後に駆けつけた伍助は、半開きの戸口から首だけ突込んで、なかの様子を見ようとした。

暗くて、もののかたちが定かではないにしても、血のにおいはわかる。さっき信郎から名札を受け取った相撲取りのような大男が、背中を割られて殪れていた。

階段をあがろうとしたところを、背後から信郎の一刀を受けたのはまちがいない。

と——。

「ほたえなっ!」

という怒声が、二階から降ってきた。

騒ぐな、という土佐弁である。

背中を割られて階段を転げ落ちた物音を、階下の者がふざけて取っ組み合いでもしているとでも思ったのだろう。

声は、二階の奥の間から聞こえた。

その声の方角へ、信郎らしい人影が音もなく近づいていくのが見えた。

抜刀はしていない。

階段下で、ひとりを斬って捨てたはずだが、奥の間にいる相手に怪しまれないため

か、その刀は鞘におさめているのである。

伍助は、どろりとした血だまりを踏まないよう、そろりそろりと階段を上った。

二階の廊下を、渡辺吉太郎と高橋安次郎が滑るように奥の間へと移動している。

八畳の奥の間の襖（ふすま）を、そろりと開ける信郎の横顔が、ちらっと見えた。

「坂本先生、おひさしぶりです」

そういって、信郎は丁寧に頭をさげた。

奥の間からの返事は、ない。

（もしや……）

と、伍助が思った刹那、信郎のからだが跳躍した。

六

信郎がいきなり飛び込まずに、静かに二階の奥の間の襖を開けたのは、短筒を警戒したからだった。

開けたとき、座敷には火鉢をはさんで、男がふたり座っていた。

どっちが龍馬か、顔を知らない信郎は、とっさに、

「坂本先生……」

と、呼びかけてみたのである。

「はて……。どなたでしたかの?」

羽二重の紋服を着て、右手に座っていた蓬髪の男が、顎(あご)を撫(な)でて信郎を見やった。

信郎のからだが弾むように動いたのは、その直後だった。

三尺二寸が、白い光芒を曳(ひ)いて鞘走った。

狙いはひとつ、龍馬の眉である。

せまい座敷内での争闘に備えて、信郎は師の榊原鍵吉の命で、特殊な稽古を積んだ。

三尺二寸の大業物(おおわざもの)になぞらえた長い竹刀を、三畳間のなかでも自在に操れるまで、振って振って振りまくるのである。

素振り千回――。

一日にそれだけの素振りをこなせば、当然、腕や足腰が痛くなってくる。そうなってはじめて全身から余計な力が抜け、太刀ゆきの正確さが得られる、と鍵吉は教えた。

「上段からの打ち込みは、してはならぬ。刀の長さを生かすには、真横から鋭く薙(な)ぎ払うことが大事だぞ。相手の眉をそぎ落とすつもりで一気に斬れ」

人間の目は、上下や斜めに動くものは捉(とら)えやすいが、真横からすっと移動してくる動きには弱い。刀の動線が水平で、しかも、その速度が予測を上回れば、避けるのはむずかしい。

おそるべき突き技の持ち主である龍馬を封じ込めるには、電光石火、真横からの抜き打ちがもっとも効果があると、信郎は読んでいた。

それが、みごとに的中した。

信郎の最初の打ち込みを前額部に受けたのが、龍馬の致命傷となった。眉が切れ、脳漿(のうしょう)が流れでた。

それでも、龍馬は床の間にあった自分の刀をとろうとした。

長さ二尺二寸。陸奥守吉行の銘刀である。

が――。

信郎の第二撃は、刀をとろうとしてからだを傾けたその左肩先からふかぶかと入って、背骨にまで達した。

瀕死の龍馬は、信郎の第三撃を鞘ぐるみで受けた。がきっと嚙み合った刀身が、鞘もろとも削げた。

九寸の短刀で複数の敵の斬撃をかわそうとした中岡慎太郎は、めった斬りにされた。傷は十一カ所。後頭部からの出血がすさまじかった。

八畳間の襖が静かに開けられてから、ごく短時間ですべてが終了した。

組頭の佐々木只三郎は、階下にいた。

信郎が降りていくと、

「やることが早すぎて、おれの出る幕がなかったじゃないか」

と、苦笑しながら信郎の下駄をそろえた。

只三郎たちが近江屋を出たとき、ええじゃないか踊りの一行が通りかかった。そのなかにまぎれて、刺客団は現場から去った。

が——。

伍助だけは、別行動をとった。

あとあと手掛かりになる品を不用意に残していないか。それを点検するのである。

伍助は、ええじゃないか踊りから離れて、ひとりで再び近江屋に戻った。

気がかりは、信州松代藩の名をかたった偽の名札だった。

それは、階段の下で絶命している大男の手に握られていた。

名札を回収した伍助は、おそるおそる二階の修羅場にあがっていった。

八畳間には、血だまりのなかに龍馬と慎太郎が虫の息で殪れているだけで、なにひとつ遺留品は残していなかった。

「待てよ……」

伍助は、部屋の片隅にある一双の屛風（びょうぶ）に目をとめた。

貼交（はりまぜ）屛風、といわれる二枚折の屛風である。上部に狩野探幽の富士、下部には猫の絵が貼りつけられていて、猫の絵には龍馬と慎太郎の血しぶきが生々しく附着していた。

階下の土間も、目をこらして調べたが、やはりここにも遺留品はなかった。

「よしっ……」

ほっとして近江屋を出た伍助は、ええじゃないか踊りを追おうとして、その足をとめた。

伍助が出るのとほとんど入れ違いに、すーっと近江屋に吸い込まれていった影があった。

「待てよ」

伍助は、首をひねった。

年格好から判断すると、どうやら高台寺月真院にいる甚八のようだったが、なぜかその甚八が刀を腰に差していたからである。

遠目でも蠟鞘の刀なのはわかったが、わからないのはこれまで刀とは無縁で過ごしてきたはずの甚八が、なぜこそこそと人目を忍ぶようにして近江屋に入っていったのかだった。

(妙な真似をする……)

筒袖の着物を着た甚八は、その下になにか四角張ったものを隠し持っているようで、なんとなく歩き方までふだんとちがっていた。

(……わからん)

もう一度、伍助は首をひねった。

七

翌日——。

新選組の諜者(ちょうしゃ)として土佐陸援隊に入り込んでいた村山謙吉が捕えられ、土佐藩邸内の座敷牢にほうりこまれた。

嫌疑は、近江屋の暗殺事件の手引きである。

厳しく訊問にあたったのは、伊東甲子太郎の腹心水野八郎こと橋本皆助だった。皆助は中岡亡きあとの編成替えで、伍長に昇格した。

村山謙吉は、相次ぐ拷問のあと斬られた。

これを聞いて、いやな顔をしたのが佐々木只三郎だった。

「くだらん小細工をしおって……」

と、吐き捨てるように伍助にいった。

「……おまえは、ちゃんと近江屋の後始末をしたんだろうな？」

「へえ……」

ぺこりと頭をさげながら、伍助は伊東甲子太郎という男の芸のこまかさに舌をまいていた。

ええじゃないか踊りでにぎわったあの夜、甲子太郎の命をうけた甚八が、用意の小道具を近江屋まで置きにきたにちがいない。

刀を差しているように見えたのは、蠟色の鞘だけをたばさんできたからだし、懐が妙に角張っていたのは、先斗町の料亭瓢亭（ひさご）の焼き印のある下駄を隠していたからだ。

ふたつとも、龍馬と慎太郎殺しの下手人を新選組だと思わせるための小道具だった。

おまけに、現場に駆けつけた甲子太郎は、谷守部から問題の鞘を見せられ、

「これは、新選組の原田左之助の蠟鞘に相違ない」

とまで、証言した。

そのうえ、新選組は瓢亭をよく使っていたから、遺留品の下駄と結びつけてかんぐられるのもやむを得なかった。

要するに、新選組を下手人に仕立てるために、甲子太郎は躍起になっているのだ。

（近藤や土方を追いだして、尊皇隊のようなものでもつくる気なのか）

伍助はおもった。

それぐらいのことは、やりかねない。

ほかにも、ひそかに裏でつながっている薩摩への思惑があったのかもしれない。

只三郎の京都見廻組をうまく踊らせて龍馬を暗殺すれば、薩摩を中心とする武力倒幕派の前にたちふさがる者はだれもいなくなる。

薩摩は、龍馬の死で明らかに主導権を握る位置についた。

それに、甲子太郎には、近藤と土方に自分の腹心を四人も斬殺された恨みもある。

龍馬と慎太郎を幕府側に売った動機は、それだけで十分だった。

しかし――。

近江屋の事件からわずか三日ののちに、甲子太郎は、油小路木津屋橋の本光寺門前で、新選組大石鍬次郎（おおいしくわじろう）らの闇討ちに遭った。

塀の透き間から突き出された槍に、肩から喉まで串刺しにされた。かろうじて一人を逆袈裟で斬ったが、すでに余力はなく、門前の石に腰をかけたまま絶命した。

甲子太郎の死体は、凍てついた道に放置され、その配下の者を一挙に殲滅するための生き餌として使われた。

それぐらい、甲子太郎に対する新選組副長土方歳三の怒りはすさまじかった。


一カ月後――。

京都見廻組の今井信郎は、二条城でのつとめから千本今出川の借家に帰ってくるなり、妻のいわにいった。

「ひと足先に、江戸へ帰ってくれぬか。荷造りは、おれが手伝ってやる……」

「……」

「……それに、江戸に着いたら、この刀を真っ先に榊原先生のお目にかけてくれ。この三尺二寸で、坂本龍馬と中岡慎太郎を斬ったのだと申しあげるんだ。いいな?」

「はい……」

「守護職からの褒状も、ここにある。その場に組頭の佐々木さまがいてくれたから、このようなものも出たわけだ」

そういうと、信郎は長い朱鞘の大刀をいわに手渡した。

すさまじい刃こぼれが残っている刀である。

「……じっさいに龍馬を斬ったのは、このおれなのに、甲子太郎のせいでまず本気にはしてくれぬところが……」

さびしい、とか、つらいなどとは、さすがに口にしないが、信郎の目の奥を、なにかがかすめていった。

龍馬とのたたかいは、まかりまちがえば自分がやられるきわどさの中で成立し、一瞬の差で勝った。

だが、それだけだった。

信郎の手もとには、褒状という名の一枚の紙だけが残った。

お龍（りょう）

北原亞以子

北原亞以子（一九三八～二〇一三）

東京都出身。一九六九年『ママは知らなかったのよ』第一回新潮新人賞でデビュー。『深川澪通り木戸番小屋』で第一七回泉鏡花文学賞、一九九三年『恋忘れ草』で第一〇九回直木賞、九七年『江戸風狂伝』で女流文学賞、二〇〇五年『夜の明けるまで』で吉川英治文学賞。他の著書に『妻恋坂』『誘惑』『慶次郎――縁側日記』シリーズなど。

日が傾くと、海軍病院の影が屋根の上まで伸びてくる。家の中は、洋燈をつけたくなるほど暗くなった。

明治三十年も四月なかばになって、世の中の興味は、万年青や日清戦争の版画から、活動写真に移ったようだ。東京神田にある錦輝館での興行は、連日、押すな押すなの大盛況だったという。

見たい、とは思う。昔の自分なら、何をさておいても神田まで飛んで行っただろう。が、唯一の慰めとなっている酒すら買う金がないし、毎日行きたい湯屋へ行くにもシャボンの買い置きがない。シャボンは、紙のような薄さにまで減っていて、昨日も泡をたてるのに苦労をした。今日は、泡をたてる前に手拭いの中で折れ、使えなくなってしまうだろう。第一、寝転んでいる軀を起き上がらせる気力がない。

世が世なら——と、誰もいないところで愚痴をこぼしたところで何にもなりはしない。夫が帰ってくるまでごろ寝をつづけていようと、居間の長火鉢の陰で寝返りをうったところへ、玄関の格子戸が開いた。

男の声が案内を乞うて、西村つるさんはおいでかと尋ねている。

声が若かったので、起き上がることにした。「おりますよ」と答えながら覗いた鏡に、額や口許に皺の寄った女が映った。ただ、贔屓めに見れば、ぬけるように白い肌や、黒々とした大きな目に昔の面影がある。

薄くなった髪を撫でつけて、取付の三畳へ出た。障子は開いていて、男は、格子戸の向う側にいた。ちょっと微笑んでみせて、沓脱の草履を突っかけようとすると、男が、かすれた声で言った。

「あなたが、あなたがお龍さんですか、坂本龍馬夫人の」

「ええ、そうですけど」

男の唇が動いた。まさか、これほど――と呟いたのかもしれなかったが、今はつると名を変えているお龍は、男が下げている一升徳利を見つめていた。龍馬夫人であったお龍を、若い男が酒を持ってたずねてくるなど、ここ数年なかったことであった。

男は、安岡重雄となのった。初対面だが、お龍のことは、父親から聞いているという。父親は安岡忠綱といって、海援隊の隊士だったそうだ。

お龍は黙って湯呑みに一升徳利の酒をついだ。

知っていた。重雄に会ったことはないが、安岡忠綱には、明治になってからも幾度か会った。お龍の妹の君江は、海援隊隊士の千屋寅之助、今は菅野覚兵衛となのっている男に嫁いだ。寅之助の妹、お力の夫は安岡重房といい、忠綱の兄だった。

そうです、そうですと、重雄は嬉しそうな顔をした。お龍はうっすらと笑って、湯呑みに二杯目の酒をついだ。郵便局に勤めているという重雄は知らぬようだが、先日も忠綱をたずねて行った。忠綱はいやな顔をした。お龍がまた坂本龍馬の名をふりかざして、返すつもりのない金を借りにきたと思ったようだった。事実その通りで、わずかばかりの金を借りてきたのだが。

「ところでさ」

と、お龍は重雄を見た。重雄は、同じ神奈川県三浦郡の豊島村に住んでいて、郵便局に勤務していると言っていた。昔なら飛脚問屋の手代だろうが、今の郵便局員がどれくらいの給金をもらっているのか、お龍には見当もつかない。が、決して裕福ではないことは、重雄の身なりを見ればわかる。それにしてはうまい酒だった。

「こんなところまでたずねてきた魂胆は、何ですえ。龍馬の女房だった女の顔を、ただ眺めにきたわけじゃないでしょう?」

「ええ」

用件を切り出しかねていたのか、お龍にそう言われて、重雄は、ほっとしたように袷（あわせ）の懐（ふところ）から本を取り出した。明治二十年、偉業館発行の『汗血千里駒（かんけつせんりのこま）』だった。

お龍の頬がひきつれた。

『汗血千里駒』は、明治十六年一月から土陽新聞に連載された坂本龍馬の伝記小説で、著者は自由民権運動に身を投じていることでも名高い坂崎紫瀾（さかざきしらん）だった。新聞連載中は、鳴々道人の筆名を使っていたとも聞いている。

大評判となった小説だった。偉業館の前に刊行されたものもあって、二度目の夫である西村松兵衛が、春陽堂版を買ってきてくれた。

お龍は、重雄から奪い取った本を土間に叩きつけた。紫瀾は、龍馬が千葉周作の娘、光子に想いを寄せたと書いていたのである。

龍馬は、嘉永六年と、安政三年から五年まで、江戸京橋桶町にあった千葉定吉の道場に通っていた。当時、江戸では、斎藤弥九郎の神道無念流「練兵館」、桃井春蔵の鏡新明智流「士学館」、それに千葉周作の北辰一刀流「玄武館」が三大道場と呼ばれ、数百人から千人近い門弟をかかえていたという。定吉は周作の弟で、剣の腕前は、兄に優るとも劣らぬといわれていた。

その定吉に、佐那という娘がいたのである。龍馬が桶町の道場を訪れた時、定吉は、よほどのことがなければ竹刀を持たぬようになっていて、門弟達の稽古は、ほとんど息子の重太郎と佐那がつけていた。龍馬も、はじめは佐那に叩きのめされたそうだ。

小説の光子は、この佐那にちがいなかった。龍馬は佐那を、「十三弦の琴をよく弾き、剣術の方は十四歳の時に免許皆伝となったとか。その上、絵を描き、心ばえは並の男など足許にも及ばない。おまけにいたって静かな人です」と、姉の乙女に宛てた手紙の中で褒めちぎっているし、乙女も、会ったことのない佐那に好意を持っていた。

龍馬の死後、お龍が土佐の坂本家にひきとられていた時には、佐那を妻に迎える筈だったという話さえ耳にしているのである。

わたしに出会う前ではないかと、お龍は思った。仮に龍馬と佐那が夫婦になる話がきまったのだとしても、それは、まだお龍に出会っていない龍馬が、江戸の女である佐那に、一瞬、迷っただけのことなのだ。

十四歳で免許皆伝の腕前となる女が、面白い女であるわけがない。龍馬と霧島山にのぼり、祟り（たた）をおそれず逆鉾（さかほこ）を引き抜いた女を可愛いと言う龍馬が、いたって静かな女に惚れる理由がどこにある。

佐那贔屓の乙女も、実物の佐那に会ってみればよかったのだ。剣術しか知らぬ女の気のきかなさ、融通のきかなさに驚き、しまいには腹を立てたにちがいない。

だが、佐那は昨年、帰らぬとわかっている龍馬を待ちつづけたまま逝った。華族女学校の舎監（しゃかん）をしていたらしいが、その生徒か教師かに「私が坂本龍馬の許婚者（いいなずけ）です」と語ったことがあるという。形見だという桔梗（ききょう）の紋付も見せたそうだ。

華族女学校では、龍馬の許婚者がかつてこの学校の舎監をしていたと評判になっているだろう。いや、『汗血千里駒』を読んだ世間の人達は皆、佐那こそ龍馬が恋した女、佐那への思いがつのるあまり、龍馬は志（こころざし）をとげるためにあえて佐那に背を向けたと信じている筈だ。小説の中のお龍は、途中で鞆子（ともこ）と名を変えられ、霧島山の逆鉾を引き抜いて、龍馬に叱られたことになっている。読者は、そんな程度の女だったと笑っているにちがいない。

ちがう。坂崎紫瀾などという男は、何一つ知っていない。何も知らず、何も調べもせずに、小説を書いたのだ。

龍馬は、佐那を愛しいとは思わなかった。龍馬が恋したのはただ一人、この、お龍だ。伏見の寺田屋で龍馬が奉行所の捕方にかこまれた時、風呂から飛び出し、浴衣一枚で帯も締めぬまま危急を知らせたこのお龍なのだ。

佐那のように身持がかたかったとは言わない。船宿の寺田屋にお龍をあずけたまま、龍馬が東奔西走している間に、客から口説かれたことがなかったとも言わない。口説かれるのを待っていた時もあったし、いっそ、なびいてしまおうかと思ったこともある。

それでも、龍馬はお龍を妻にした。放っておくと、どこへ飛んで行くかわからぬお龍を、面白い女、可愛い女と言って好いてくれたのだ。佐那などは、眼中になかったと言っていい。

なのに、世間の人達は、佐那を貞節な婦人だと言う。龍馬が捨てた女を、龍馬が懸想した女にして小説を書く。

お龍は、湯呑みの酒を一息に飲んだ。

「あのお佐那ってえ女はね」

自分でも思いがけない言葉が口をついて出た。

「身持がかたいとか貞節だとか言われているけど、とんでもない、龍馬が聞いたら笑っちまいますよ。父親は立派な人だってのに、あんな淫乱な女もありはしない。誰彼の見境なく附文をするわ、年下の男をつかまえて口説くわ、見てはいられなかったそうですよ。それもさ、きれいな人が附文をするのならいい。腕っ節ばかり強い鬼瓦が袖をつかまえて口説くのだもの、誰だって逃げまわりますわね。龍馬も入門早々に附文をされて、あれには参ったと笑ってましたっけ」

気がつくと、重雄が呆気にとられてお龍を見つめていた。お龍が、ここまで佐那をあしざまに言うとは思っていなかったにちがいない。

言い過ぎた——と、お龍も思った。が、もう一つだけ、どうしても言っておきたいことがあった。

「お佐那さんは龍馬に惚れていたから、いろいろ尽くしてくれたようだけど、龍馬は、好かぬ女だと言っておりましたよ。ええ、言い寄ってくるのを、いい加減にあしらっていたそうです」

そうですか——と、重雄が言った。それ以外に相槌のうちようがなかったのかもしれない。

お龍は、一升徳利を持った。大分、軽くなっていた。重雄もたくみに話をそらし、お龍が龍馬に出会った頃のことを尋ねた。

やがて、重雄が「帰ります」と言った。

「そうですか、おかまいなしでしたねえ」

立ち上がるのも面倒だった。お龍は、膝をくずして酒をあおった。

それを横目に見ながら、重雄が仏壇へ近づいて行った。龍馬の位牌に線香をあげてくれるようだった。

「僕は、『汗血千里駒』の向うをはるつもりはないけれど、お龍さんの話を聞き書きにして、雑誌に投稿したかったんです」

湯呑みが唇から離れた。もう少しゆっくりしてゆけと言おうかと思った。が、何をどう話せばよいのだろう。言いたいことはあり過ぎるほどあったが、それを話せばどうなるというものでもない。

呼びとめるのをためらっているうちに、重雄は線香をあげ、お龍には「またくる」と言って部屋を出て行った。

虚空を見据えたまま、猫板の上の湯呑みへ一升徳利を傾けた。

立膝の足許にその徳利を置いて、湯呑みをとる。

飲もうとしたが、湯呑みは空だった。重雄もかなりの酒豪で、父親から聞きかじったらしい海援隊の話をしたりして、お龍に負けぬ早さで飲んでいたので、酒がなくなっているのも不思議ではなかった。

お龍は、湯呑みを放り投げた。足許の徳利を蹴ってふりかえると、龍馬の位牌が見つめていた。

「わかってますよ。片付けりゃいいんでしょう」

転がっていた湯呑みと徳利を一つずつ両手に持って、台所へ行く。手桶と、その中へ大事そうに入れてあるシャボンが目についた。

お龍がシャボンを使ったのは、寺田屋にいた時だった。下関から埃だらけになって帰ってきた龍馬が、いたずらっ子のような顔で「亀山社中（かめやましゃちゅう）の近藤長次郎（こんどうちょうじろう）が異人にもらったのを横取りした」と言い、お龍にくれたのである。大事そうに手拭いでくるんであって、それを開くと強い香りが漂ったのを、昨日のことのように覚えている。

ふいに、湯屋へ行きたくなった。

寺田屋にいた時も、二人で薩摩を訪れた時も、龍馬はお龍が入浴している湯殿へ平気で入ってきて、背中を流してくれたものだった。あの時、二人をつつんだシャボンの匂いは忘れられるものではない。

が、そのシャボンが紙のように薄くなっている。

お龍は、居間へ駆け戻った。

夫の西村松兵衛は、お龍に金を渡さない。渡せばお龍は酒に替え、昼間から冷（ひや）であおる。酒のせいで顔がむくんできたお龍を心配して、今では米も松兵衛が買ってくる。ただ、松兵衛は、その日の稼ぎをかぞえたあと、半端になった小銭を長火鉢の引出へ投げ込む癖があった。お龍がその小銭をくすねていることを知って、松兵衛は、うっかり小銭を投げ入れても、また財布へ戻すようになったが、一厘（いちりん）や二厘はどこかに入っているかもしれなかった。

シャボンは一個十二銭だが、一厘でも持っていれば何とかなるかもしれない。海軍病院の前の小間物屋へ行って、これを代金のかたに置いてゆくから、シャボンを貸しておくれよと言えば、松兵衛を信用している主人はいやな顔をしながらも、シャボンを渡してくれるだろう。

お龍は、左側の引出を開けた。古い煙管（きせる）と、こよりをつくるつもりらしい反古紙（ほごがみ）が入っていた。

手を入れて探ってみたが、銅貨の感触はない。

右側には、帳面が入っていた。商売物の仕入れ先や、仲間の住所が書いてあるようだった。その上には、菓子屋の包紙や新聞の切り抜きなどが入っている。金は、どこにも入っていそうになかった。

「何だってんだよ」

お龍は、次々に引出を抜いて畳へ叩きつけた。煙管が転がり、新聞の切り抜きが部屋の隅へ飛んで行った。

「一厘くらい、置いてってくれたっていいじゃないか」

湯銭は、松兵衛がまとめて払っている。シャボンさえあれば、湯屋へ行けるのだ。シャボンの匂いにつかり、わたしはこれで龍馬に背中を流してもらった、ざまあみろ、と天上のどこかから軽蔑したような目でお龍を見ているかもしれない佐那に笑ってやれるのである。

「くそ——」

長火鉢も蹴倒してしまえと、裾をまくって立ち上がった軀(からだ)を、うしろから抱きとめられた。ふりかえらなくても、誰であるかはすぐにわかった。

今時、こんなところまでお龍をたずねてくるのは、お龍の思い出話を雑誌に投稿したいという安岡重雄くらいのものだ。その重雄でなければ、あとは一人しかいない。玄関の戸の開くのには気がつかなかったが、夫の松兵衛が商売から帰ってきたにちがいなかった。

松兵衛が、裏口の外へ出て、七輪(しちりん)に火をおこしている。帰りに鯵(あじ)の干物を買ってきたと言っていたから、それを焼くつもりなのだろう。

松兵衛には、伏見の船宿、寺田屋で会った。はっきりした月日は覚えていないが、京の市中見廻りにあたっていた新選組が、三条通河原町にあった池田屋へ斬り込んだのが元治元年六月五日のことで、その年の秋ではなかったかと思う。寺田屋にあずけられてまもない頃だった。

当時の松兵衛は、京でも名の知れた呉服屋の若主人であった。商用で京と大坂をしばしば往復していて、そのたびに船を利用する。寺田屋にとっては大切な客だったのである。

鷹揚(おうよう)で穏やかな男で、女中の一人が松兵衛の膝に茶をこぼしてしまった時も、「しくじりを気にするな」と、恐縮する女中を逆になぐさめていた。背の高い美男ではあり、独り身ではあり、松兵衛がくると、女中達は紅をさしたり髪を撫でつけたり、大騒ぎをしたものだった。

その松兵衛が、お龍に一目惚れをした。お龍の養母となっていた寺田屋の女将、お登勢は、あれは少々わけのある娘だと、三分の一くらいはほんとうのことを言って断ったらしい。

が、お龍に言いかわした人がいることも、それが誰であるかも見当がついていたのだろう。明治と年号が変わってから、やはり寺田屋で偶然出会った時、松兵衛が最初に口にしたのは、「坂本さんの奥様に、こんな苦労をさせてよいのでしょうかねえ」という言葉だった。

その一言で、お龍は、松兵衛とともに暮らす決心をした。

あれは、明治六年のことだった。お龍は、土佐の坂本家を飛び出したあと、薩摩の西郷隆盛を頼って東京へ出て、二十円の金をもらって伏見へ戻ってきた。松兵衛は、うらぶれた姿で寺田屋に泊っていた。ご一新直後に、あれほど繁盛していた店を失ってしまったのである。

そんな松兵衛が、お龍を女房にしたいと言えるわけがない。が、お龍の実母は、お龍が東京へ行っている間、しなくともよい遠慮をしながら寺田屋で暮らしていたようだった。お龍の顔を見るなり松兵衛と所帯をもつことをすすめ、お龍も、自分を龍馬夫人とわかっている人ならと思って承知したのだった。仲人にたったお登勢の話によると、松兵衛は、喜びながらも自分にこれといった商売のないことを心配していたという。

松兵衛は今、ドッコイドッコイと呼ばれる商売をしている。台の上に金花糖の鯛やら鯖やらをならべ、ブンマワシの針が山盛りの鯛や鯖を指せば大当りというわけだが、言うまでもなく針が山盛りの金花糖をさすことはない。

それを、あの鷹揚で穏やかだった男が商売にしているのである。毎日、荷をかついで盛り場へ出かけて行くのだが、松兵衛が大声を上げて客を呼んでいる姿を、お龍は、どうしても想像することができなかった。

無論、松兵衛の稼ぎは少ない。閨の中で、松兵衛は時折、「すまねえな」と言うことがあった。

「俺に甲斐性がなくってさ」

つまらないことを言うんじゃないよと、お龍は答える。母も、いやな顔をせずに面倒をみてくれた松兵衛に、礼を言いながら息をひきとった。

が、松兵衛は、「坂本さんが生きておいでなすったら」と、暗い天井を見つめるのである。

「海援隊の隊士だったという陸奥陽之助さんなんぞは、外務大臣にまでなりなすってさ、おまけに伯爵じゃないか。それなら坂本さんは、総理大臣で公爵だよ」

それは、お龍が陸奥陽之助——陸奥宗光に向って言いたいことでもあった。宗光は、お龍の消息を知っている筈だった。知っている筈なのになぜ、手紙一本くれぬのか。龍馬は、宗光を信頼し、宗光は龍馬を尊敬していた筈だった。お龍はその坂本龍馬の妻なのである。宗光は明治政府の要職について、龍馬のこともお龍のことも、すべて忘れてしまったというのだろうか。

そこで、お龍は横を見る。煎餅布団(せんべいぶとん)をならべて寝ているのは、色が黒くていかつい顔の龍馬ではなく、色白でおっとりとした顔立ちの松兵衛だった。

お龍は松兵衛に背を向ける。松兵衛は天井を見つめたまま身じろぎもせず、そのまま朝を迎えてしまう時もあるのだった。

龍馬と松兵衛をくらべるのが間違いであることはわかっている。龍馬は維新を成功させるために生れてきた男だった。松兵衛は、その維新がなければ、大きな呉服問屋の主人として、悠々と一生を送ることのできた男だった。

「おつけの実は何がいい？」

と、松兵衛が尋ねている。

「葱か、わかめか。葱がよけりゃ、埋めてあるのを掘り出してくる」

龍馬と松兵衛をくらべてはいけないと、わかってはいる。性(しょう)に合わないドッコイドッコイなどをして暮らしを支えてくれている松兵衛は、恩人と言ってもよかった。

でも——と、お龍は思う。龍馬は、味噌汁の実などにこだわらない。手近にわかめがあれば、ろくに洗いも切りもせずに、湯の中へ投げ込むだろう。女は乗せない筈の船にお龍をのせて薩摩へ行き、幕府方の探索が激しい最中に、海援隊隊士に殿様の扮装をさせ、腰元の衣裳をつけさせたお龍まで連れて、祇園の茶屋へ押しかけたこともある。松兵衛が龍馬であれば、女は船に乗れぬからと自分も陸路を選び、警戒の目が厳しい時に馬鹿なことをして、その目をひきつけてはいけないと、遊びを自粛したにちがいない。

あの時、龍馬は八卦見に化け、手相を見てやると言っては芸妓や舞妓の手を握って喜んでいた。そのようすがおかしくて、行儀のよい腰元の役を演じていたお龍は、笑いをこらえるのに苦労をしたものだった。が、龍馬に言わせると、お転婆なお龍がすまして坐っている方がおかしかったという。

そんな男が、維新を成功させた。いや、そんな男だったから、成功させることができたのかもしれない。龍馬でなければ、誰が反目しあっていた薩摩藩と長州藩の手を握らせようと考えたか。

薩摩藩には薩摩藩の言い分があった。長州藩には、長州藩の面目があった。真面目な人間なら、言い分を通すことに固執し、面目にこだわるだろう。が、龍馬は、そんなもの――と笑いとばしたのである。

ざっと二百六十年もの間、政権を握りつづけてきた徳川幕府を倒し、新しい政府をつくろうという時に、言い分や面目にどれほどの価値があるのか。海を見ればイギリスやフランスの船が行き交い、弱腰の幕府は横浜を開港させて、暴利をむさぼっている。幕府を倒さねば日本は異国に押し潰されてしまうが、薩摩だけ、或いは長州だけで幕府を倒せるわけはない。また、薩摩、長州一藩ずつで異国に戦いを挑めば、結果は、両藩が経験した通り敗け戦さである。異国の言いなりに通商条約の調印をしている幕府より、無謀な戦いをしかけた薩長の方がまし̀では̀あるが、ましどうしが手を結べば、もっとよい結果が望めるのではないか。早く言えば、敗けずにすむのではないか。言い分やら面目やら、そんなものにこだわっていたなら、うまくゆくことも失敗すると龍馬は言ったのである。薩長同盟なしに維新の偉業がなったとは思えず、お龍に言わせれば、龍馬が維新を成功させたのであった。

あれほどの男によく出会えたと、今でも思う。龍馬は、お龍の母が女中として住み込んでいた、京の方広寺近くの妙に薄暗い家にきていたのである。その頃、旅籠で働いていたお龍は、使いに出たついでにその家へ寄って、龍馬に会った。元治元年五月の頃だった。

「お客様？」

と、母に尋ねたお龍の声を聞いて、縁側に腰をおろしていたらしい龍馬が台所へ顔を出した。

一見して変わった男だった。いつ洗ったのかわからない髪を無雑作な髷に結って、ぞろりとした絹の着物をだらしなく着ている。しかも、いかつい顔の大男だった。

それが、初対面だというのに馴々しく、「やあ、ちょうどいい」と言った。京の面白い遊び場を教えてくれというのだった。

「京にもずいぶん来たが、これといった面白いところへ行ったことがない。この小母さんに教えてくれと言っているのだが、あぶないと言って教えてくれないのさ」

　母があぶないと言うのも当然だった。

　その前年、文久三年の八月十八日、朝廷内でも勢力をひろげていた尊王攘夷（じょうい）派が、京から一掃されるという政変が起こった。攘夷論者ではあられるが、討幕には反対という孝明（こうめい）天皇のご意思から出たものだった。討幕のきっかけをつくるものとして、攘夷の実行に帝の親征（しんせい）を仰ぐことを説いていた長州藩士達は、七人の公卿（くげ）とともに京を追われた。

　大和（やまと）の乱は、政変の前日に起こった。いったんきまった攘夷親征がとりやめになったことを知らず、土佐の吉村寅太郎を中心とする天誅組（てんちゅうぐみ）が、十九歳の公卿、中山忠光をもりたてて挙兵したのである。

　一時は千人近い兵が集まったそうだが、乱は一月（ひとつき）あまりでおさまった。お龍の母が住み込んだのは、その生き残りの隠れ家だったのである。

　お龍の父、楢崎将作（ならざきしょうさく）は、安政の大獄の折に謹慎の処分をうけた青蓮院宮（しょうれんいんのみや）の侍医であった。安政の大獄は、一橋慶喜を将軍の座につけようと運動した人達が大弾圧をうけた事件で、一橋派には、尊攘派の志士といわれる人達が多かった。将作は、死罪となった頼三樹三郎とも親交があり、自身もその波をかぶって投獄され、その後、許されて出獄したものの、まもなく病死してしまう。

　天誅組の生き残りがひそみ、龍馬をはじめ、土佐勤皇党という幕府にとっては危険な人物が出入りする家の女中など、めったな人間に頼めるものではない。お龍の母は、彼女が将作の妻であったことを知っている者に頼まれて、わたしでお役に立つならと引き受けたのだった。

　隠れ家は、商人の隠居所ということになっていたが、ごまかし通せると思う方が間違っていた。およそ商人らしくない、小汚い風態の男達が出入りをしているのである。京都守護職や所司代の配下が、目をつけぬわけがない。ことに龍馬は大男だった。薄汚れた絹の着物をだらしなく着ている大男は、いやでも人目につく。お龍の母が遊び場所を教えなかったのも、むりはなかった。

　だが、龍馬は、自分が危険にさらされるなど考えたこともないようだった。お龍は、背をかがめて歩いていた龍馬も、逃げるような早足で歩いていた龍馬も見たことがない。いつも、のんきそうな懐手で、用心とか、警戒心とか、そういうものは龍馬からすっぽりと抜け落ちているようだった。

その隠れ家が、京都守護職や所司代配下に急襲された時、龍馬がいなかったのは幸運としか言いようがない。新選組が、尊攘派志士の会合が開かれていた池田屋を襲撃した事件のあおりを受け、隠れ家も捕方にかこまれたのだが、龍馬は、幕府海軍奉行の勝海舟に会いに行くと言って、数日前に京を離れていたのである。当時の龍馬は、幕臣の海舟に心酔し、航海術を学ぶために門下の一人となっていたのだった。

捕方は、留守居をしていたお龍の母を所司代屋敷へ引いて行った。幸い、すぐに帰されたものの、さすがのお龍も、あの時ばかりは途方にくれたものだった。

京では、そのあとも騒動がつづく。禁門の変である。前年八月十八日の政変で京から追い落とされた長州藩の軍勢が、押し寄せてきたのだった。

大変な年だったが、この年に、お龍は龍馬の妻となった。『汗血千里駒』を読んだ人達は、龍馬の胸のうちにはまだ光子——佐那がいた筈だなどと、ばかなことを言うかもしれない。が、佐那は小説のような女ではなかった。

華族女学校の舎監になって龍馬への操を守り通したとか、かつての知り合いに借金を頼みに行くようなことはせず、自分一人の力で生きていたとか言われているが、それは男が言い寄ってくるような縹緻の持主でもなく、借金を頼めるような知り合いもいなかったということなのだ。お龍は、佐那に会ったことがない。会ったことはないが、そうにきまっている。

隠れ家に出入りしていた頃の龍馬は、佐那のことなど、きれいに忘れていた。騒動のあと、母と弟妹を連れて金蔵寺という寺院へ身をひそめていたお龍を、龍馬が探し当ててくれたのが何よりの証拠ではないか。

佐那は捨てられた。お龍は、出会ってまもなく龍馬の妻となった。寺田屋で龍馬の危機を救ったから、妻にしてもらえたのではない。龍馬が金蔵寺をたずねてきてくれた夜、お龍は龍馬を誘って本堂へ行き、酒を飲んだ。酔って声が高くなり、寝ていた住職を起こしてしまったのだが、苦々しげな住職に、龍馬は、「まもなく夫婦になるものですから」と真顔で言ったのである。それでは——と、住職が酒をついでくれた湯呑みが、三々九度の盃でなくて何だというのだろう。

翌日、龍馬は、家族がそろって隠れていては人目につくと言って、すぐに行動を開始した。弟だけを金蔵寺に残し、母は尼寺へ、妹は神戸に滞在中の勝海舟にあずかってもらえるよう、話をつけてくれたのである。お龍は、伏見の寺田屋へ連れて行かれた。

ただ、この用心深さが、自分自身のためにはないのである。

慶応二年一月、龍馬はふらりと伏見へ戻ってきた。すでに亀山社中を結成し、幕府の監視の目がきびしいため、異国の船や武器を手に入れることができなくなっていた長州藩へ、薩摩藩の船を借りて買入の仲介をするなど、今の商社がしているような仕事をはじめていた。薩長同盟の成立も間近な時で、幕府側から危険な人物と見られていたにちがいないのだが、絹の着物によれよれの袴という、あいかわらずの姿で寺田屋の出入口にあらわれたのだった。

少しは用心をしろと、寺田屋のお登勢も、口が酸っぱくなるほど注意したらしい。が、翌日、笠をかぶっただけの気楽な姿で京の薩摩藩邸へ出かけて行き、それから三日後に、寺田屋は伏見奉行所の手の者にかこまれた。

風呂に入っていたお龍が捕方のきたことに気づき、龍馬も短銃を持っていたから助かったようなものの、彼は生涯、自分を襲う者などいないと信じていたとしか思えない。隠れている筈の寺田屋の二階へ、龍馬はお龍や寺田屋の娘達を呼び集め、怪談噺に興じていた。娘達が怖がって悲鳴をあげるのを、面白がっていたのだった。

「まったく、もう」

と、お龍は、龍馬がそこにいるように言った。

「あなたには、どれだけ手を焼かされたかわかりゃしない」

寺田屋の事件のあと、薩摩へ行き、そこから長崎へ行って、さらに下関へ移った時だった。真夜中に花火を揚げて人を驚かそうと龍馬が言い出したので、お龍も早速着物の裾をからげ、小舟に乗った。

その帰り、どうしたことか龍馬が船を小さな岩にぶつけ、転覆こそしなかったが、頭から波を浴びた。止宿先の男にどれほど苦労して言訳をしたか、龍馬は知らないだろう。風呂から飛び出し、浴衣一枚で寺田屋の階段を駆けあがったり、びしょ濡れで言訳をしたり、龍馬はお龍の面倒をみていたつもりかもしれないが、実はお龍が龍馬の面倒をみていたのだ。

それから半年くらいが過ぎただろうか。龍馬が、土佐藩士の後藤象二郎（ごとうしょうじろう）に会うと言い出した。

あの時も、ずいぶん心配をしたものだ。龍馬が会いたいと言うのだから大丈夫だろうと口では言っていたが、亀山社中の者達から、どれくらい象二郎の悪口を聞かされていたことか。象二郎は、藩内の尊攘派に暗殺された男の甥で、文久三年の政変のあと、土佐藩政が佐幕に傾くと、ここぞとばかり尊攘派を弾圧したという。龍馬にとっては、敵（かたき）と言ってもよいくらいの男であるらしかった。

が、龍馬は、「人間は変わるさ」と言って笑った。亀山社中の仕事で異国の知恵に触れ、おおかたの人よりも一歩先を歩いている龍馬の考えを聞いてみようと思うくらいには、後藤象二郎も変わっているというのだった。

「それに、俺も困っている」

亀山社中は、海舟が開設した海軍操練所（かいぐんそうれんじょ）が閉鎖され、行きどころがなくなった塾生達が集まっている。塾生達の航海術が欲しかった薩摩藩の後押しで長崎の亀山に本拠を置き、船を借りることができたのだが、順風満帆に見える仕事も、いつまでもこの状態でいられるわけがない。龍馬はそう仲間達に言ったらしい。

「きっと、俺達と同じ仕事をする者があらわれる筈だ。それが薩摩藩や長州藩の者であれば、俺達は、後楯も商売相手も失うことになる。だから、今のうちに土佐藩二十四万石を味方にしておいた方がいいんだよ。後楯がないと困るってのは情けないが、なあに、そうやって力をつけてゆけば、長崎の亀山社中が世界の亀山社中になる」

一同は口を閉じ、龍馬は象二郎に会った。

どんなことを話しあったのか、お龍は知らない。が、その年の四月に、亀山社中が土佐海援隊となり、龍馬がその隊長となったのだから、当座の望みは叶えられたのだろう。

象二郎も、龍馬の知恵を手に入れた。六月、長崎から京へ向う船の中で、龍馬は、新しい国の体制を象二郎に説明したらしい。むずかしいことはわからないが、文久三年の政変やら大和の乱やら、池田屋騒動やら、ごたごたつづきの世の中を治めるには、この方法しかないとまで言ったそうだ。

のちに海援隊隊士から聞いたところによると、その方法は、帝を中心とした政府をつくり、憲法を定め、議政局という上下の議会を設けて、国を治めるためのさまざまなことを決めるといったものだった。海軍を拡張するとか、金銀の価値を外国と均等にするとか、全部で八ヶ条あったそうだが、詳しいことは覚えていない。

象二郎は、龍馬の考えに飛びついた。やはり隊士の話によると、それが、あの「大政奉還」になったのだという。将軍徳川慶喜が、政権を朝廷へ返上したあの一件だ。

が、龍馬が考えていたのは、亀山社中の者達も、その力さえあれば加わることのできる政府だった。

「今はまだ、しょうがないさ」

と、笑っていた龍馬を、お龍はまぶしいような気持で眺めていたが、いったい何が「しょうがなかった」のか、その答えは聞いていない。答える前に、龍馬があの世へ行ってしまったからだ。

龍馬は、慶喜が政権の座をおりた一月後の十一月十五日夜、京都河原町の醬油問屋、近江屋新助方の二階から、お龍を置いてあの世へ旅立った。刺客に襲われたのだった。

お龍は、その時、下関にいた。


いったい誰が、龍馬を殺したのか。いや、誰がお龍から龍馬を奪ったのか。

長い間、お龍は、紀州藩の三浦休太郎が龍馬を殺したと思っていた。

後藤象二郎と会ったあと、龍馬は海援隊の名で伊予大洲藩から船を借り、買い付けた武器や弾薬を積み込んで、長崎から大坂へ向った。

ところが、この船が紀州藩の船と讃岐の沖合で衝突し、沈没してしまう。長崎で話し合いの席がもたれたが、龍馬は、航海日誌や海路図を持ち出して、とうとう相手に非を認めさせた。その上で、八万三千両の賠償金を要求した。

紀州藩は、腹を立てたにちがいない。紀州は、徳川ご三家の一つである。それが、土佐藩を後楯にしているとはいえ、郷士の倅に言い負けて、八万三千両もとられるのだ。家老の三浦休太郎が、黙って見ているわけはない。

だが、明治政府は、もと京都見廻組が龍馬を殺害したと発表した。箱館の戦争で捕えられた者の中に今井信郎という男がいて、彼がすべてを白状したのだという。今井信郎は、明治三年に禁固の判決をうけ、五年一月の特赦で出獄した。

その頃のお龍は、伏見の寺田屋を頼ったり、東京にいるもと海援隊隊士の世話になったりしていた。土佐藩士と顔を合わせることも多く、今井という男がどんなことを言ったか、少しは知っている。

判決を下したのは、佐々木高行だった。下関でお龍に会った時、「美人だが――」と龍馬に首をかしげてみせた男である。そのあとにつづけたかった言葉は誰でも想像がつくだろう。あんな女のどこがよいのかと、そう言いたかったのだ。

だから言うわけではないが、佐々木高行は、龍馬を殺したのは見廻組だと信じて判決を下したのだろうか。

龍馬の死を知らせるため、下関へ駆けつけた海援隊隊士は、龍馬が隠れ家としていた近江屋の土蔵から母屋に移ったのは、この前日の朝だったらしいと言った。もし、ほんとうに襲撃された前の日に母屋へ移ったのだとすれば、幕府の探索方は、すぐさまその小さな出来事に気がついたのだろうか。お龍は不思議でならない。

確かに、龍馬は人目に立つ男だった。用心や警戒心を持ち合わせぬ男だった。が、風邪をひいたと言っていながら、幕府若年寄格の永井尚志を、その日も、近江屋の母屋へ移ったという前日もたずねているのである。その姿を見たのが見廻組だったのかもしれないが、それならばなぜ、幕府重臣の宿所から悠然と出てきた龍馬を、幕府方の見廻組が狙うのだろう。

それに、龍馬は、薩長に同盟を結ばせた男だった。長州の味方をして戦った男だった。その男を殺した救いがたい人間が、なぜ、判決から二年足らずで牢獄から出てくるのだろう。

龍馬を殺したのは誰だ。安岡重雄は、会津藩上層部や海援隊隊士であった陸奥宗光がかかわっていると信じているようだが、それも確かなことではない。

が、まだ、龍馬を殺害した者が生きているかもしれないのである。生きていて、龍馬恋しさにのたうちまわるお龍を見て、それなら地獄まで追って行きゃあいいのに

――と笑っているかもしれないのである。

くそ。死にゃいいんだろう、死にゃあ。坂本龍馬の妻らしく、懐剣でのどを突いて、笑みを浮かべて死にゃあいいんだろう。

お龍には、それができない。ただ、龍馬と暮らした日々が恋しいのだ。

いったい誰が、その日々を奪ったのか。

お龍は、龍馬の十三回忌に線香をあげてくれと、今井信郎に手紙を出した。今井からは、あいにくだが風邪をひいているという返事があった。

今井は龍馬を殺した男でも、龍馬殺しのかたわれでもないとお龍は思っている。仮に龍馬殺しが、かたわれであったとしたら、見廻組に龍馬の居所を教えた者がいる。お龍は、それを今井から聞き出したかった。今井から聞き出して、短刀を懐にその男の屋敷へのりこみたかった。

その男が、龍馬の死後もただ一人やさしかった西郷隆盛であっても驚きはしない。隊士達の悪口にもかかわらず、龍馬が信頼しきっていた後藤象二郎でも驚かない。あの頃は、何が起こっても不思議ではなかった。ただ、龍馬を殺した男は、明治政府が許しても、お龍が許せなかった。自害はできなくても、その男と刺しちがえて死ぬことは、できそうな気がするのである。

鼻先に、魚のにおいが漂った。

我に返ると、松兵衛が干物の皿をのせた箱膳をお龍の前に据えていた。

「どうした。頭でも痛いのか」

「別に……」

「めしを食って、早く寝るといい」

松兵衛は、自分の膳を取りに台所へ立って行こうとした。お龍は、膳を押しのけてわめいた。

「酒がないよ」

「ないったって、昼間から飲んでいたんだろう？　もう、いい加減にしておき」

「いやだね」

お龍は、坐っていた足をのばして膳を蹴った。干物の皿が膳の縁に当り、干物が畳へこぼれ落ちた。

「なかったら、買ってきてくれりゃいいじゃないか。所帯をもつ時に、毎晩の酒くらいは不自由させないって言っただろう」

「店はもう閉まってるよ」

「叩き起こしゃいいんだよ」

松兵衛は、黙ってお龍に背を向けた。酒を買いに行くつもりのようだった。

疲れのにじみ出ているその背を見ると、お龍はこらえきれなくなった。何がこれほどいとおしく、何がこれほどうとましいのかわからなかった。

「あんた」

お龍は、ふりかえった松兵衛にすがりついた。

「どうしたんだよ、いきなり」

畳へ落ちた干物を踏んでしまったらしく、松兵衛は、お龍を抱きとめたまま手を伸ばそうとした。

「放っときよ、そんなもの」

「食べ物だよ。もったいない」

「何が食べ物だよ」

お龍は、着物の衿（えり）をつかんで松兵衛を揺さぶった。

「わたしゃ、坂本龍馬のご正室だよ。ご一新を成功させた龍馬の奥方様なんだよ」

「わかってるよ」

松兵衛の、戸惑ったような声が言った。

「だから、精いっぱい大事に」

「そんなことを言ってるんじゃないよ、ばかやろう」

お龍は、じれて地団駄を踏み、松兵衛にすがりついた手で松兵衛の胸を叩いた。

松兵衛は、されるがままになっている。いつも、そうだった。松兵衛は、荒れるお龍が疲れるのを待って、蹴飛ばされた膳や畳にちらばる干物を黙って片付けるのだ。

お龍の我儘(わがまま)を笑って見ていた龍馬が恋しかった。松兵衛はなぜ、女房のお龍へ、いたいたしげな目を向けるのか。自分も維新のごたごた騒ぎの中で店も財産も失った、お龍と同じように世の流れに押し流された、そう思ってでもいるのだろうか。

冗談じゃない。

店や財産を失ったくらい、何だというのだ。松兵衛に商いの手腕があれば、損失を帳消しにすることも、その分を倍にして取り返すこともできたではないか。

「が、わたしゃ坂本龍馬の妻なんだよ。死んじまった龍馬の妻なんだよ」

お龍は、ふたたび松兵衛の胸に顔を埋めた。

「あんた」

かすれた声の返事があった。

「あんた、――あんたが、わたしの骨を拾ってくれるよね」

「約束する。わたしは、お前より長生きするよ」

松兵衛が、おそるおそるお龍の軀を抱いた。

お龍は目を閉じた。一瞬ではあったが、年齢も、たった今まで泣いていたことも忘れ、昔からドッコイドッコイの女房であったような気がした。

編者解説

末國善己

二〇一七年は、一八六七年に京の近江屋で暗殺された坂本龍馬の没後一五〇年にあたる。尊皇攘夷の嵐が吹き荒れる幕末にあって、いち早く海外貿易の重要性を指摘し、実際に私設の海軍にして貿易会社の海援隊を組織、さらに明治天皇が発表した新政府の基本方針「五箇条の御誓文」に影響を与えたともされる「船中八策」を起草するなどした龍馬は、その先見性と行動力が評価され、今も高い人気を誇っている。

龍馬は、一八三五年に土佐藩の郷士・坂本家の二男として生まれた。幼い頃はいじめられっ子だったとされているが、後に江戸へ出て千葉周作の弟・定吉の道場で北辰一刀流を学び、長刀兵法目録を得るほど成長している。土佐藩では、藩祖の山内一豊が掛川城主だった頃から従っていた家臣の子孫を上士、前領主の長宗我部氏の旧臣を下級武士の郷士としていて、同じ藩士でも身分には歴然とした差があった。黒船来航による尊王攘夷の盛り上がりを受け、一八六一年に武市半平太（瑞山）が郷士を中心にした政治結社・土佐勤王党を結成すると、龍馬もメンバーの一人となる（後に活動方針の違いから脱退）。一八六二年、龍馬は土佐での政治活動に限界を感じて脱藩、定吉の嫡男・重太郎の紹介で勝海舟と知己を得る。すぐに海舟の弟子になった龍馬は、海舟が進める幕府の神戸海軍操練所の設立に参加するが、操練所に反幕府の長州藩士が加わっていたため、海舟が失脚。龍馬は海舟に紹介された薩摩藩の西郷吉之助（隆盛）を頼り、大坂の薩摩藩邸に身を寄せている。一八六五年には、薩摩藩の援助で土佐の脱藩浪士たちと海援隊の前身となる亀山社中を創設。一八六六年には、それまで険悪だった長州藩の桂小五郎（木戸孝允）と薩摩藩の西郷吉之助の会見を周旋して、薩長同盟の締結に尽力した。その後は後藤象二郎とともに土佐藩主の山内容堂を動かして大政奉還を実現させるも、一八六七年に京の旅館・近江屋で中岡慎太郎といるところを襲撃され、暗殺されている。

だが、こうした龍馬の業績には異論を唱える研究者もいる。薩長同盟は長く龍馬の功績とされてきたが、最近は薩長同盟は龍馬の発案でなかったとも、龍馬は西郷や小松帯刀ら薩摩藩首脳のメッセンジャーに過ぎなかったともいわれている。また亀山社中は海運会社、貿易会社とされるものの自前の船を持ったことがなく、借りた船を二度も沈没させているので、海の男＝龍馬の図式を疑問視する声もある。龍馬は普通選挙や民主主義の重要性を唱えた「船中八策」を書いているが、これも横井小楠の「国是七条」を換骨奪胎しただけとの指摘もある。

歴史研究は専門ではないのでこれらの真偽を論じることはできないが、一つ確かなのは、龍馬が明治中期まで知る人ぞ知る存在だったことである。明治初期には、〝維新の元勲〟を讃えるために多くの歴史読物が出版されたが、三条実美、岩倉具視、木戸孝允、大久保利通、西郷隆盛、後藤象二郎らの名はあっても、龍馬を取り上げたものは皆無といっても過言ではない。その意味で龍馬は、歴史の大海に埋もれてしまった〝その他大勢の勤王の志士〟の一人に過ぎなかったのだ。

無名だった龍馬を〝発掘〟したのは、土佐藩の侍医の家に生まれ、同郷の板垣退助らが自由民権運動を始めると、板垣が設立した自由党に参加、同党の闘士として活躍した坂崎紫瀾である。紫瀾は、一八八三年に自身の経営する「土陽新聞」で、龍馬の一代記『汗血千里駒』を連載。この作品が、龍馬を題材にした初の歴史小説となる。

自由民権運動は、政府に国会の開設、憲法の制定、普通選挙の実施などを求めた草の根的な市民運動と考えられがちだが、実際は薩摩と長州に新政権の要職を奪われた士族（特に倒幕に協力したのに利益が少なかった土佐と肥前）の失地回復運動の側面が強かった。

そこで紫瀾は、国会や選挙の重要性を誰よりも早く指摘したのが龍馬であり、その血脈が自由党に流れているという歴史観を作り上げた。これが龍馬＝民主主義の先駆者という発想の原点になっていく。ただ『汗血千里駒』は高知県のローカル紙への連載だったこともあり、龍馬人気を全国区にするまでには至らなかった。龍馬を日本人なら誰もが知る英雄に変えたのは、日露戦争直前の一九〇四年に昭憲皇后（明治天皇の后）の夢枕に坂本龍馬の霊が立ち、海軍守護の誓いを立てたという〝皇后の夢枕事件〟からである。これ以降、龍馬は民主主義の先駆者と軍神という二つのイメージで語られるようになるが、龍馬について書かれた小説や歴史読物は、史料が少ないこともあって、『汗血千里駒』を参考にした虚実入り乱れた作品が多かった。それだけに、可能な限り史実と伝説を峻別し、龍馬の実像に迫った平尾道雄のルポルタージュ『坂本龍馬　海援隊始末』（一九二九年）の登場は画期的だった。

第二次大戦が始まると、龍馬は軍神としての側面ばかりが強調されたため、戦後は取り上げられることも少なくなったが、司馬遼太郎『竜馬がゆく』（一九六三年～一九六六年）で復活する。司馬は、弱虫の少年が時代の波に乗って大きく成長する青春小説の部分を強調しながら、龍馬を語る時にネックになっていた海援隊＝海軍の前身との構図を、海援隊＝貿易会社・株式会社の前身へとシフトさせることで、貿易立国として高度経済成長を成し遂げた戦後社会に相応しいヒーローとして龍馬を描いたのだ。ベストセラーになった『竜馬がゆく』の影響力ははかり知れず、歴史マニアではない一般的な日本人は、司馬の作ったフィクションと実際の龍馬の活躍を明確に区別できないほどになっている。

　このように龍馬は、歴史研究というよりも、作家の想像力によって偉人となった人物といえる。しかも『汗血千里駒』と『竜馬がゆく』の影響力が圧倒的に大きかったため、多くの作品は、この二作に何らかのバイアスを受けている。そのため本書『龍馬の生きざま』は、先行作品の影響を受けることなく、独自の龍馬像を作り上げた作品を中心にしながらも、龍馬を多角的にとらえるために、周辺の人物から龍馬を描いた作品、龍馬が生きた時代をクローズアップするために龍馬がほとんど登場しない作品もセレクトしている。

　ノンフィクション（史伝）、歴史小説、時代小説と収録作のジャンルは幅広いが、何よりも重視したのは、二十一世紀を生きる読者にも共感できるテーマを含んでいることである。八名の作家が、幕末の物語を通して伝えようとしたメッセージに一喜一憂しながら読んでいただければ幸いである。

　なお本解説では、坂本龍馬の名前（龍馬か、竜馬か）、複数の表記がある歴史上の人物（例えば、佐々木只三郎か、佐々木唯三郎か）については、その作品を書いた作家の表記を用いているので、必ずしも統一されていないことをお断りしておく。

伴野　朗「坂本龍馬の写真」　（『坂本龍馬の写真』新潮文庫）

　長崎で写真館を開いた上野彦馬が難事件に挑む〈写真師彦馬推理帖〉シリーズの一

篇。

彦馬は実在の人物で、一八三八年に長崎の蘭学者・上野俊之丞の次男として生まれた。オランダの軍医ファン・メールデルフォールト・ポンペの医学伝習所で舎密学（化学）を学ぶうちに写真術に興味を覚え、独学で研究を開始。感光剤となる科学薬品を自分で作製することに成功し、一八六二年に長崎で写真館を開いている。ちなみに下岡蓮杖が横浜に写真館を開いたのも一八六二年なので、彦馬は日本最初期のプロカメラマンの一人といえる。

坂本龍馬の写真といえば、飾り台に右肘を付き、左手を懐手にした全身像を思い浮かべるだろう。本作は、この写真の撮影秘話になっている。作中には、湿板（ガラスに感光液を塗った物）の作り方や撮影の方法までが詳細に描かれているので、有名な龍馬の写真がどのように撮影されたのかもよく分かる。

この作品に登場する龍馬は、薩長同盟の締結に成功し長崎に帰ってきたところ。その龍馬を追って京都所司代の同心・陣内左膳と配下の源蔵が長崎にやって来るのだが、左膳が絞殺されたことから、龍馬に嫌疑がかかる。龍馬は北辰一刀流の達人ながら、いずれ銃が刀に取ってかわると考え、刀を〝武士の魂〟と考えるような偏狭な思想を持っていなかったとされている。ところが本作では、被害者が絞殺されたことから、刀を軽んじる龍馬の容疑が深まっていくのが面白い。

事件当日、龍馬の肖像写真を撮影した彦馬は、世界を見据えている龍馬が小役人を手にかけることはないと確信。龍馬の無実を証明するため、捜査を開始する。作中では、龍馬が撮影時に左手を隠した理由が事件解決のヒントになるが、史実に独自の解釈を加えることで、意外などんでん返しを作り上げた手並みは、『西郷隆盛の遺書』（一九八五年）や『長安殺人賦』（一九九四年）など、歴史ミステリーの名作を数多く書いてきた著者の面目躍如たるところである。

なお本作では彦馬が撮影したことになっている龍馬の写真だが、最近の研究では、土佐藩士で長崎留学中に彦馬の弟子となった井上俊三が撮影したとの説が有力になっている。

安部龍太郎「斬奸刀」（『忠直卿御座船』講談社文庫）

鎌倉時代に備前長船（おさふね）の刀匠・助平が打った名刀が、戦国から昭和へと流転する途中でかかわった歴史的な事件を火坂雅志、宮部みゆき、宮本昌孝、東郷隆ら七人の作家が書き継いだリレー小説『運命の剣　のきばしら』の一篇。龍馬の同志であり、薩摩の中村半次郎（桐野利秋）と田中新兵衛、肥後の河上彦斎（げんさい）と並び〝幕末四大人斬り〟と称された岡田以蔵を主人公にしている。

一八三八年に土佐の郷士の家に生まれた以蔵は、武市半平太に剣の才能を認められ、江戸へ留学して桃井春蔵の士学館で鏡心明智流剣術を学び、中伝を許されるまでになっている。

剣の天稟を持って生まれた以蔵だけに、暗殺者に転じてからも迷わず人を斬ったと思いきや、本作では、自分の弱さを克服し生き物を斬る感覚を摑むため、真剣で野犬と戦う訓練をする弱い一面を持った人物とされている。幕末は、佐幕派と勤王派が血で血を洗う抗争を繰り広げているが、武士といえども長く太平の世を生きてきただけに、人を斬った経験がある者など皆無に近かった。そのため暗殺の実行犯は、まず医師や儒者といった抵抗される可能性の低い知識人を殺し、度胸をつけた後に武士を相手にしたという。以蔵が野犬を斬る孤独な修行を行う場面から物語が始まるのは、幕末の状況を踏まえながら、ごく普通の人間がテロリストに変じるまでのプロセスを強調するためだったのではないだろうか。

道場剣法しか使えなかった以蔵だが、平然と人を斬る田中新兵衛への敵愾心と、刀屋の女主人おいまが、大塔宮が奸物を斬るという意味で「斬奸刀」と命名したと語った名刀を手にしたことで激変する。勤王の志士は、鎌倉幕府を倒し建武の中興を成し遂げた後醍醐天皇と南朝を崇拝していたので（後に明治政府の中枢に座った志士たちは、維新を建武の中興になぞらえている）、以蔵が大塔宮ゆかりの名刀に魅入られたという設定は非常に納得できる。「斬奸刀」によって人斬りの才能を開花させた以蔵が、暗殺を繰り返しながら、おいまの肉体にも溺れていく血とエロスの饗宴は、月岡芳年の無残絵のような迫力がある。

物語は、尊王攘夷思想に凝り固まり、暗殺にアイデンティティを見出していく以蔵と、尊王思想が視野狭窄に陥っていることに気付き、広く社会を見ることが出来た龍馬の対照的な生きざまを軸に進んでいく。プロパガンダとしてテロが実行される現実、テロリストが指導者への絶対の忠誠心やライバルを牽制するためにより過激な行動に走るところなど、以蔵をとりまく状況は現代のテロの発生を考えるうえでも参考になるように思える。それだけに、道半ばにして処刑された以蔵は、テロリストが歴史の徒花として消えていくことも教えてくれる。

阿井景子「乙女」　（『龍馬と八人の女性』ちくま文庫）

坂本龍馬にかかわった八人の女性の足跡をたどり、膨大な史料を紐解きながら史実と伝説を明確に区別したノンフィクション『龍馬と八人の女性』の一篇。

過去を舞台にした小説は、史料に忠実な歴史小説と史実の隙間にフィクションを織り込む時代小説に大別されるが、もう一つ史伝と呼ばれるジャンルがある。森鷗外、海音寺潮五郎、大岡昇平、吉村昭などが手掛けた史伝は、史料の調査、発掘によって新たな歴史の〝真実〟を発見し、読者の常識を覆すことを主眼に置いている。阿井景子も史伝文学の継承者の一人であり、本作も史料を読み込むことで龍馬の姉・乙女の実像に迫っている。

まず著者は、幼い頃の龍馬が弱虫だった理由を、両親が年を取ってから生まれた子供だったため過保護に育てられたからではないかと分析しているが、現代でも似たようなケースがあることを思えば、非常に説得力がある。司馬の『竜馬がゆく』の影響もあって、乙女は弱虫になった龍馬をいじめっ子から守り、水練や剣術の手ほどきなどをして一人前の男にした象徴的な意味での〝育ての親〟であり、後年、国事に奔走するようになってからも、龍馬の精神的な支柱となった偉大な女性とされることが多かった。

ところが著者は、武術や歌舞音曲に秀でていた乙女が、幼い龍馬を鍛えたことは認めながらも、龍馬が脱藩して混迷する政治の第一線で活躍するようになってからは、自分も弟のように国のために働きたいと思いながらも、婚家でわがままな夫や舅に仕える不幸な毎日を送ったことを明らかにしていく。中でも、婚家の下女で、乙女を支えた賢婦とされる婦貴の意外な一面を暴いた部分は圧巻である。

また著者は、乙女や龍馬を育てた坂本家が商売で成功していたので内証は豊か、しかも土佐藩の郷士だったため家風は自由、それでいて土佐藩の重鎮ともパイプがあり強い政治力を持っていたことを指摘している。ここからは、龍馬が経済感覚に優れていた理由や、常識にとらわれず新しい文化を吸収できた理由もがうかがえて興味深い。乙女は家事全般が苦手だった反面、武術や政治に興味を持っていたが、生きた時代が男尊女卑の封建体制下だったため、婚家で忍耐を強いられることになる。いまだに働く女性が結婚、出産の前に悩むことを考えると、乙女の境遇には、共感する女性も多いのではないだろうか。

津本 陽「うそつき小次郎と竜馬」（『津本陽自選短篇20』講談社）

海援隊士であり、維新後は外務大臣として不平等条約改正に尽力した陸奥宗光の視点から竜馬をとらえた作品で、伊呂波丸沈没事件が物語の中心になっている。

竜馬が作った新政府の閣僚案を見た西郷隆盛は、名簿に竜馬の名が載っていないことに驚いた。不審に思った西郷が問い詰めると、竜馬は堅苦しい役人は性に合わないので「世界の海援隊でもやりましょうかな」と答えたという。これは司馬の『竜馬がゆく』でも名場面の一つになっているが、竜馬が「世界の海援隊をやる」と語った席にいて、この言葉に感動したと証言したのが宗光である（『竜馬がゆく』でも、このエピソードは宗光の回想とされている）。ただ実際は、竜馬と西郷が新政府の人事をめぐって会談したことを示す史料は存在せず、今では「世界の海援隊」発言は後世の創作と考えられている。

それはさておき、宗光が竜馬を尊敬し、竜馬が宗光に目をかけていたのは確かなようだ。宗光の父・宗広は財政難に苦しんでいた紀州藩を建て直した改革派の武士だったが、政争に巻き込まれて失脚、一家は困窮生活を強いられている。著者は、宗光が暴力を嫌い、理屈を重んじたため尊王攘夷の同志からは敬遠されていたが、竜馬は父ゆずりの経済感覚を持ち、藩という狭い世界で権力闘争を続ける武士の限界を身をもって知っていた宗光こそが、新しい時代を切り開けると確信していたとしている。

著者は大作『龍馬』（二〇〇一年〜二〇〇二年）の中で、勝海舟、龍馬、宗光の三人が強い絆で結びついていたのは、曾祖父が金融業で成功した海舟、豪商の家に生まれた龍馬、父が経済官僚の宗光が、共に経済人らしい合理精神を持っていたからとしている。本作には、後に『龍馬』へと受け継がれる歴史認識が示されているので、読み比べてみるのも一興だろう。

メインとなる伊呂波丸沈没事件は、海援隊が操る伊呂波丸と紀州藩の明光丸が瀬戸内海の備讃瀬戸の六島付近で衝突、伊呂波丸が沈没したというものである。伊呂波丸にも、明光丸を右転回で避けなければならないのに左転回した、左舷を示す舷灯を灯していなかったなどの過失があったのだが、龍馬は法律ではなく、政治力を使って紀州藩の主張をねじ伏せ、多額の賠償金を手に入れている。

著者は、論争を終始有利に運んだ龍馬の言動を「いかにも乱世の雄にふさわしい、千変万化の相があらわれている」と評している。確かに、竜馬が圧倒的に不利な状況を、相手のミスと強引な論理展開で覆すプロセスは、欧米の法廷サスペンスを読んでいるような興奮がある。二〇〇八年四月一二日の「産経新聞」は、伊呂波丸とみられる沈没船の第四次調査でも、龍馬が多額の賠償金の根拠とした最新のミニエー銃は見つかっておらず、水中考古学研究所の吉崎伸理事の「積み荷に銃があったとしたのは、補償交渉を有利に運ぶための龍馬のはったりだったのでは」との談話を報じている。これが事実なら、龍馬は本作で描かれている以上の〝策士〟だったことになる。

なお著者は、本作と同じ題材を長篇化した『龍馬残影』（一九九七年）を書いているので、興味がある方は一読をお勧めしたい。

（『かぶいて候』集英社文庫）

隆慶一郎「異説　猿ヶ辻の変」

『影武者徳川家康』（一九八九年）や『一夢庵風流記』（一九八九年）など、戦国時代を舞台にした伝奇小説で一時代を築いた著者の唯一の幕末もの。

物語のキーパーソンである姉小路公知は龍馬と同じ勝海舟の弟子であり、同じように暗殺された。この作品に龍馬は出てこないが、幕末に開明的だった人物がどれほどの危険にさらされていたかがよく分かるため、セレクトした。ちなみに、本作で公知の暗殺事件を調べる土佐藩士の土方楠左衛門は龍馬の友人で、薩長同盟の締結にも尽力している。

一八六三年、公家の姉小路公知が京都御所朔平門外の猿ヶ辻で暗殺された。公知は尊王攘夷運動のリーダーだったが、海舟の海防論に感銘を受け、開国派に転向。暗殺は、公知の変節に激怒した田中新兵衛が、誰の命令も受けず、衝動的に実行したとされている。

物語は、公知暗殺の嫌疑をかけられて傷ついた土佐藩士の土方楠左衛門が、真犯人を追うミステリーなのだが、一般的な捕物帳とは異なり、史料を分析することで、新兵衛犯人説を覆す展開になっている。著者は、史実の隙間にフィクションを織り込むのではなく、史料の解釈を変えることで、忍者や剣豪が派手なチャンバラを繰り広げる伝奇世界を史実と矛盾なく描き、後世の作家に絶大な影響を与えた。その手法は、本作でも遺憾なく発揮されている。

まず著者は、『官武通記』に記された公知の傷の状態から、刺客はプロの暗殺者ではなく、素人であると推理。それなのに、土佐脱藩浪士の那須真吾は、現場に残された薩摩刀を新兵衛の差料と断言する。物証は素人の犯行を示しているのに、関係者に聞き込みをすると誰もが新兵衛が犯人という。この矛盾を解消する道筋を模索していた楠左衛門は、やがて公知暗殺を指揮したのが意外な大物であることに気付く。この黒幕の正体は、歴史に詳しければ詳しいほど驚きも大きいだろうが、実在の人物を登場させ、史料に基づきながら丹念にロジックを組み上げているので、著者の提示した仮説が真実ではないか、と思えるほどのリアリティがある。

　本作で示された真相は、歴史が唯一絶対の真実ではなく、時に権力者によって都合よく書き換えられることを、実感させてくれる。


大岡昇平「竜馬殺し」　（『大岡昇平集　第八巻』岩波書店）

　竜馬の生涯と暗殺の真相を、丹念な史料調査で掘り起こした史伝。一次史料を何よりも重んじた著者は、一九六一年に井上靖と『蒼き狼』（一九六〇年）をめぐって論争したり、一九七一年には森鷗外の史伝『堺事件』（一九一四年）のなかに、史料の捏造（ねつぞう）や体制イデオロギーに迎合した一面があると批判したりするなど、歴史小説における史料の扱い方に一石を投じる提言を行っている。

　それだけに本作も、竜馬を「魅力ある人物」としながらも、勝海舟を暗殺に行った竜馬が、世界を見据える海舟のスケールの大きさに魅入られ弟子入りした有名なエピソードを、攘夷から開国に転じた竜馬の「変心を合理化」するための「作り話」、竜馬が書いた「船中八策」「藩論」を「喧伝されるほど珍しい意見ではない」と断じるなど、偶像破壊ともいえる厳しい筆で竜馬の実像に迫っている。

　著者は、豪商の家に生まれ商才があった竜馬は、維新後も生きていれば岩崎弥太郎のような実業家になったかもしれないが、政治に首を突っ込み、フィクサーを気取ったために暗殺された「陰謀家に過ぎない」とする。ラストの「陰謀家にはやはり安住の地はなかった。いてもいなくても構わぬようになった時、ほんとうに殺されてしまったのである」との一文は、『竜馬がゆく』の完結前に書かれたものだが、「天が、この国の歴史の混乱を収拾するためにこの若者を地上にくだし、その使命がおわったとき惜しげもなく天へ召し返した」と竜馬を絶賛した司馬への痛烈な返歌のようにも見えてしまう。その意味で、『竜馬がゆく』の連載末期に発表された本作は、司馬が作り上げたフィクションによって竜馬像が歪められることを恐れた著者が、竜馬の実像を明らかにするために書いたようにも思える。

竜馬を、動乱の幕末を小器用に立ち回った男としているだけに、暗殺事件に巨大な政治的な陰謀がからんでいるとの説を一蹴しているのも面白い。

作中で紹介されている『六人の暗殺者』（一九五五年、日活。菊島隆三脚本、滝沢英輔監督）は、島田正吾、辰巳柳太郎ら新国劇のベテランが総出演したことも話題となり、竜馬を滝沢修、中岡慎太郎を河野秋武、近藤勇を山形勲が演じた。内容は著者が書いている通り、竜馬暗殺の背後に薩摩藩の謀略があったというもの。現在では、竜馬暗殺の黒幕が薩摩藩というのは有名な陰謀説の一つだが、著者は竜馬の小説や伝記の中でも「異色」と評しているので、本作が書かれた一九六六年当時は珍しい仮説だったのかもしれない。

新宮正春「坂本龍馬の眉間」

（「週刊小説」一九九〇年三月三〇日号　実業之日本社）

戦国から幕末まで、剣豪たちの生死を分けた一瞬に着目した〈勝敗一瞬記〉シリーズの一篇で、近江屋での龍馬暗殺を正面から描いている。

龍馬を暗殺したのは、京の治安維持を担当していた見廻組というのが通説になっている。ただ新選組犯人説や、実行犯が見廻組であることは認めながらも、その背後に黒幕がいたとする陰謀説は枚挙にいとまがない。その意味で龍馬暗殺事件は、本能寺の変で明智光秀を操って織田信長を謀殺した黒幕の正体、豊臣秀吉が千利休に切腹を命じた理由、忠臣蔵における浅野内匠頭刃傷の理由などと並び、歴史ミステリーの激戦区なのである。

見廻組の中で誰が龍馬を斬ったかには、やはり諸説ある。今では佐々木只三郎と今井信郎が有力とされているが、著者は今井信郎説を採っている。

千葉定吉の道場で北辰一刀流を学んだ龍馬が、試合で長州藩きっての剣客・桂小五郎を倒した時の凄まじさを兄弟子から聞いた信郎は、いつか龍馬と剣を交えたいと考えていた。自分の師匠・榊原鍵吉を凌ぐといわれる龍馬の突きを、信郎がどのようにして破るかが本作の眼目となっている。それだけに正統的な剣豪小説なのだが、同じ佐幕派でありながら、直参旗本中心で幕府から直接命令を受けていた見廻組と、浪人中心で会津藩主・松平容保の預かりだった新選組が互いをライバル視し、相手の動向を探るために暗闘を繰り広げていたとされているので、スパイ小説としても楽しめる。

今井信郎が、三尺二寸の大業物の刀を使っていたのは史実である。著者は信郎が長剣を使うようになった理由を、榊原鍵吉から受け太刀を命じられたからとしている。鍵吉は、直心影流が定寸（二尺八寸）の刀でも長剣に対応できることを弟子に示すため、長剣を持った信郎と立ち合っていたというのだ。その稽古のため、特殊な修行をしたことが、狭い京の町屋で龍馬を斬るのに役立ったとされているが、それがどのような技だったかは、実際に読んで確認していただきたい。

近江屋で襲撃事件を起こした後、信郎は幕府の洋式歩兵部隊・衝鋒隊の副隊長となり、戊辰戦争を箱館まで戦うも、一八六九年に降伏。江戸に護送され事情聴取をされた時に、龍馬暗殺の現場にいたと証言する。その内容は、自分は見張り役であって、実行犯ではないというものであった。この証言が事実なのか、自分の罪を軽くするための嘘だったのかは、今も議論が続いている。信郎は処刑を覚悟していたが、西郷隆盛の口添えもあって釈放される。西南戦争の時は、かつての部下を集めて九州へ向かうが、途中で西郷軍敗北の報に接し部隊を解散した。信郎が九州へ向かったのは、恩人の西郷を救うためだったとの説もある。その後は静岡県で帰農し、キリスト教の洗礼を受け静かな余生を送っている。

北原亞以子「お龍」（『埋もれ火』文春文庫）

激動の幕末を駆け抜けた坂本龍馬、近藤勇、高杉晋作らを愛した女性たちを主人公にした短篇集『埋もれ火』の一篇で、龍馬の妻お龍を主人公にしている。

物語は一八九七年、西村松兵衛と再婚していたお龍のもとを、父親が元海援隊士だという安岡重雄が訪ねて来るところから始まる。維新直後はまったく無名だった龍馬も、坂崎紫瀾の小説『汗血千里駒』によって知名度が上がっており、安岡もお龍の話を聞き書きにして雑誌に投稿したいらしい。明治初期は、〝維新の元勲〟たちが旧弊な幕府を倒して新時代を打ち立てたことを喧伝するため、江戸時代を礼賛することがタブー視されていた。その見直しが始まるのは、東京帝国大学に史料編纂（へんさん）掛が設置された一八九五年頃からで、市井の歴史愛好家も旧幕時代を生きた古老から思い出話を聞いて記録する史談会を盛んに開くようになっていた。当時は「旧幕府」「江戸会誌」など史談を掲載する雑誌も多かった。安岡がお龍の回顧談を雑誌に投稿したいと考えたのは、こうした時代背景があったのである。

それはさておき、お龍は寺田屋で龍馬が襲撃された時、風呂から裸のまま飛び出して危機を知らせたエピソードなどもあって、龍馬の理想を理解する同志、もしくは颯（さっ）

爽（そう）としたヒロインとして語られてきた。だが本作でのお龍は、龍馬が面倒を見た男たちが新政府で出世していくのに自分を無視することに怒り、その鬱憤（うっぷん）を維新によって没落した松兵衛にぶつけるだけでなく、酒に溺れ、龍馬の名前を出しては元海援隊士から酒代を借りるまでになっている。

　零落したお龍がすがるものは、龍馬に愛されたのは自分だけという想い。それだけに、やはり龍馬の恋人だった千葉佐那が、華族女学校の舎監になって貞操を守っていると評判になっていることへの苛立ちは大きい。当時の人々は、貞淑な佐那を持ち上げ、生きるために男を渡り歩いたお龍を黙殺したが、著者は必ずしもお龍を悪く書いていない。ここには、お龍のネガティブな評価は、男の価値観に逆らわない女性を礼賛した明治という時代が生み出しただけで、決して普遍的ではないとのメッセージが込められているように思えてならない。

　新時代がもたらした自由競争の波は、薩長の下級武士を高級官僚にしたが、お龍は龍馬を失ったことで時流に乗れなかった。香具師の女房になり、苦しい生活を強いられていたお龍は、いつも〝世が世なら〟という怨み節をささやいていたが、物語のラストになって、金や名誉よりも大切なものがあることに気付く。お龍が最後にたどり着いた穏やかな心境は、同じように厳しい時代を生きる現代人に、本当の幸福とは何かを教えてくれるはずだ。

なお、『埋もれ火』には、佐那の視点から龍馬とお龍をとらえた「枯野」も収録されており、併せて読むと、龍馬を取り巻く女性たちのドラマがより深く理解できる。

【編者略歴】

末國善己（すえくによしみ）

一九六八年広島県生まれ。明治大学卒業、専修大学大学院博士後期課程単位取得中退。歴史時代小説・ミステリーを中心に活躍する文芸評論家。著書に『時代小説で読む日本史』（文藝春秋）、『夜の日本史』（幻冬舎文庫）、『読み出したら止まらない！　時代小説　マストリード１００』（日経文芸文庫）、共著に『名作時代小説１００選』（アスキー新書）などがある。編書に『国枝史郎伝奇風俗／怪奇小説集成』『山本周五郎探偵小説全集』『岡本綺堂探偵小説全集』『小説集　真田幸村』（以上作品社）、『軍師の生きざま』『軍師の死にざま』（作品社・実業之日本社文庫）、『軍師は死なず』『決戦！　大坂の陣』『永遠の夏　戦争小説集』『決闘！　関ヶ原』『血闘！　新選組』（実業之日本社文庫）、『真田忍者、参上！』（河出文庫）、『刀剣』（中公文庫）などがある。

＊二〇一〇年一月、小社より単行本として刊行された『龍馬の天命』を文庫化に際し改題。
＊本書は各作品の底本を尊重し編集しておりますが、明らかに誤植と判断できるものについては修正しました。（編者、編集部）

実業之日本社文庫　最新刊

相澤りょう
ねこあつめの家

スランプに落ちた作家・佐久本勝は、小さな町の一軒家で新たな生活を始めるが、一匹の三毛猫が現れて……人気アプリから生まれた癒しのドラマ。映画化。

あ14 1

阿川大樹
終電の神様

通勤電車の緊急停止で、それぞれの場所へ向かう乗客の人生が動き出す——読めばあたたかな涙と希望が湧いてくる、感動のヒューマンミステリー。

あ13 1

江上 剛
銀行支店長、追う

メガバンクの現場とトップ、双方を揺るがす闇の詐欺団。支店長が解決に乗り出した矢先、部下の女子行員が敵に軟禁された。痛快経済エンタテインメント。

え1 3

佐藤青南
白バイガール　幽霊ライダーを追え！

神出鬼没のライダーと、みなとみらいで起きた殺人事件。謎多きふたつの事件の接点は白バイ隊員——？読めば胸が熱くなる、大好評青春お仕事ミステリー！

さ4 2

大門剛明
鍵師ギドウ

警察も手を焼く大泥棒「鍵師ギドウ」の正体とは!?人生をやり直すべく鍵屋に弟子入りしたニート青年が、師匠とともに事件に挑む。渾身の書き下ろし！

た5 2

土橋章宏
金の殿　時をかける大名・徳川宗春

南蛮の煙草で気を失った尾張藩主・徳川宗春。目覚めてみるとそこは現代の名古屋市!?　江戸と未来を股にかけ、惚れて踊って世を救う！　痛快時代エンタメ。

と4 1

実業之日本社文庫　最新刊

鳴海 章
鎮魂 浅草機動捜査隊
子どもが犠牲となる事件が発生。刑事・小町が、様々な母子、そして自らの過去に向き合っていく。そして定年を迎える辰見は…。大人気シリーズ第8弾！
な29

西村京太郎
日本縦断殺意の軌跡 十津川警部捜査行
新人歌手の不可解な死に隠された真相を探るため十津川班の日下刑事らが北海道へ飛ぶが、そこには謎の墓標が。傑作トラベルミステリー集。（解説・山前 譲）
に114

南 英男
特命警部
警視庁副総監直属で特命捜査対策室に籍を置く畔上拳。未解決事件をあらゆる手を使い解決に導く。元部下の巡査部長が殺された事件も極秘捜査を命じられ…。
み74

森 詠
吉野桜鬼剣 走れ、半兵衛〈三〉
半兵衛は柳生家当主から、連続殺人鬼の退治を依頼された。「桜鬼一族」が遣う秘剣に興味を抱き、半兵衛は大和国、吉野山中へ向かう——。シリーズ第三弾！
も63

吉田雄亮
俠盗組鬼退治
強盗頭巾たちに襲われた若侍の手にはなぜか富くじの木札が。江戸の諸悪を成敗せんと立ち上がった富豪旗本と火盗改らが謎の真相を追うが……痛快時代小説！
よ51

安部龍太郎、隆慶一郎ほか／末國善己編
龍馬の生きざま
京の近江屋で暗殺された坂本龍馬。妻・お龍、姉・乙女、暗殺犯・今井信郎、人斬り以蔵らが見た真実の姿。龍馬の生涯に新たな光を当てた歴史・時代作品集。
ん28

実業之日本社文庫　好評既刊

赤川次郎
死者におくる入院案内
殺して、隠して、騙して、消して——悪は死んでも治らない？「名医」赤川次郎がおくる、劇薬級ブラックユーモア！　傑作ミステリ短編集。（解説・杉江松恋）
あ18

赤川次郎
忙しい花嫁
この「花嫁」は本物じゃない…謎の言葉を残した花婿がハネムーン先で失踪。日本でも謎の殺人が!?　超ロングランシリーズの大原点！（解説・郷原 宏）
あ112

梓 林太郎
長崎・有田殺人窯変　私立探偵・小仏太郎
刺青の女は最期に何を見た——？　警察幹部の愛人を狙う猟奇殺人事件を追え！　下町人情探偵が走る、大人気トラベルミステリーシリーズ！
あ37

梓 林太郎
旭川・大雪 白い殺人者　私立探偵・小仏太郎
北海道で発生した不審な女性撲殺事件。解決の鍵は、謎の館の主人が握る——？　下町人情探偵が事件に挑む！　大人気トラベルミステリー！
あ38

梓 林太郎
スーパーあずさ殺人車窓　山岳刑事・道原伝吉
新宿行スーパーあずさの社内で男性が毒殺された。山岳刑事・道原伝吉は死の直前に彼と会話をしていた謎の女の行方を追うが——。傑作トラベルミステリー！
あ39

梓 林太郎
姫路・城崎温泉殺人怪道　私立探偵・小仏太郎
冷たい悪意が女を襲った——！　衆議院議員の隠し子失踪事件と高速道路で発見された謎の死体の繋がりは？　事件の鍵は兵庫に…傑作トラベルミステリー。
あ310

実業之日本社文庫　好評既刊

風野真知雄
月の光のために　大奥同心・村雨広の純心
初恋の幼なじみの娘が将軍の側室に。命を懸けて彼女の身を守り抜く若き同心の活躍！　長編時代書き下ろし、待望のシリーズ第1弾！
か11

風野真知雄
消えた将軍　大奥同心・村雨広の純心2
紀州藩主・徳川吉宗が仕掛ける幼い将軍・家継の暗殺計画に剣豪同心が敢然と立ち向かう！　長編時代書き下ろし、待望のシリーズ第2弾！
か13

風野真知雄
信長・曹操殺人事件　歴史探偵・月村弘平の事件簿
「信長の野望」は三国志の真似だった!?　歴史研究家にしてイケメン探偵・月村弘平が、怪事件を追って日本を走る！　書き下ろし。
か14

風野真知雄
江戸城仰天　大奥同心・村雨広の純心3
将軍・徳川家継の跡目を争う、紀州藩吉宗ら御三家の陰謀に大奥同心・村雨広は必殺の剣「月光」で立ち向うが大奥は戦場に……好評シリーズいよいよ完結!!
か15

菊地秀行
真田十忍抄
真田幸村と配下の猿飛佐助は、家康に対し何を画策していたか？　大河ドラマで話題、大坂の陣前、幸村らの忍法戦を描く戦国時代活劇。（解説・縄田一男）
き15

倉阪鬼一郎
からくり成敗　大江戸隠密おもかげ堂
人形屋を営む美しき兄妹が、異能の力をもって白昼に起きた奇妙な押し込み事件の謎と、遺された者の心を解きほぐす。人情味あふれる書き下ろし時代小説。
く43

実業之日本社文庫　好評既刊

東野圭吾
白銀ジャック
ゲレンデの下に爆弾が埋まっている——圧倒的な疾走感で読者を翻弄する、痛快サスペンス！　発売直後に100万部突破の、いきなり文庫化作品。

ひ11

東野圭吾
疾風ロンド
生物兵器を雪山に埋めた犯人からの手がかりは、スキー場らしき場所で撮られたテディベアの写真のみ。ラスト1頁まで気が抜けない娯楽快作、文庫書き下ろし！

ひ12

東野圭吾
雪煙チェイス
殺人の容疑をかけられた青年が、アリバイを証明できる唯一の人物——謎の美人スノーボーダーを追う。どんでん返し連続の痛快ノンストップ・ミステリー！

ひ13

睦月影郎
姫の秘めごと
山で孤独に暮らす十郎。彼のもとへ天から姫君が降ってきた！　やがて十郎は姫や周辺の美女たちと……。名匠が情感たっぷりに描く時代官能の傑作！

む22

森村誠一
砂漠の駅（ステーション）
大都会・新宿で失踪した、スナックのママと骨董商。交錯する事件とその裏で深まる謎を牛尾刑事が追う、傑作サスペンス。（解説・細谷正充）
も14

池波正太郎、隆慶一郎ほか／末國善己編
軍師の生きざま
直江兼続、山本勘助、石田三成…群雄割拠の戦国乱世を、知略をもって支えた策士たちの戦いと矜持！　名手10人による傑作アンソロジー。

ん21

実業之日本社文庫 ん28

龍馬の生きざま

2017年2月15日　初版第1刷発行

著　者　阿井景子、安部龍太郎、大岡昇平、北原亞以子、
新宮正春、津本 陽、伴野 朗、隆 慶一郎

発行者　岩野裕一
発行所　株式会社実業之日本社
〒153-0044　東京都目黒区大橋 1-5-1
クロスエアタワー 8階
電話［編集］03(6809)0473［販売］03(6809)0495
ホームページ　http://www.j-n.co.jp/

印刷所　大日本印刷株式会社
製本所　大日本印刷株式会社

フォーマットデザイン　鈴木正道（Suzuki Design）

ISBN978-4-408-55345-0（第二文芸）